W0211461

© Luis Miguel Palomares

Rosa Gil, geboren 1975 in Madrid, wuchs in Cádiz auf. Schon als Kind liebte sie Bücher. Später studierte sie Journalismus und arbeitet heute für Radio- und Fernsehsender und für verschiedene Verlage. Rosa Gil hat ihre Faszination für Kinderliteratur als Redakteurin für Kinder- und Jugendmedien neu entdeckt. ›Das Waisenhaus der Vampire‹ ist ihr erstes Kinderbuch.

Rosa Gil

Das Waisenhaus der Vampire

Aus dem Spanischen
von Julia Heldenberg

Fischer Schatzinsel

Fischer Schatzinsel
www.fischerschatzinsel.de

Die spanische Originalausgabe erschien 2008 unter dem Titel
›Bruno Dhampiro‹ bei Espasa, Madrid
© Rosa Gil Bernabé 2008

Für die deutschsprachige Ausgabe
© S. Fischer Verlag GmbH, Frankfurt am Main 2009
Umschlaggestaltung: Buchholz/Hinsch/Hensinger
Umschlagillustration: Hauke Kock
Satz: Pinkuin Satz und Datentechnik, Berlin
Druck und Bindung: CPI – Clausen & Bosse, Leck
Printed in Germany
ISBN 978-3-596-85366-3

Nach den Regeln der neuen Rechtschreibung

Für meine Großmutter,
die so viel gelebt und geschrieben hat

Danksagung
An alle, die Bruno beim Wachsen geholfen haben:
Asís, Rocío, Norma, Carmina, Irene, Eduardo,
Laura, Laura, Laura, Pili, Silvia, Andrea, Vivi, Dani,
Isidro, Isabelle, die Jungs von La Quinta Parte …
und vor allem an Mari Paz, die ihn bei einem
konspirativen Treffen am Abend besonders
schnell wachsen ließ.

Inhalt

Kapitel 1
Negroponte Kraan

Alle Waisenkinder wollen adoptiert werden. Aber Bruno war eine Ausnahme. Er war ganz und gar glücklich im Waisenhaus Adelaida und Augustus Jarque von Mistyville und glaubte nicht, dass es jenseits seiner Mauern irgendetwas Erstrebenswertes geben könnte. Vielleicht wäre er jenem Menschen, den er jetzt vor sich hatte und der sein Adoptivvater werden sollte, ein wenig freudiger und neugieriger gegenübergetreten, als er es tat. Drei Gründe sprachen dagegen.

Den ersten Grund wird jeder sofort verstehen: Bruno wollte weder seinen besten Freund Dan noch Quincey Jarque, den Direktor des Waisenhauses, verlassen.

Der zweite Grund war Misstrauen. Bruno wusste ganz genau, dass er für eine Adoption eigentlich schon zu alt war. Er war gerade zehn Jahre geworden, und fast niemand wollte ein Kind adoptieren, das älter als höchstens fünf war. Bruno kannte diese Regel sehr genau, denn er hatte sein ganzes Leben im Waisenhaus von Mistyville verbracht.

Der dritte Grund aber wog am schwersten: Sein zukünftiger Adoptivvater jagte ihm eiskalte Schauer über den Rücken.

Quincey Jarque allerdings schien nicht im Geringsten beunruhigt zu sein. Er lächelte seinen Gast an, als sei er der willkommenste Besucher, der seit langer Zeit in seinem Büro gesessen hatte.

»Eine Tasse Kaffee, Herr Kraan?«, fragte er ihn. Quincey Jarque war ein kräftiger Mann mittleren Alters, hatte Sommersprossen und dichtes, blondes Haar, das er seitlich immer zu zwei dicken Strähnen kämmte, weil er meinte, er habe die hässlichsten Ohren der Welt.

»Nein danke«, sagte Kraan mit einer tiefen und seltsam schnarrenden Stimme. »Ich fürchte, er würde mir nicht bekommen.«

»Selbstverständlich, selbstverständlich. Auch ich sollte weniger trinken. Man weiß ja, dass der Kaffee die Menschen unnötig aufregt. Aber schließlich kann man nicht ohne ihn leben, nicht wahr?«

Bruno beobachtete Negroponte Kraan, während sich Quincey Jarque eine riesige Tasse Kaffee eingoss. Auf den ersten Blick schien nichts Besonderes an ihm, außer seiner seltsamen milchigen Haut und seinem rötlichen Haar, das er länger trug, als es sich für einen Erwachsenen schickte. Er war groß, schlank und drahtig.

Als Bruno in das Büro des Direktors gekommen war, hatte ihn Kraan freundlich angelächelt. Bruno hatte sein Lächeln erwidert und gedacht, dass dieser Mann trotz seiner Blässe eine angenehme Erscheinung ist. Er hörte ihm einige Minuten interessiert zu, doch dann nickte er ein. Plötzlich aber schreckte er hoch – und in diesem Moment änderte sich seine Meinung über seinen künftigen Adoptivvater vollkommen. Ihm kam es jetzt so vor, als durchbohre Negroponte Kraan Quincey Jarque mit seinen beiden leuchtenden Augen, die eigenartigerweise unterschiedliche Farben hatten – das eine war schwarz, das andere golden. Bruno bemerkte, dass sich Kraan an den Lehnen seines Sessels festkrallte und seine Mundwinkel nach unten zog, als missfielen ihm die Worte des Waisenhausdirektors. Außerdem sah er, dass eine Ader an Kraans Hals ungewöhnlich stark pulsierte. Und jetzt kam ihm Kraans seltsamer schwarzer Samtanzug wie das Fell eines Raubtiers mit gesträubten Haaren vor, das bereit zum Kampf war. Bruno hatte das Gefühl, er müsse den Direktor auf die drohende Gefahr aufmerksam machen. Hastig sprang er auf, ohne zu überlegen, was er tat.

»Was ist los?«, fragte Quincey Jarque verblüfft.

»Nichts«, antwortete Bruno, der sich plötzlich lächerlich vorkam. »Nichts. Ich dachte ... ich dachte nur, dass da draußen etwas sei. Bestimmt war es nur ein Vogel vor dem Fenster.«

Quincey Jarque drehte sich zum Fenster, hinter dem rabenschwarz die Nacht lag. Kraan nutzte die Gelegenheit, um den Jungen finster anzulächeln.

»Es gibt keinen Grund zur Beunruhigung«, sagte er leise.

»Natürlich nicht«, fügte der Direktor mit warmer Stimme hinzu. »Ich bin mir sicher, dass es dir sehr gut gehen wird bei deinen neuen Adoptiveltern. Wir sind davon überzeugt, dass du dich gut einleben wirst. Herr Kraan und seine Frau fühlen sich zu alt, um ein Baby zu adoptieren. Deswegen bevorzugen sie einen Jungen deines Alters, der schon allein zurechtkommt. Ich habe nicht den geringsten Zweifel, dass du bei ihnen sehr glücklich sein wirst.«

Bruno hatte irgendwie den Eindruck, dass Quincey Jarque sein künftiges Leben bei den Kraans ein bisschen zu rosarot ausmalte.

»Das Unbekannte ist im ersten Moment immer beunruhigend«, sagte sein Adoptivvater sanft. »Doch viel schneller, als du glaubst, werden wir drei uns in eine richtige Familie verwandelt haben. Und ich bin sicher, dass du dich sofort an unsere Art des Lebens gewöhnen wirst.«

Bruno wusste nicht, was er sagen sollte. Er blickte Quincey Jarque an, der Kraans Worten begeistert zustimmte.

»Natürlich will Bruno eine Familie haben. Er hat eben nur immer im Waisenhaus gelebt, und eine solche tiefgreifende Veränderung ist nie einfach. Er wird einige Zeit brauchen, um sich einzugewöhnen, nicht wahr, mein kleiner Freund?«

»Natürlich, natürlich«, sagte der Besucher. »Und Zeit ist etwas, was wir im Überfluss haben. Wir gehen ja auch nicht ans Ende der Welt. Meine Frau und ich denken daran, noch eine Weile in Mistyville zu bleiben, damit es für den Jungen leichter ist. Danach werden wir drei gemeinsam unseren zukünftigen Wohnort auswählen. Das wird dir bestimmt gefallen, nicht wahr, Bruno?«

Quincey Jarque lächelte, als er sah, dass sich Brunos Gesicht aufhellte. Auch Kraan schien zufrieden zu sein.

»Gut, mein Junge. Morgen kommt meine Frau, um dich abzuholen. Wir mieten uns im Hotel Perduto ein. Gute Nacht, Herr Direktor.«

Ohne ein weiteres Wort erhob sich Negroponte Kraan und verließ das Büro. Bruno bekam eine Gänsehaut, als er an ihm vorbeiging. Quincey Jarque blieb in seinem Sessel sitzen mit einem Lächeln, das wie eingefroren wirkte. Er entspannte sich erst, als die Bürotür ins Schloss fiel.

»Eine ziemliche Überraschung, nicht wahr?«, sagte er. Er schien sehr erleichtert zu sein, jetzt, da Kraan gegangen war.

Auch Bruno fühlte sich viel besser. Vielleicht hatte er sich vom fahlgelben Halbschatten beeinflussen lassen, der über dem Büro lag, oder vom starken Wind dieser Herbstnacht. Doch es war ihm so vorgekommen, als habe Kraans Anwesenheit eine bedrohliche Stimmung verbreitet.

»Ich verstehe nicht, warum er mich adoptieren will,

Quincey? Alle Paare, die ins Waisenhaus kommen, wollen Babys. Das ist doch so eine Art ewig gültiges Gesetz.«

»Nun, es ist ein großes Glück, dass das Gesetz dieses Mal nicht gilt, mein kleiner Freund. Ich dachte schon, du würdest für immer hier bleiben.«

»Ich war mir sicher. Na und? Mir geht es gut hier. Warum hast du ihnen nicht einen anderen Jungen angeboten? Selbst Dan hätte besser zu ihnen gepasst als ich.«

»Wenn es nach mir ginge, Bruno, würdest du hier so lange bleiben, wie du willst, das weißt du. Und du hast recht, es gibt hier Jungen, die viel dringender eine Familie brauchen als du. Dan zum Beispiel würde es helfen, besser im Leben zurechtzukommen. Er hat so viele Flausen im Kopf. Aber glaube mir, du wirst nicht immer so fröhlich durchs Leben gehen wie jetzt. Auch du musst lernen, was es bedeutet, eine Familie zu sein. Die Familie ist die Grundordnung unserer Welt. Und wenn du jetzt lernst, in einer zu leben, wird es dir später viel besser gehen, davon bin ich fest überzeugt. Ich freue mich, dass du diese Gelegenheit erhältst, und ich bin mir sicher, dass auch du dich freust.«

Die Miene des Direktors wurde ernst. Trotzdem widersprach Bruno.

»Aber warum wollten sie keinen anderen, einen, der gehen will?«

»Ich sage dir jetzt die Wahrheit, Bruno: Niemand

hat mich nach meiner Meinung gefragt. Herr und Frau Kraan haben direkt mit der obersten Behörde für Adoptionen gesprochen. Und nach allem, was ich höre, wussten sie ganz genau, wen sie wollten.«

»Mich?«

»So sieht es aus. Sie sind nicht den üblichen Weg gegangen, aber irgendwie ist es ihnen gelungen, die zuständige Behörde zu überzeugen. Vermutlich wollte sie diese einmalige Gelegenheit einem Jungen nicht verwehren, der wegen seines Alters kaum noch Chancen hat, adoptiert zu werden.«

Bruno erinnerte sich plötzlich an eine Sache.

»Ist dir das auch aufgefallen? Kraan hat verschiedenfarbige Augen, genau wie ich!«

Quincey Jarque schaute ihn überrascht an. »Tatsächlich? Das ist seltsam, vor allem, weil du nicht der Einzige im Waisenhaus bist ...«

»Ja, dieser Idiot von Leopold hat sie auch. Was für ein Zufall! Ich dachte, dass sei etwas ziemlich Seltenes.«

»Ja, das ist wirklich merkwürdig ...«

Und zum zweiten Mal während dieses Gesprächs hatte Bruno das Gefühl, dass ihm sein geliebter Direktor etwas verschwieg.

Kapitel 2
Der Abschied

Bruno wusste, dass er eigenartig aussah. Er war sehr groß, sehr schlank und sehr blass. Fast immer hatte er Augenringe, und sein Haar war außergewöhnlich schwarz, glänzend und glatt. Doch es lag weder an seiner Blässe noch an seinem Haar, dass viele Kinder sich erschreckten, wenn sie ihn sahen, und manche Erwachsene ihm auf der Straße hinterherschauten. Es lag an seinen Augen: Bruno hatte große, ausdrucksstarke Augen, und jedes hatte eine andere Farbe – das eine war schwarz, das andere grün. Er wusste nicht, ob er diese Eigentümlichkeit von seinem Vater oder seiner Mutter geerbt hatte, weil er keinen von beiden kannte.

Bruno wusste fast nichts von seiner Familie, nur das, was ihm die Leute aus dem Dorf erzählt hatten: Seine Mutter war eines Tages in der Abenddämmerung in Mistyville aufgetaucht und hatte sich in einer Pension nah an der Steilküste ein Zimmer genommen. Am nächsten Morgen ging der Besitzer der Pension in ihr Zimmer hinauf, um ihr zu sagen, dass sie entweder ausziehen oder eine zweite Nacht bezahlen müsse. Doch er fand nur ein leeres Zimmer mit geöffneten Fenstern vor. Die Frau war verschwunden – und auf dem Bett schlief ein Baby, das in der Nacht zuvor auf die Welt gekommen sein musste. Es gab keine Hinweise auf seine Herkunft oder auf den Verbleib seiner Mutter, noch tauchten Verwandte auf, um das Kind zu sich zu nehmen. So brachte die ratlose Polizei das Baby ins Waisenhaus.

Bruno hatte versucht, mehr über diese Geschichte herauszufinden. Jahrelang hatte er alle Menschen, die er kannte, darüber ausgefragt. Denn er war davon überzeugt, dass sie etwas vor ihm geheim hielten. Doch die Leute sagten ihm nur, dass seine Mutter blondes Haar gehabt hatte und dass niemand mit ihr gesprochen habe, und dass sie an jenem Abend voller Angst gewesen sei. Niemand hatte Bruno sagen können, was sie nach Mistyville geführt hatte oder ob sie wie eine Ausländerin ausgesehen habe. Die allgemeine Meinung war, dass sie ihr Kind in der Pension zur Welt gebracht und sich danach ins Meer gestürzt hatte. Doch keiner wagte es, Bruno das ins Gesicht zu sagen.

Kurz zuvor hatte Quincey Jarque sein Waisenhaus in Mistyville eröffnet. Er nahm das Baby gerne auf und gab ihm wegen seines dunklen Haares den Namen Bruno. Denn Bruno bedeutet »der Dunkle«. Da niemand widersprach, begannen bald alle, das Kind so zu nennen. Und da kein Verwandter auftauchte, wurde das Waisenhaus zu Brunos Zuhause.

Quincey Jarque behandelte Bruno vom ersten Moment an so, als sei er mehr als nur eine Waise in der Obhut des Direktors. Deswegen hatte es Bruno nie vermisst, eine richtige Familie zu haben. Sein Leben war zehn

Jahre lang ruhig und gleichmäßig dahingeflossen. Und auf einmal sollte sich alles ändern.

»Du gehst schon? Ohne dich zu verabschieden?« Dan hatte gerade den Schlafsaal betreten und war wie angenagelt stehen geblieben, als er Brunos Kleider und seine anderen Habseligkeiten auf dem Bett liegen sah.

»Nein, erst am Nachmittag. Aber Quincey hat mir gesagt, dass ich packen soll und ruhig ein paar Schulstunden schwänzen kann.«

»Und ihm ist noch nicht einmal aufgefallen, dass heute Sonntag ist.«

»Nein, aber ich vermute, dass er es mit den besten Absichten gesagt hat«, erwiderte Bruno und grinste. Sein Freund setzte sich niedergeschlagen auf das Bett. Dan war nicht besonders groß, ein Junge mit olivfarbener Haut, strohblondem Haar, einer spitzen Nase und lebendigen Augen hinter großen, runden Brillengläsern. Und seine Kleidung war immer von Flecken übersät, weil er ständig etwas verschüttete.

»Ohne dich wird das hier die Hölle sein.«

»Jetzt übertreib mal nicht. Im besten Fall gehe ich ja nicht weit weg. Kraan hat mir gesagt, dass wir eine Zeit lang in der Gegend bleiben und dass er und seine Frau noch nicht genau wissen, wo wir schließlich wohnen werden. Ich werde versuchen, dass es möglichst nah von Mistyville sein wird.«

»Sie werden nicht auf dich hören. Jetzt versuchen sie

dich zu beruhigen, doch wenn es so weit ist, werden sie machen, was sie wollen.«

Dan sagte das ganz ruhig, so als wenn es eine unumstößliche Wahrheit sei. Anders als Bruno war er nicht im Waisenhaus groß geworden. Als er sechs Jahre alt war, verreiste seine Mutter – es sei geschäftlich, hatte sie ihm gesagt, bevor sie ihn bei Freunden zurückgelassen hatte – und verschwand für ein ganzes Jahr. Als sie schließlich zurückkam, war es zu spät. Dan lebte damals schon seit Monaten im Waisenhaus, und die Behörden teilten seiner Mutter mit, dass sie das Sorgerecht für ihren Sohn für immer verloren habe.

»Bah, es wird schon nicht so schlimm kommen«, antwortete Bruno. »Und außerdem, was kann ich denn machen?«

Dan zuckte mit den Achseln.

»Du hast sie schon kennengelernt?«, fragte er und blätterte zerstreut in Brunos Büchern.

»Nur ihn. Er ist ein seltsamer Typ, etwas finster. Und er hat verschiedenfarbige Augen.«

Dan schaute Bruno beunruhigt an.

»Wirklich? Wie seltsam. Meine Mutter hatte eine Theorie über Menschen mit verschiedenfarbigen Augen.«

»Ach ja, und welche Theorie?«

Dan biss auf die Lippen.

»Verrückte Sachen eben«, sagte er verlegen.

Dan war sehr empfindlich bei allem, was seine Mutter anging. Deshalb zog es Bruno vor, nicht weiter nachzufragen. Er zog eine Reisetasche unter dem Bett hervor, die ihm Quincey gegeben hatte – »ein Abschiedsgeschenk, und ich hoffe, dass du sie bald benutzen wirst, um uns zu besuchen«, hatte er Bruno gesagt. Schweigend steckte er alle seine Bücher in die Tasche.

Dan schaute ihn nachdenklich an. Bruno glaubte, dass er immer noch über die Theorien seiner Mutter grübelte. Doch es ging eine ganz andere Sache in Dans Kopf herum.

»Ich vermute, dass es dir gefällt, adoptiert zu werden, oder etwa nicht?«, fragte er vorsichtig.

Bruno hielt inne. »Ob es mir gefällt?«, sagte er unschlüssig.

»Ich glaube nämlich, es gefällt dir nicht«, meinte Dan. »Und ehrlich gesagt, verstehe ich das nicht. Ich fände es großartig, aus diesem Loch hier herauszukommen.«

Bruno glaubte nicht, dass man außerhalb des Waisenhauses besser leben könnte als in ihm. Doch viele Kinder, zum Beispiel aus seiner Schule, schienen der festen Überzeugung zu sein, dass das Waisenhaus ein schrecklicher Ort sei. Sie fragten die Waisenkinder, ob sie verprügelt würden oder gezwungen seien, kalt zu duschen. Bruno sagte dann immer, dass es genau so sei, und dachte sich Schauergeschichten aus, um sie nicht zu enttäuschen. Er kannte nur diese Form des Lebens. Dan hingegen kannte beide: das Waisenhaus und die Familie. Bruno zuckte mit den Achseln.

»Du hättest ihn sehen müssen, diesen Kraan. Es kam

mir sogar so vor, als würde er mich hypnotisieren. Ich hatte den Eindruck ...«

Bruno verstummte und fuhr fort, seine Tasche zu packen. Dan schaute ihn neugierig an.

»Welchen Eindruck hattest du?«

»Bah, das ist doch alles Quatsch. Ich bin ja sogar eingeschlafen.«

»Ganz bestimmt ist das kein Quatsch. Welchen Eindruck hattest du?«

Bruno zögerte.

»Ich weiß nicht. Ich hatte den Eindruck, dass Kraan alles völlig schnuppe war, was Quincey erzählte, und dass er kurz davor war, den Direktor zu verprügeln, nur weil ihn das Gespräch anödete. Ganz schön dumm, oder?«

»Vermutlich«, sagte Dan und fügte nach einer langen Pause hinzu: »Ich an deiner Stelle würde mir darüber keine Gedanken machen.«

Doch Bruno dachte sehr wohl weiter darüber nach. Er erzählte Dan von dem Gespräch mit dem Waisenhausdirektor, nachdem Kraan gegangen war.

»Ich glaube, dass Quincey mehr weiß, als er mir erzählt hat. Ich kann dir auch ganz genau sagen, warum: Wenn ich die ganze Wahrheit wüsste, würde ich nicht mehr mit Kraan mitgehen wollen.«

»Mag sein. Quincey mag dich und weiß, dass es wahrscheinlich die letzte Chance für dich ist, adoptiert zu werden.«

»Du meinst, meine einzige Chance. Niemand hat mich jemals adoptieren wollen.«

»Na und. Seit wann beschäftigt dich das?«

Bruno zuckte mit den Schultern.

»Dich nervt doch nur, dass du ohne meine Hilfe nie wieder in deinem Leben einen Test in Mathe bestehen wirst«, sagte Dan. »Vielleicht kriegen wir das ja doch hin – wenn es stimmt, dass du nicht sehr weit fortgehst. Nimm auf jeden Fall das hier!«

Dan hatte ein Bündel hervorgezogen, das in Zeitungspapier eingewickelt war. »Den Erwachsenen kann man nicht trauen. Man muss vorbereitet sein. Und ich habe das Gegenstück.« Bruno riss das Papier auf. Es war ein Walkie-Talkie.

»Ich habe es gestern im Hotel Perduto ausprobiert. Der Empfang reicht bis hierher ins Waisenhaus. Das ist doch toll, oder?«

»Toll, vielen Dank, Dan.«

Dan winkte ab. Plötzlich sah er sehr traurig aus. »Weißt du, wie man es benutzt?«, fragte er mit brüchiger Stimme. »Man muss nur diesen Knopf zum Sprechen drücken und ihn zum Hören loslassen. So macht man das Walkie-Talkie an, und dieser Drehknopf regelt die Lautstärke. Denk immer daran, die Antenne herauszuziehen, dann hörst du besser. Heute Nacht können wir es ausprobieren. Jetzt ist es besser, wenn ich gehe, denn ich muss noch meine Hausaufgaben machen.«

Bruno wurde stutzig.
»Hör mal, woher weißt du, dass ich im Hotel Perduto wohnen werde?«
»Weil ich dich und Kraan hinter der Tür belauscht habe. Was hattest du denn gedacht?«
Dan lachte und verließ den Schlafsaal.

Kapitel 3
Willkommen im Hotel Perduto

Frau Kraan sah eher wie die Zwillingsschwester und nicht wie die Ehefrau jenes Mannes aus, den Bruno in Quinceys Büro kennengelernt hatte. Auch sie hatte rötliche Haare und einen durchdringenden Blick. Doch ihre Augen hatten ein und dieselbe Farbe, ein gelbliches Braun. Sie war auch groß und schlank, bewegte sich jedoch nicht so katzenhaft wie ihr Mann. Überhaupt machte sie einen kränklichen Eindruck. Sie kam zu Fuß zum Waisenhaus – das Hotel Perduto lag sehr nah –, und sie kam zu spät. Bruno wartete eine ganze Weile vor dem Tor auf sie. Quincey stand schweigend neben ihm, die Hand auf seine Schulter gelegt. Bruno wäre es lieber gewesen, er hätte das nicht getan. Denn sein ganzer Körper zitterte, und es war unmöglich, dass der Direktor es nicht bemerkte. Als Frau Kraan am Ende der Straße auftauchte, krallte Quincey seine Hand in die Schulter des Jungen. Bruno warf ihm einen verstohlenen Blick zu und glaubte, in Quinceys Gesicht eine seltsame Beunruhigung zu sehen. Und wenn nicht all das geschehen wäre, was noch geschehen sollte, hätte Bruno für immer geglaubt, dass er sich das alles nur eingebildet hatte – so kurz war das Zucken im Gesicht des Direktors gewesen.

»Die Frau dort hinten muss deine Mutter sein«, sagte Quincey und lächelte Bruno an. »Was hältst du davon, wenn du ihr entgegengehst, um sie zu begrüßen?«

Bruno zögerte einen Moment.

»Ich weiß doch nicht einmal, wie sie heißt.«

Quincey verzog ärgerlich das Gesicht.

»Ich vergesse immer, solche Dinge zu fragen. Wir müssen uns jetzt wie Männer verhalten und ihr entgegengehen. Frau Kraan! Ich freue mich sehr, Sie zu sehen! Bruno ist sehr gespannt, Sie kennenzulernen.«

Was für ein blödes Getue, dachte Bruno, während er sich eine Haarsträhne aus dem Gesicht blies und zu lächeln versuchte. Die Frau trug einen langen, altertümlichen, rosafarbenen Gobelinmantel. Sie kam auf Bruno zu und lächelte so, als würde ihr etwas wehtun.

»Hallo, mein Kleiner, wie geht es dir? Dein Vater wartet auf dich. Es ist besser, wenn wir jetzt gleich zu ihm gehen.«

»Natürlich, natürlich, das wird das Beste sein«, sagte Quincey und streckte seine Hand der Frau entgegen.

»Soll ich Sie bis zum Hotel begleiten? Die Reisetasche von Bruno ist ziemlich schwer.«

»Nein, danke«, sagte die Frau, ohne Quincey anzuschauen. Der Direktor zog seine Hand zurück.

»Ich werde die Tasche tragen. Gehen wir, mein Lieber?«

Quincey unternahm einen letzten Versuch und stellte sich der Frau in den Weg.

»Ich glaube, wir haben uns noch gar nicht vorgestellt. Mein Name ist Quincey Jarque, Direktor des Waisenhauses.«

»Mein Name ist Maula Kraan«, antwortete die Frau und hängte sich Brunos Reisetasche über die Schulter. Dann nickte sie dem Jungen zu. »Es ist Zeit zu gehen.«

»Ja, natürlich. Na dann, bis bald, Quincey. Ich werde dich besuchen kommen. Dan bringt mich um, wenn ich es nicht tue. Also bleibt mir nichts anderes übrig.«

Er schlug den Kragen seines Anoraks hoch, setzte seinen Rucksack auf den Rücken und ging los. Quincey blieb am Tor stehen, bis die beiden verschwunden waren. Bruno drehte sich ein paar Mal um und sah, wie der Direktor kleiner und kleiner wurde. Als er ihn nicht mehr sehen konnte, fühlte er sich zu seiner eigenen Überraschung gar nicht niedergeschlagen, sondern spürte eine seltsame Kraft in sich. Und im Stillen sagte er zu sich: Ganz egal, was alle Welt meint. Mit diesen Kraans stimmt irgendetwas nicht. Wenn ich mit heiler

Haut aus der Sache herauskommen will, muss ich sehr wachsam sein.
Maula Kraan sagte auf dem ganzen Weg kein Wort. Sie ging schnell, zupfte ständig an der Reisetasche, die ihr schwerer und schwerer wurde, und schaute regelmäßig über ihre Schulter, um sicher zu sein, dass Bruno nicht zurückblieb.
»Wir müssen uns beeilen, mein Schatz«, sagte sie, als Bruno sich bückte, um seinen Schuh zu binden. »Dein Vater will dich noch vor Anbruch der Nacht sehen.«
Bruno kam es seltsam vor, dass Maula so schweigsam war. Soweit er wusste, waren Mütter liebevolle und manchmal auch ziemlich aufdringliche Menschen. Doch das einzige Interesse dieser Frau schien zu sein, so schnell wie möglich zu ihrem Ehemann zu kommen.
»Warum wollten Sie mich adoptieren, Frau Kraan?«, fragte Bruno und versuchte mit Maula Schritt zu halten. Sie schaute ihn mit ihren gelblichen Augen verwirrt an.
»Warum? Weil wir einen Sohn wollten, mein Schatz.«
»Aber warum mich?«
»Weil du der Beste bist.«
»Sie kennen mich doch gar nicht. Woher wollen Sie wissen, dass ich der Beste bin?«
Maula setzte ihr seltsam mattes Lächeln auf.
»Manche Dinge sieht man auf den ersten Blick.«
Sie hielt an. Bruno dachte, dass sie ihm noch etwas sagen wolle. Doch Maula gab ihm nur ein Zeichen.

Erst jetzt bemerkte er, dass sie am Hotel angekommen waren.
»Hier werden wir einige Tage bleiben«, sagte Maula, als sie durch die Drehtür gingen. »Und danach erwartet uns ein neues Zuhause.«
»Kraan, äh, ich meine, mein Vater ...« – Bruno strengte sich an, um dieses Wort auszusprechen – »... mein Vater hat mir gesagt, dass wir eine Zeit lang hier bleiben werden. Nicht nur ein paar Tage. Eine Zeit lang.«
»Hab keine Angst, mein Schatz. Du selbst wirst sehr schnell deine Meinung ändern. Du wirst ein neues Leben beginnen. Es hat keinen Sinn, dass du dich an dein altes Leben klammerst.«
Bruno spürte, wie in seinem Inneren die Alarmglocken schrillten. Ich stecke in der Falle, ich werde abhauen, sagte er sich. Sie können mich nicht zwingen, adoptiert zu werden. Sobald ich sicher bin, dass das alles ein Betrug ist, werde ich abhauen. Er würde Dan anrufen, und sie würden gemeinsam weggehen. Schließlich hatte Dan schon immer davon geredet, aus dem Waisenhaus zu fliehen.
Das Hotel Perduto war eines der bekanntesten und gleichzeitig heruntergekommensten Gebäude von Mistyville. Es war mehr als 200 Jahre alt und einst für Adlige erbaut worden. Sie waren in die Stadt gekommen, als es chic geworden war, im Meer zu baden. Das Hotel hatte ein paar Glanzjahre erlebt und war dann langsam verfallen. Doch weder sein erster Besit-

zer noch einer seiner Nachkommen wollten es jemals verkaufen. Jetzt überlebte es mehr schlecht als recht, indem es Handlungsreisenden und ein paar Touristen Unterkunft gewährte.

Bruno blickte sich um. Die Hotelhalle sah aus wie die Kulisse in einem alten Horrorfilm. Die Wände waren von oben bis unten mit grünen Samttapeten bedeckt, die mit Schimmelflecken übersät waren und an den Ecken herunterhingen. Die Decken waren hoch und warfen einen seltsamen Hall zurück. Hinter einer Theke aus dunklem Holz stand der Rezeptionist. Er war ein alter Mann, den Bruno noch nie im Dorf gesehen hatte, sehr dünn und zerbrechlich und so blass, als sei seine Haut aus Papier. Sonst war niemand zu sehen.

»Komm doch rein, mein Schatz. Du stehst ja noch halb draußen«, drängte Maula.

Bruno drehte sich nach der verlassenen Straße hinter sich um. Niemand sonst schien die Absicht zu haben, das Hotel Perduto zu betreten. Ihm war unheimlich zumute. Trotzdem gehorchte er und ging durch die Drehtür, die quietschte, als er sie in Bewegung setzte. Es kam ihm vor, als sei die Luft in der Hotelhalle drückend und warm und als seien alle Geräusche von außen hier vollkommen verstummt. Einige Sonnenstrahlen des späten Nachmittags brachen sich im Staub zwischen den schweren Gardinen.

»Wir sind zu Hause«, sagte Maula zufrieden.

Der Rezeptionist war hinter seiner Theke hervorgekommen, als er die beiden eintreten sah. Maula überreichte ihm Brunos Reisetasche. Fast wäre er unter ihr begraben worden.
»Ich kann sie tragen«, bot sich Bruno an, als er sah, wie das Gesicht des dünnen Mannes eine bedrohlich bläuliche Farbe annahm.
»Wir haben keine Zeit für solche Kinkerlitzchen«, sagte Maula und zog Bruno am Arm fort.
Er wehrte sich instinktiv, aber es war nutzlos. Maulas Hand war wie eine Kralle. Sie zerrte Bruno zum Aufzug und stieß ihn hinein. Doch zu seiner großen Überraschung blieb sie zurück und schloss seine hölzernen Türen von außen.
»Kommen Sie nicht mit?«
»Dein Vater will dich alleine sehen«, sagte Maula. Dann schloss sie auch das Metallgitter des Aufzugs. »Dritter Stock, mein Schatz, Zimmer 396.«
Maulas Gesicht verschwand aus Brunos Blickfeld, als sich der Aufzug unter Stöhnen und Quietschen mit quälender Langsamkeit in Bewegung setzte. Brunos Gehirn hingegen arbeitete unter Hochdruck. Niemand hatte ihm jemals erzählt, wie die normalen Familien waren. Aber er war sich ziemlich sicher, dass die Kraans nicht zu dieser Kategorie gehörten. Ihm gefiel es überhaupt nicht, mit ihnen in diesem Hotel eingesperrt zu sein. Doch Quincey hatte ihm beim Abschied gesagt, dass er den Kraans eine Chance geben müsse. Und

er hatte Bruno daran erinnert, dass es im Leben viele Wendungen gebe und dass man auch dann das Beste aus neuen Situationen machen könne, wenn sie einem nicht gefielen. Bruno wusste in diesem Augenblick nicht, ob er den Ratschlag des Direktors wirklich befolgen würde. Aber er war sich sicher, dass Quincey es nicht gefallen hätte, wenn er bei der ersten sich bietenden Gelegenheit abgehauen wäre. Er öffnete also die Holztür des Aufzugs, schob das Metallgitter zur Seite und trat in den Flur.

Wenn die Halle des Hotels heruntergekommen war, war es dieser Gang erst recht. Vor langer Zeit mussten die Wände einmal ein Blumenmuster gehabt haben. Jetzt hatten sie sich in einen gräulichen Mischmasch verwandelt. Der Boden war aus uraltem Holz und knarrte unangenehm. Und der letzte Sonnenstrahl des Tages, der wie ein Laserstrahl auf den endlos langen Gang fiel, verschwand in genau diesem Moment. Kein Laut war zu hören. Bruno fragte sich, ob die Kraans die einzigen Gäste im Hotel waren.

Das Zimmer 396 lag am Ende des Ganges. Bruno ging langsam durch den Halbschatten voran. Ihm war sehr heiß, und die allgegenwärtige Stille schnürte ihm fast das Herz zu. Seine Hände aber waren eiskalt, bedeckt von kaltem Schweiß. Sie fühlten sich an wie geknebelt. Es fiel ihm schwer, die Klinke zu drücken. Und als er es tat, öffnete sich die Tür mit einem Knarren von allein.

»Komm herein, Bruno«, sagte eine schnarrende Stimme aus dem Inneren des Zimmers. Bruno blickte vom Halbdunkel des Ganges in das finstere Zimmer 396, das schwach von einem Kaminfeuer erleuchtet war. Er dachte daran, umzudrehen, zur Treppe zu rennen, sie hinunterzustürzen und das Albtraumhotel zu verlassen, um diese Angelegenheit ein für alle Mal zu beenden.

Sei kein Idiot, Bruno, sagte er sich. Du benimmst dich wie ein Baby.

Das gab ihm Kraft. Er trat ein. In einem majestätischen Ledersessel, der zur Tür zeigte, saß Negroponte Kraan. Er trug einen dunkelblauen Hausmantel. Im flackernden Licht des Kamins, der genau hinter ihm war, erschien er noch blasser als sonst. Seine Augen und Zähne schimmerten gespenstisch. Seine Hände ruhten auf den Armlehnen. Er lächelte zufrieden.

»Willkommen zu Hause, mein Sohn.«

Bruno schaute sich schweigend das Zimmer an. Ihm kam es ganz und gar nicht wie ein Zuhause vor.

»Setz dich bitte auf diesen Hocker.«

Bruno stellte seinen Rucksack auf den Boden, zog seinen Anorak aus und blickte sich um. In diesem Raum war nichts Außergewöhnliches. Es gab ein kleines Vorzimmer mit einer Tür, die vermutlich ins Schlafzimmer führte. Die Möbel waren alt, aus einem mattschimmernden Holz und mit Staub bedeckt. Sauberkeit schien keine Herzensangelegenheit der Hotelangestellten zu sein. Bruno überraschte es, keinen einzigen persönlichen Gegenstand zu sehen. Es gab weder ein Buch noch irgendwelche achtlos herumliegenden Schuhe, noch eine Brieftasche – Quincey nahm seine Brieftasche immer aus dem Jackett und legte sie irgendwohin, wenn er in sein Büro trat. Es gab auch keine Papiere oder anderen Dokumente. Anscheinend war sein Adoptivvater ein außergewöhnlich ordentlicher Mensch.

»Hast du Angst, mein Sohn?«, fragte Kraan.

»Natürlich nicht, mein Herr«, antwortete Bruno und versuchte, so wenig beunruhigt wie möglich zu klingen.

»Natürlich nicht, mein Junge.«

Bruno schaute misstrauisch den lächelnden Kraan an. Er setzte sich auf den Hocker, der vor dem Sessel stand.

»Nenne mich nicht ›mein Herr‹. Wir haben doch eine liebevolle Beziehung miteinander. Es wäre angemessener, wenn du mich mit ›Vater‹ ansprechen würdest. Meinst du nicht?«

Bruno blieb nichts anderes übrig, als zuzustimmen. Trotzdem hatte er den Eindruck, er würde sich an diesem Wort verschlucken, wenn er es benutzte.

»Ich weiß, dass dies eine eigenartige Situation für dich ist und dass es viele Dinge gibt, die dich beunruhigen. Meine Frau und ich, wir sind keine sehr, sagen wir, gewöhnlichen Menschen. Mir ist das alles bewusst.«

Kraan stand auf und ging zu einem niedrigen Tisch, der voller Flaschen und altertümlicher Kristallgläser war. Er schenkte sich ein Getränk ein, das im Widerschein des Kaminfeuers schwarz aussah, und leerte das Glas in einem Zug. Danach füllte er ein zweites Glas mit einer durchsichtigen Flüssigkeit.
»Trink«, sagte er und hielt Bruno das Glas hin. »Du scheinst nervös zu sein.«
Bruno gehorchte mechanisch. Es war Apfelsaft, frisch und süß. Er schmeckte gut.
»In den nächsten Tagen«, fuhr Kraan fort, »wirst du noch viele eigenartige Dinge sehen. Doch du musst dich nicht fürchten. In sehr kurzer Zeit wirst du alles verstehen und die unzähligen Vorteile schätzen lernen, die es mit sich bringt, zu unserer Familie zu gehören. Dies alles wird innerhalb von genau fünf Tagen geschehen.«
Der Mann kniete sich vor den Hocker und schaute Bruno durchdringend an. Seine Augen, eines schwarz, eines golden, durchbohrten den Jungen fast. Bruno fiel es schwer, zu atmen.
»Ich bitte dich nur, dass du mir vertraust und dass du meine Eigenheiten respektierst. Schaffst du das?«
Bruno hatte trotz des Apfelsaftes einen trockenen Mund. »Es gefällt mir nicht, Dinge zu tun, ohne zu wissen, warum«, sagte er mühsam. Seine Zunge klebte an seinem Gaumen.
»Und mir gefällt es nicht, sie von dir zu verlangen,

mein Junge. Lass uns einen Vertrag schließen. Fünf Tage, und danach wird es keine Geheimnisse mehr zwischen mir und dir geben. Bist du einverstanden? Ich will nichts ohne deine Zustimmung tun.«

Bruno hatte das Gefühl, um den Finger gewickelt zu werden.

»Ihre Frau hat mir gesagt, dass wir sehr bald Mistyville verlassen werden. Im Büro von Direktor Jarque haben Sie mir etwas ganz anderes versprochen. Wie kann ich Ihnen vertrauen, wenn Sie mich schon einmal belogen haben?«

Kraan war sehr überrascht und fing an zu lachen.

»Hier gibt es niemanden, der dich betrügt. Und was ist, wenn ich dir versichere, dass du selbst innerhalb von fünf Tagen diesen Ort hier unbedingt verlassen willst?«

»Das ist unmöglich.«

»Du wirst dich wundern, wie schnell sich deine Wünsche unter, nun ja, anderen Umständen ändern werden. Wie gefällt dir das: Wenn du am Morgen des sechsten Tages von heute an immer noch den Wunsch hast, hierzubleiben, werde ich dich nicht weiter bedrängen. Wir werden mit Direktor Jarque reden, und du wirst ins Waisenhaus zurückkehren. So einfach wird das sein.«

Brunos Herz machte einen Sprung.

»Einverstanden«, sagte er schnell, bevor es sich sein Adoptivvater anders überlegen konnte.

Kraan senkte seine Stimme und berührte Bruno sanft am Hals. »Bis dahin will ich, dass du dich ruhig verhältst, dass du nicht herumschnüffelst und niemandem erzählst, was in diesem Hotel vor sich geht. Nicht einmal deinem Freund Dan. Wirst du das tun?«

Bruno fragte sich, wie Kraan von Dan wissen konnte. Doch er versprach alles, was man von ihm verlangte. Er wurde müde und gab der Hitze in Kraans Zimmer die Schuld daran.

»Hervorragend. Und jetzt öffne bitte die Tür. Wir haben Besuch.«

Bruno hatte niemanden kommen hören. Doch er gehorchte. Vor der Tür stand Leopold mit erhobener Hand, denn er wollte gerade anklopfen.

»Hallo«, sagte Bruno überrascht.

Leopold schaute ihn mit zusammengezogenen Augenbrauen an. Auch er lebte im Waisenhaus, obwohl er ein paar Jahre älter war als Bruno. Er war ein hochgewachsener, kräftiger Junge mit breiten Schultern, kantigem Kiefer und kleinen Augen und trug sein fast weißes Haar streichholzkurz. Er war im Alter von acht Jahren ins Waisenhaus gekommen. Und Bruno hatte vom ersten Moment an begriffen, dass es besser für ihn war, sich von Leopold fernzuhalten. Kraan unterbrach das Schweigen.

»Ihr kennt euch, nicht wahr? Leopold ist ein sehr interessanter junger Mann. Es ist schade, Bruno, dass du den Umgang mit ihm gemieden hast. Im Gegensatz zu dir hat er den Wunsch, Teil meiner Familie zu sein. Und es ist gut möglich, dass wir das für ihn arrangieren können. Nicht wahr, Leopold?«

»Das hoffe ich, mein Herr«, antwortete Leopold ernst.

»Wärst du jetzt so liebenswürdig, uns alleine zu lassen, Bruno«, sagte Kraan. »Ich glaube, du musst morgen zur Schule. Deswegen ist es das Beste, wenn du dich in dein Zimmer zurückziehst. Der Schlüssel liegt neben der Tür.«

Bevor er richtig begriff, was er tat, stand Bruno schon im Gang, mit dem Rucksack auf dem Rücken, dem Schlüssel in der Hand und der geschlossenen Tür von Kraans Zimmer hinter sich. Mit größter Vorsicht drückte er sein Ohr an das Schloss, doch er hörte keinen Laut. Er hatte irgendwo gelesen, dass die alten Gebäude sehr dicke Wände hätten. Vielleicht sprachen Kraan und Leopold auch sehr leise miteinander.

Bruno wusste nicht, was er noch tun könnte. Also folgte er den Anweisungen seines Adoptivvaters und ging auf sein Zimmer. Jemand hatte das Feuer im Kamin angezündet. Seine ganze Kleidung hing ordentlich im Schrank, und auf dem Tisch stand ein Tablett mit warmem Essen. Trotzdem fühlte sich Bruno zum ersten Mal in seinem Leben verlassen.

Kapitel 4
Seltsame Tage

Später sollte sich Bruno kaum noch an alle Einzelheiten jener aufregenden fünf Tage erinnern können, die sich an das erste Gespräch mit Kraan anschlossen. Er ging zur Schule wie ein Schlafwandler, und er verstand kaum, was die Leute ihm sagten. Immer wenn Dan ihn nach seinen Adoptiveltern ausfragte – und das tat er ständig –, fühlte er diese eigenartige Benommenheit, die er schon in Kraans Zimmer gespürt hatte. Es ermüdete ihn, zu antworten, und deshalb beschränkte er sich meist darauf, mit den Achseln zu zucken. Am ersten Tag hatte er Dan noch erzählen können, dass Leopold im Hotel aufgetaucht war. Dan blieb der Mund offen stehen, denn eine Zeit lang war er das bevorzugte Opfer des Raufboldes Leopold gewesen. Später aber wurde Bruno unruhig, weil er glaubte, das Schweigeversprechen gebrochen zu haben, das er Kraan gegeben hatte. Und er erwähnte solche Dinge nicht mehr.

Wenn die Schule aus war, schulterte er seinen Rucksack und ging ohne ein Wort des Abschieds in Richtung der reglosen Maula, die ihn am Tor des Waisenhauses erwartete, um ihn ins Hotel Perduto zu begleiten. Dort ging er auf sein Zimmer, streckte sich auf dem breiten Bett voller Kissen aus, rührte sich nicht und schaute an die Decke, bis sie ihn per Haustelefon zum Abendessen riefen. Er holte noch nicht einmal seine Bücher aus dem Rucksack. Die Hausaufgaben interessierten ihn nicht mehr, und die Kraans fragten nie danach. Maula sprach überhaupt fast nie mit ihm. Bruno vermutete dennoch, dass Kraan ihr befohlen hatte, sich um ihn zu kümmern. Maula blieb während des gesamten Abendessens im großen Salon im Erdgeschoss bei ihm und achtete darauf, dass er genug aß. Sie selbst aß nur ein belegtes Brot. Und Kraan tauchte erst dann auf, wenn der schweigsame Rezeptionist die leeren Teller abgeräumt hatte. Bruno fragte sich, wo sich sein Adoptivvater den ganzen Tag herumtrieb. Es gab keinen Hinweis auf eine Arbeit oder irgendeine Beschäftigung, und soweit Bruno wusste, verließ Kraan nicht einmal das Hotel.

Kraan kam immer mit jener Flasche ins Speisezimmer, die Bruno in der ersten Nacht in seinem Zimmer gesehen hatte. Und jedes Mal schenkte er sich zwei oder drei Gläser von der dunklen Flüssigkeit ein, während er mit Bruno sprach.

Kraan war sehr interessiert daran, zu erfahren, was Bruno von seinen leiblichen Eltern wusste: Er fragte ihn, wann er ins Waisenhaus gekommen war und ob er Nachforschungen über den Aufenthaltsort seiner Eltern angestellt habe. Er wollte auch wissen, ob Bruno an irgendwelchen Krankheiten litt (tat er nicht), ob er Sport trieb (ein bisschen Basketball, weil er groß gewachsen war, doch hatte er kein besonderes Talent),

und ob er schon wüsste, was er später einmal werden wolle (er wusste es nicht, konnte sich aber vorstellen, Tierarzt zu werden).
Leopold kam jeden Abend ins Hotel, immer ein bisschen später als Bruno. Er klopfte höflich an die Tür des Speisesaals an, blieb immer neben Kraan stehen und hörte wortlos der Unterhaltung zu. Kraan wandte sich manchmal an Leopold, um ihn mit kalter Gleichgültigkeit zurechtzuweisen: »Junge, kratze dich nicht, hast du denn keine Erziehung?« »Hat dir jemand erlaubt, dieses Bonbon zu nehmen?« »Stehe gerade, Kerl, du hast doch keinen Buckel, oder?« Bruno wunderte sich über die Unterwürfigkeit von Leopold, der im Waisenhaus so leicht aus der Haut fuhr. Wenn die Standuhr des Speisesaals zehn schlug, schaute Kraan seinen Adoptivsohn mit durchdringenden Augen an. Bruno erhob sich dann wie ein Springteufel, wünschte den drei anderen eine gute Nacht und verließ den Raum, wobei er Kraans Lächeln in seinem Rücken spürte. Sobald sein Kopf das Kopfkissen berührte, schlief er ein. Doch jede Nacht hatte er Albträume, an die er sich am nächsten Tag nicht mehr erinnern konnte.
Am Mittwoch kam Quincey Jarque während der Pause in die Schule. Bruno sah, wie er einen vertrauten Blick mit Dan austauschte, als er den Hof betrat. Der Direktor war sehr ernst und näherte sich Bruno mit großen Schritten. Er hatte ein gezwungenes Lächeln im Gesicht.

»Hallo, mein kleiner Freund. Wie ist denn dein neues Familienleben?«

»Gut«, sagte Bruno. Er freute sich, den Direktor zu sehen, aber aus irgendeinem Grund hatte er keine große Lust zu reden.

»Ich dachte, du wolltest uns besuchen kommen. Dan war fest davon überzeugt, dass wir dich jeden Abend aus dem Waisenhaus werfen müssten, damit du zu den Kraans zurückgehst.«

»Nun, nun ja, es ist so, ich bin sehr beschäftigt.«

»Du musst mit deinen Eltern vertraut werden, nicht wahr? Das ist gut.«

Bruno antwortete nicht.

»Sag mir, wie läuft es denn mit ihnen?«

»Gut.«

»Gut? Das freut mich sehr. Keine Probleme bisher?«

»Nein, nur ...«

Quincey Jarque schaute Bruno forschend an. Im Sommersprossengesicht des Direktors lag eine tiefe Beunruhigung.

»Bruno, sag mir die Wahrheit. Ist irgendetwas geschehen? Du musst wissen, dass du nicht gezwungen bist, bei ihnen zu bleiben, wenn sie dich schlecht behandeln. Wenn es irgendein Problem gibt, sage es mir, und ich kümmere mich darum. Du weißt, dass ich das tun werde.«

Bruno wollte Quincey erzählen, was im Hotel Perduto

vor sich ging. Doch er hatte Kraan das Versprechen gegeben, nichts zu verraten. Außerdem konnte er so gut wie nichts berichten – außer dass Kraan keine Arbeit zu haben schien, dass er nicht gerne ausging und dass er aus Bruno und Leopold Freunde machen wollte. Bruno verstand nicht viel von Gesetzen. Aber er war sich sicher, dass diese Gründe niemals ausreichen würden, um eine Adoption rückgängig zu machen.

»Alles ist gut, Quincey, mach dir keine Sorgen.«

Der Direktor hatte seine Zweifel.

»Weißt du, dass dich nicht Kraan, sondern Maula vom Waisenhaus abgeholt hat, am helllichten Tag, das hat mir zu denken gegeben, aber ...«

Er hielt inne. Dann machte er eine Handbewegung, als ob auch er gerade zu viel geredet hätte.

»Vergiss nicht, dass du mir alles erzählen kannst. Verstanden? Wenn es dir aus welchem Grund auch immer bei den Kraans nicht gefällt, rufe mich an, und ich komme sofort. Du kannst es auch hier in der Schule tun. Ich werde den Direktor bitten, dass er dich das Telefon im Sekretariat benutzen lässt.«

Bruno nickte stumm. Quincey Jarque war klar, dass er nichts mehr aus dem Jungen herausbekommen würde, und gab sich geschlagen. Dan hatte das Gespräch der beiden vom Fußballplatz aus verfolgt. Er hatte gar nicht die Schubser bemerkt, die ihm seine Mitspieler gaben. Jetzt verzog er enttäuscht sein Gesicht.

Keiner der Kraans erwähnte ein weiteres Mal den heiß ersehnten fünften Tag, an dem alle Geheimnisse gelüftet werden sollten.

Und dann war er da. In der Früh ging Bruno wie immer in die Schule. Er aß stumm im Speisesaal zu Mittag und hörte nur mit einem halben Ohr Dans Fragen zu, der sein eigenes Essen gar nicht beachtete und immer drängender auf Bruno einredete. Bruno hatte Bauchgrimmen und dachte verzweifelt, dass er jetzt etwas tun müsse. Doch er fühlte sich unfähig, irgendeine Entscheidung zu treffen. Er verstand kein Wort von dem, was die Lehrer während des Unterrichts sagten. Und als die Schulglocke läutete, stand er wie ein Roboter auf, nahm seine Sachen und verließ das Gebäude. Frau Kraan stand am Tor des Schulhofs und kam auf ihn zu, ohne sich um die Rufe von Dan zu kümmern.

»Hallo, mein Junge, heute ist die Nacht der Nächte«, sagte Maula mit ihrem matten Lächeln.

»Ja«, antwortete Bruno mit einer Stimme, die nicht seine eigene zu sein schien.

»Dann lass uns gehen!«

Doch jemand hielt Bruno am Ärmel fest. Es war Dan.

»Bruno, was ist los?« Dan war sehr ernst und schaute seinen Freund mit flackernden Augen an.

Doch Brunos Gehirn war wie benebelt. Er verstand nicht, was Dan von ihm wollte.

»Nichts ist los. Ich muss ein paar Dinge erledigen.«

»Warum benimmst du dich wie ein Idiot? Du hast doch den Direktor gehört. Du musst nicht mit ihnen gehen, wenn du nicht willst.«
»Nein ... ich muss gehen ... Da hilft nichts.«
Frau Kraan schaute Dan böse an. Er schob sich seine Brille zurecht, die ihm immer von der Nase rutschte. Bruno sah, dass Dan angestrengt darüber nachdachte, wie er ihn überzeugen könnte, nicht mit Maula mitzugehen.
»Wenn sie dir irgendetwas Böses tun, können wir das allen erzählen, weißt du. Hier sind viele Leute. Sie kann dich zu nichts zwingen. Warum kommst du nicht mit mir? Wir gehen ins Büro des Schuldirektors, rufen Quincey an, damit er dich holen kommt, und er wird alles in Ordnung bringen.«
Bruno wusste, dass Dan recht hatte. Er machte einen Schritt auf ihn zu, doch seine Adoptivmutter legte ihre Hand auf seine Schulter. Bruno wandte sich zu ihr. Maula schaute immer noch Dan an, jetzt mit einer Art grausamer Entschlossenheit. Bruno bekam Panik.
»Hier passiert gar nichts Seltsames. Ich muss gehen. Das ist alles«, sagte er schnell.
»Wirst du jetzt nie wieder zu mir kommen?«
Maula spannte jede Faser ihres Körpers, als wolle sie Dan gleich angreifen. Bruno sagte das Erste, das ihm durch den Kopf schoss, nur um Dan loszuwerden.
»Du gehst mir einfach auf die Nerven«, sagte er in einem Ton, der grober war, als er eigentlich wollte.

»Und das alles nur, weil du es nicht erträgst, dass sie mich und nicht dich adoptiert haben. Mich wundert es überhaupt nicht, dass dich deine Mutter verlassen hat. Du bist ein Albtraum!«

Dan antwortete nicht. Er stand wie versteinert mit offenem Mund da.

»Ich muss gehen«, sagte Bruno zum dritten Mal.

Die Hand seiner Adoptivmutter krallte sich wie eine Pranke in Brunos Schulter. Sie drängte Bruno zum Gehen, und beide entfernten sich mit schnellen Schritten. Bruno fühlte sich so schlecht, dass er noch nicht einmal merkte, welchen Weg sie einschlugen. Es war ein anderer als gewöhnlich. Das begriff er erst, als vor ihm die Steilküste auftauchte.

»Wohin gehen wir?«

»Zur alten Markthalle der Fischer«, sagte Maula.

Mistyville lag am Rand einer Bucht mit einer Steilküste. An ihrem Ende erstreckte sich ein kleiner Strand. Man erreichte ihn nur über gewundene Pfade. Bei starkem Wind war es lebensgefährlich, dort hinunterzusteigen. Auf halbem Weg lag auf einem 20 Meter breiten Felsvorsprung die alte Markthalle des Dorfes: Es war ein einsam gelegenes Gebäude aus Ziegelsteinen, in dem die Fischer mehr als fünf Jahrhunderte lang ihren Fang versteigert hatten.

Jetzt benutzte niemand mehr das Gebäude. Vor 30 Jahren hatte man eine neue Markthalle gebaut, die für alle leichter zu erreichen war. Seither verfiel die alte

Halle langsam. Die Fischer hatten vorsichtshalber die Türen mit einem Riegel verschlossen, doch kam man durch die zerbrochenen Fenster in das Gebäude hinein. Bruno ging oft mit Dan zum Spielen dorthin. Vor zwei Jahren hatten sie das Gebäude zu ihrem Generalhauptquartier erklärt. Sie schafften Proviant, Landkarten und eine Laterne in die Halle, die sie vom Speicher des Waisenhauses stibitzt hatten. Das alles bauten sie auf den marmornen Theken auf. Sie gingen jeden Tag zur Markthalle, kundschafteten die Höhlen in der Umgebung aus und grillten Würstchen auf einer Feuerstelle aus herausgebrochenen Fliesen. Dan hatte sogar vorgehabt, sich nach seiner Flucht aus dem Waisenhaus hier zu verstecken.
Doch das Abenteuer dauerte nur ein paar Wochen: Irgendjemand sah, wie sie in dem Gebäude verschwanden, und benachrichtigte die Polizei, die sofort alle Fenster zunagelte. Quincey ließ Dan und Bruno in seinem Büro antreten und tadelte sie wegen ihrer Leichtsinnigkeit. Die Halle sei ein halbverfallenes Gebäude, sagte er. Das Dach hätte in jedem Moment einstürzen können und bestimmt gäbe es jede Menge Ratten dort. Dieses Argument verwandelte die Fischerhalle in einen noch anziehenderen Ort. Doch es gelang Bruno und Dan nicht, die Bretter von den Fenstern herunterzureißen. Sie mussten ihre Fluchtburg aufgeben.
Bruno verstand nicht, welches Interesse Kraan an diesem Ort haben konnte. Es war ein dreckiges, gefähr-

liches, heruntergekommenes Loch, über das die Erwachsenen die Nase rümpften.
»Maula.«
»Ja, mein Lieber?«
»Warum gehen wir zur alten Markthalle?«
»Weil das der vorbestimmte Ort ist.«
»Wie?«
Maula lächelte geheimnisvoll.
»So hat es dein Vater bestimmt, mein Schatz.«
»Seid ihr wirklich verheiratet?«
»Hmm ... Ja, so kann man das bezeichnen.«
»Er behandelt dich aber nicht wie seine Frau. Du scheinst eher seine Dienerin zu sein.«
»Ich bin beides.«
Bruno wollte etwas sagen, doch er rutschte auf einem schlammbedeckten Felsen aus. Der Weg wurde steiler. Und es wurde immer dunkler. Maula griff nach Brunos Ellbogen, um ihm zu helfen. Schritt für Schritt näherten sie sich dem gespenstischen Gebäude. Die Fenster waren immer noch vernagelt, aber jemand hatte den Riegel der Tür aufgebrochen.
Maula machte eine Handbewegung, und Bruno trat ein. Mein Leben mit den Kraans besteht aus einem einzigen Durchschreiten von beunruhigenden Türen, dachte er. Seine Schritte hallten auf den Tonfliesen wider.
Die alte Markthalle sah genauso aus, wie sie Bruno in Erinnerung hatte: wie eine staubbedeckte Ruine. Doch

irgendjemand hatte zwei große Kerzenständer auf die beiden Marmortheken gestellt. Sie warfen ein unruhiges Licht in den Raum, in dem jetzt lauter flackernde Schatten tanzten. Bruno wurde geblendet. Erst nach ein paar Minuten sah er die Gestalt, die aus der Tiefe des Raumes langsam hervortrat. Er kniff die Augen zusammen, um sie besser sehen zu können. Doch als ein dumpfer Schlag durch das Gebäude dröhnte, wich er zurück. Maula hatte gerade die Tür von innen mit einem schweren Türriegel verschlossen. Vor den Augen des erschreckten Bruno zog sie ihren Popelinmantel aus, den sie immer trug. Darunter kam ein schweres, rotes Kleid zum Vorschein.

»Erschreckt, Bruno?«, fragte eine schnarrende Stimme in Brunos Rücken.

Er drehte sich um. Wie er befürchtet hatte, war aus der schemenhaften Gestalt sein Adoptivvater geworden. Er trug den langen Hausmantel, den er schon bei ihrer ersten Begegnung im Hotel angehabt hatte.

»Ich habe dir ja schon gesagt, dass du keine Angst haben musst.«

»Mein Herr, ich ziehe es vor, ins Waisenhaus zurückzukehren«, sagte Bruno mit fester Stimme.

»Nein, nein, mein Kleiner. Erinnerst du dich an unseren Vertrag? Morgen endet die Frist. Wenn du im Morgengrauen mich immer noch verlassen willst, wird dich nichts und niemand daran hindern. Bis zu diesem Augenblick musst du tun, was ich von dir verlange.«

Bruno war sich sicher, dass dieser Vertrag keinen bedingungslosen Gehorsam einschloss. Doch er war zu verängstigt, um das zu erwähnen.

»Mein Herr, was soll das alles bedeuten? Warum sind wir hierhergekommen?«

»Ich weiß, das waren zu viele Tage voller Fragen ohne Antworten, nicht wahr? Das wird sich jetzt sofort ändern. Setz dich bitte!«

Maula brachte ihnen zwei Stühle. Dann entfernte sie sich, indem sie langsam rückwärtsging, bis sie im Schatten der Dunkelheit verschwand. Kraan setzte sich und legte dabei elegant seinen Hausmantel ab. Bruno hockte sich auf den äußersten Rand seines Stuhls. Einmal mehr spürte er, dass er hochkonzentriert sein musste, wenn er hier heil herauskommen wollte.

»Ich gehöre zu einer alten Rasse«, sagte Kraan. »Eine Rasse, die älter ist als die Sonne und der Regen, älter als die Mutter aller Menschen. Vor langer Zeit war es eine stolze Rasse, die jenseits der menschlichen Gesetze lebte. Die Nacht war unser Reich, und alle Lebewesen wussten, dass die Welt kein sicherer Ort mehr war, sobald die Sonne am Horizont verschwand. Meine Brüder und ich erwarteten sehnsüchtig die Dämmerung, denn dann traten wir ins Freie, um zu jagen und uns wie die Könige der Nacht zu amüsieren. Und als der Hahn das Anbrechen des neuen Tages ankündigte, kehrten wir zurück in unser Heim. Wir warteten ab, bis sich der Himmel von neuem verdunkelte, und überließen die

Dinge ihrem Lauf. Niemals gab es Streit zwischen uns. Es waren wunderbare Zeiten.«

Bruno vermutete, dass Kraan irgendeiner extravaganten Aristokratenfamilie angehörte.

»Doch eines Tages endeten diese Zeiten. Ich und meine Brüder wurden massakriert von einer Rasse, die niedriger war als unsere, aber viel zahlreicher. Die Überlebenden von uns kamen zusammen und beschlossen, unsere bisherige Lebensform aufzugeben, die uns so stolz gemacht hatte. Ich war dabei und protestierte. Doch meine Brüder fürchteten den Feind, der den Unseren schwere Verluste beigebracht hatte. Sie sagten, unser Leben sei falsch gewesen. Sie sagten, dass wir unsere Traditionen aufgeben müssten. Sie löschten alle Zeugnisse unserer Existenz aus. Wir zogen uns in wenige Fluchtburgen zurück und beschlossen erniedrigende Gesetze für unser Wesen: Zu allererst sei es verboten, zu jagen, sagten sie, und unsere Führer schmiedeten Pläne, um unsere gesamte Existenz Schritt für Schritt im Reich der Legende verschwinden zu lassen. Und so leben wir seither, verdammt zur Heimlichkeit, gesenkten Hauptes unsere Herabstufung ertragend. Ich litt schrecklich unter alldem.«

»Und Sie beschlossen, die Ihren zu verlassen?«, fragte Bruno im Glauben, verstanden zu haben.

Sein Adoptivvater richtete sich plötzlich auf und sagte streng: »Nein, noch nicht. Ich hatte …«

Kraan begann zu husten.

»Ich hatte … einen guten Grund … ich hatte …«
Er fand nur mit Mühe seine Fassung wieder.
»Ich hatte eine Ehefrau, die ich sehr liebte. Sie gehörte einer bedeutenden Familie an und wollte die Ihren nicht verlassen. Ihretwegen blieb ich und ertrug die Erniedrigungen im Stillen, obwohl mein Blut kochte. Eines Tages sagte mir meine Frau, dass sie ein Kind erwartete. Kinder sind selten bei uns. Die Nachricht erfüllte mich mit Freude und Bitternis gleichermaßen. Ich wollte nicht, dass mein Kind als Geächteter in einer Welt aufwuchs, die eigentlich ihm gehörte. Ich schmiedete einen Plan, der uns unsere Ehre zurückgeben würde. Und ich trug ihn unserer Versammlung vor. Ich dachte, man würde mich unterstützen. Doch ich irrte mich.«
»Warum? Was war Ihr Plan?«
Kraan legte seine Hand auf Brunos Kopf.
»Dazu kommen wir bald. Unsere Führer nannten mich einen Verrückten und verlangten von mir, meinen Ideen abzuschwören. Ich wurde wütend. Ich kündigte an, meinen Plan Wirklichkeit werden zu lassen, allen Widerständen zum Trotz. Denn es gab keine andere Lösung. Meine Frau stieg auf das Podium, auf dem ich schreiend stand. Sie versuchte mich zu beruhigen und mich von dort oben wegzuziehen. Doch ich war rasend. Und als sie meinen Arm ergriff, stieß ich sie fort. Sie fiel viele Meter tief vom Podium hinunter in den Saal.«

Kraan schwieg. Bruno sah Tränen auf seinen Wangen. Sehr leise stellte Bruno die Frage, die ihm den Hals zuschnürte.

»Und ist sie gestorben?«

Anstatt zu antworten, nahm Kraan Brunos Hände und bedeckte mit ihnen leise schluchzend sein Gesicht. Bruno wurde von Mitleid ergriffen. Doch das dauerte nur eine Sekunde, denn dann spürte er einen heftigen Schmerz in der Handfläche. Kraan hatte ihn gebissen. Bruno sprang auf und hielt sich die verletzte Hand an die Lippen. Der metallische Geschmack des Blutes mischte sich mit den salzigen Tränen von Kraan.

»Sind Sie verrückt geworden!«, schrie er wütend.

Die Augen seines Adoptivvaters glänzten in der Dunkelheit.

»Entschuldigung, mein Sohn.«

Bruno merkte, dass Kraan seinen Biss nicht im Geringsten bedauerte. Er wich einen Schritt zurück.

»Nun reicht es aber, wir haben lange genug in die Vergangenheit zurückgeschaut«, fuhr Kraan fort. »Ich werde mich jetzt weder darüber auslassen, wie der Schmerz meine Pläne vereitelte, noch darüber, wie ich sie dank glücklicher Ereignisse weiterverfolgen konnte. Alles, was ich will, ist, dass du weißt, wie unumstößlich mein Entschluss ist. Ich werde meinen Plan verwirklichen, und du wirst dabei mein wichtigster Verbündeter sein. Hast du schon bemerkt, was ich bin? Weißt du, von welcher stolzen Rasse ich spreche?«

Bruno schüttelte den Kopf.
»Hast du noch nie von den Vurdalak gehört, von den Estrigoi? Von den Toten, die ihre Zähne in den Särgen knirschen lassen? Von den Untoten, den Vampiren?«
»Was!?«
Bruno schaute sich um. Er musste hier weg. Es bestand kein Zweifel daran, dass Kraan verrückt war. Sein Adoptivvater fing an zu lachen, als er Brunos Absichten erkannte.
»Du kannst nicht fliehen, mein Kleiner. Außerdem wäre es sehr unhöflich, wenn du verschwändest, bevor ich meine Geschichte zu Ende erzählt habe.«
Bruno versuchte sich daran zu erinnern, wo die Tür war. Im Kerzenschein konnte er kaum etwas erkennen. Und jetzt wurde ihm auch noch schwindlig.
»Weißt du wirklich nicht, was das Zeichen in deinem Gesicht bedeutet?«, fragte Kraan belustigt. »Im Laufe der Jahre ist das ganze Wissen verloren gegangen, das der Mensch über meine Rasse gesammelt hat. Früher wussten selbst die kleinsten Kinder, dass zwei verschiedenfarbige Augen das Zeichen der Vampire ist.«
Bruno stand mit großen Augen da.
»Vampire gibt es nicht.« Das war alles, was er sagen konnte.
»Du bist natürlich kein reinrassiger Vampir. Mischlinge aus deiner und meiner Rasse sind nie sehr zahlreich gewesen, selbst in früheren Zeiten nicht. Doch wenn in

den Adern auch nur ein einziger Tropfen Vampirblut fließt, hat man Augen unterschiedlicher Farbe. Und das Interessanteste ist, dass nur Abkömmlinge von Vampiren sich selbst in Vampire verwandeln können.«
Bruno konnte jetzt etwas deutlicher in der Dunkelheit sehen. Links von ihm war die Tür. Er rannte auf sie zu und rüttelte mit aller Kraft an ihr. Neben der Tür stand Maula, vollkommen reglos. Auch Kraan hatte sich nicht bewegt. Bruno versuchte, den Riegel beiseitezuschieben. Aber er tat sich nur weh. Seine Gedanken rasten, in seinem Kopf hämmerte es. Er schaute aus dem Augenwinkel auf Kraan, der sich mit seiner Hand müde über die Stirn strich.
»Hör auf, dich wie ein Kind zu benehmen, Bruno. Ich hätte gedacht, dass du begreifst, welche großartige Sache ich dir anbiete. Maula, bring ihn her!«
Maula warf sich mit einer Geschwindigkeit auf Bruno, die er einem so schlaffen Menschen gar nicht zugetraut hätte. Mit unglaublicher Kraft ergriff sie ihn an den Armen. Bruno wehrte sich, konnte aber nicht verhindern, dass Maula ihn zu Kraan schleppte. Maula drehte die Schulter, um ihre Beute fester packen zu können. In diesem Augenblick sah Bruno, dass sie am Hals eine geschwollene Bisswunde hatte. Bruno versuchte mit noch größerer Verzweiflung, sich loszureißen. Diese Leute sind wahnsinnig, dachte er sich.
»Tue dem Jungen nicht weh!«, sagte Kraan. »Es ist ganz normal, dass er sich wehrt. Vielleicht fragst du

dich, mein Sohn, warum ich gerade dich ausgewählt habe – vor allem weil noch jemand hier ist, der dasselbe Zeichen trägt wie du und begierig ist, mir zu Diensten zu sein?«

Kraan machte eine Handbewegung, und aus dem Schatten trat ein weiteres menschliches Wesen. Es war ein großer, kräftiger Junge mit Bürstenhaarschnitt und Augen von unterschiedlicher Farbe. Bruno erkannte ihn sofort: Es war Leopold.

Kapitel 5
Die Verwandlung

Bis zu diesem gottverlassenen Ort musste ich kommen, um dich zu finden«, sagte Kraan mit zischender Stimme. »Denn niemand ist so geeignet für meinen Plan wie du. Eines Tages werde ich dir erklären, warum. Stell dir meine Überraschung vor, als ich entdeckte, dass es hier noch einen zweiten Jungen mit dem Zeichen der Vampire gab. Ich hatte schon deine Adoption in die Wege geleitet und wollte keine Aufmerksamkeit erregen, indem ich noch einen zweiten Jungen adoptierte. Das ist auch nicht so wichtig. Ich habe dich vor dem Gesetz als meinen Sohn angenommen, damit du dich ungestört in der Welt der Menschen bewegen kannst. Das ist wichtig, vor allem in der ersten Phase des Plans. Für die anderen gilt das nicht – und es wird viele andere geben. Deshalb nahm ich auf etwas direktere Weise den jungen Leopold in meine Dienste. Er war bereit, seine bescheidene Rolle zu erfüllen. Er wird mein zweiter Verbündeter sein – und du mein erster.«

Leopold war es gewohnt, der Spielführer zu sein, wenn Mannschaften zusammengestellt wurden. Bruno hingegen musste immer unter Qualen mitansehen, wie alle anderen vor ihm ausgewählt wurden. Er kam jedes Mal als Letzter an die Reihe. Außerdem sah Leopold gut aus und war immer herausgeputzt. Ganz anders Bruno: Oft waren seine Schnürsenkel offen, immer fiel ihm das Haar ins Gesicht, und er hatte Riesenprobleme, im Sportunterricht mitzuhalten. Warum also sollte jemand ihn dem starken Leopold vorziehen?

Sein Adoptivvater schien Brunos Gedanken zu erraten.

»Lass dich von den Äußerlichkeiten nicht täuschen. Du bist besser als Leopold. Ich werde die Nacht für die Vampire zurückerobern, ob sie es wollen oder nicht. Viele werden mir folgen. Diejenigen, die sich mir in den Weg stellen, werden vernichtet. Und du, Bruno, wirst dabei mein Schwert sein.«

»Das werde ich niemals tun!«

»Du wirst schon sehr bald deine Meinung ändern. Jeder neue Vampir ist seinem Schöpfer verpflichtet und muss ihm auf Leben und Tod gehorchen. Das wirst du schon bald herausfinden. Doch zuerst muss ich den jungen Leopold in einen Vampir verwandeln. Er wünscht es sich so sehr.«

Er packte Leopold am Hals und warf ihn auf den Boden.

»Es ist ziemlich dumm, alles zu glauben, was einem ein Fremder erzählt«, sagte Kraan. Leopold stand ohne Protest auf, auch wenn er leichenblass geworden war.

»Maula, lass Bruno los! Er kann nirgendwohin, und du tust ihm weh«, sagte Kraan.

Nachdem ihn die Frau losgelassen hatte, spürte Bruno wieder das Blut durch seine Adern fließen. Er schaute sich um. Jetzt konnte er besser sehen. Ein eigenartiges Kribbeln kroch über seinen ganzen Körper. Er fühlte sich seltsam stark und wach. Das muss das Adrenalin sein, dachte er. So etwas hatte er schon einmal im Fernsehen gesehen: Wenn jemand in Gefahr ist, schüttet er eine Substanz aus, die ihn schneller laufen lässt. Auch ist man dann stärker und wacher gegenüber möglichen Angriffen. Er inspizierte den Raum. An seinem Ende war eine zweite Tür, durch die Leopold hereingekommen sein musste. Doch sie war ebenso verriegelt wie die Tür links von Bruno. Der einzige Fluchtweg war eine kaputte Dachluke, unerreichbar in zehn Meter Höhe. Es lohnte sich noch nicht einmal, über diesen Fluchtweg nachzudenken.

»Wir brauchen Vollmond für die Verwandlung«, sagte Kraan, der Leopold zu einer der marmornen Theken gebracht hatte. Das Licht des Vollmondes umspielte die beiden. »Deswegen haben wir bis heute warten müssen. Seit vielen Jahrhunderten hat niemand mehr dieses Ritual vollzogen. Und die Dokumente, die alle Einzelheiten genau erklären, wurden von meinen unwürdigen Brüdern zerstört oder versteckt. Nur das Wesentliche ist überliefert worden, und wir wissen nicht, ob das reicht. Deswegen werden wir erst Leopold verwandeln. Wenn er überlebt, bist du an der Reihe.«

Kraan hielt ein gelbes Glas in der Hand. Bruno betrachtete ihn, doch er kam ihm nicht zu nah. Wenn er einen Fluchtweg finden wollte, war genau dieser Abstand zwischen ihm und Kraan unerlässlich.

»Um des vergessenen Blutes von Lilith willen, das im Blut des neuerschaffenen Vampirs fließen wird«, sagte Kraan mit gleichförmiger Stimme. Leopold schaute ihn mit aufgerissenen Augen an.

»Um der Nacht willen, die Vlad unterwarf und die seine Heimat wurde«, fuhr Kraan fort und schlug seine Zähne in sein eigenes Handgelenk.

Jetzt ist er endgültig verrückt geworden, dachte Bruno starr vor Schreck.

Das Blut sprudelte nur so aus dem Handgelenk. Kraan fing es sorgfältig auf, damit ja kein Tropfen verloren ging.

»Um des unsterblichen Lebens von Bhut willen, der den Tod täuschen konnte.«

Im Mondlicht glänzte das Blut wie Metall. Bruno schaute noch einmal zur Luke hinauf. Natürlich war es verrückt. Doch jetzt glaubte er, es schaffen zu können, wenn er nur hoch genug sprang.

»Um der Begierde von Kali willen, die ihr die Wiedergeburt schenkt. In der Nacht der Blutsbande, im Lichte des Mondes, der uns für immer vereinigen wird …«

Bruno hörte ein Blubbern. Das Blut im Glas hatte zu kochen begonnen. Wie war das möglich?

Kraan überreichte Leopold das Glas.

»… rufe ich die Kraft des Blutes an und nehme für immer die Kreatur in Besitz, die aus ihm geboren wird. Leere dieses Glas und lebe, um mir zu dienen, mein Schüler!«

»Trink das nicht, Leopold. Dieser Kerl ist verrückt! Lass uns von hier verschwinden!«, schrie Bruno.

Doch Leopold führte mit einem finsteren Lächeln das Glas an seine Lippen und leerte es in einem Zug.

Was dann geschah, war schrecklich. Leopold griff sich an den Hals und stand wie angewurzelt da, so als würde er gleich ersticken. Das Glas fiel zu Boden und zerbrach. Dann stürzte auch Leopold, der wie wild zuckte. Bruno vergaß seine Fluchtpläne und rannte zu ihm. Kraan und Maula taten nichts weiter, als das Ganze mit großem Ernst zu betrachten.

»Leopold!«, schrie Bruno und versuchte, seinen Kopf

zu stützen. »Wir müssen ihn ins Krankenhaus bringen. Er erstickt! Wir müssen …«
Dann wurde es still. Starr vor Angst schaute Bruno auf Leopold. Er war sich sicher, dass er tot war. Doch er erwiderte seinen Blick. Leopold lebte, aber er war nicht mehr derselbe. Seine Augen waren jetzt viel größer, und in ihnen lag das Flackern des Wahnsinns. Die Haut in seinem Gesicht war weiß wie Wachs. Sogar seine Nase erschien nun spitzer. Bruno schrie auf und machte einen Satz zurück. So etwas Schreckliches hatte er noch nie gesehen.
»Was ist mit dir geschehen?«
Leopold lächelte. Auch sein Gebiss war jetzt sehr weiß, und seine Eckzähne waren größer als zuvor. Sie schauten wie zwei kleine Dolche aus. Kraan lachte. Er war entzückt.
»Bravo, mein kleiner Soldat. Bruno, schau ihn dir an! Du wirst dich jetzt auch in so etwas Prächtiges verwandeln. Nun ist Leopold eine mächtige Kreatur. Die Elenden werden ihm gehorchen, der Himmel wird seiner sein, und die Freuden der Jagd warten auf ihn. Er hat nur einen kleinen Preis dafür bezahlt: den des Sonnenlichts und der Unabhängigkeit seines Geistes. In einer Minute, Bruno, wirst auch du nichts anderes mehr wollen, als mir zu gehorchen und mir selbst den kleinsten Wunsch zu erfüllen. Fürchte dich nicht. Ich werde ein gütiger Gebieter sein.«
Kraan packte Leopold am Hemdkragen, dann gingen

die beiden auf Bruno zu. Bruno erstarrte. Er musste hier raus, wie auch immer. Vielleicht konnte er die Wand bis zur Luke hinaufklettern. Er rannte zur Mauer und klammerte sich an einen Ziegelstein, der ein wenig hervorstand. Die Vampire folgten ihm ganz langsam. Sie hatten ihren Spaß an der Angst, die sie bei Bruno auslösten. Bruno zog sich an dem Ziegelstein hinauf – und glitt zu seiner großen Überraschung mühelos in die Höhe. Sein Körper schien schwerelos. Er griff nach einem zweiten Ziegelstein und stieg noch ein Stück höher, diesmal fast einen Meter. Kraan brüllte irgendetwas. Maula warf sich in Richtung Bruno und bekam seinen Fuß zu fassen. Trotz seiner Angststarre trat er Maula mit voller Kraft ins Gesicht. Er hörte, wie sie auf den Boden fiel. Er versuchte, noch höher zu steigen – und mit einem Mal merkte er, dass seine Hände und Füße die Wand gar nicht mehr berührten. Sein Körper schwebte in der Luft. Er hatte seine Schwerkraft verloren. Jetzt war die Rettung nah. Er schlüpfte durch die Luke und schoss wie ein Pfeil in den kalten Herbsthimmel. Er flog!

Als er merkte, was er tat, blieb er mitten in der Luft stehen. Wie war das möglich? Kraan und Leopold quetschten sich wie zwei Flaschenkorken durch die Luke. Bruno konnte jetzt an nichts anderes mehr denken als an seine Flucht. Noch waren die beiden weit weg, doch er konnte die Wut im Gesicht seines Adoptivvaters erkennen. Kraan wies wild gestikulierend in

seine Richtung. Bruno schlug einen Haken und flog mit höchster Geschwindigkeit auf den Wald zu.
Er schaute ein paar Mal zurück. Aus irgendeinem Grund konnte er ausgezeichnet in der Dunkelheit sehen, nur die Farben waren etwas verschwommen.
Leopold blieb bald zurück, denn er war es nicht gewohnt, sich auf diese Art fortzubewegen. Kraan aber kam immer näher. Ich muss ihn in die Irre führen, sagte sich Bruno. Er legte seine Arme fest am Körper an, um den Luftwiderstand zu verringern, und raste auf den Wald zu.
Er schlug aufs Geratewohl ein paar Haken und flog in den dichten, alten Wald mit seinen großen, knotigen Bäumen hinein. Als er glaubte, dass ihn Kraan nicht mehr sehen konnte, änderte er noch einmal die Richtung und versteckte sich im Wipfel einer riesigen Eiche. Sein Herz hämmerte so laut, dass Bruno glaubte, der Vampir müsse es einfach hören. Regungslos hockte er in der Baumkrone und ließ die Sekunden verstreichen. Er wird mich sehen, ich kann ihm nicht entkommen, dachte Bruno. Tatsächlich bewegte sich der Schatten seines Adoptivvaters vor ihm hin und her, von Mal zu Mal näher an seinem Versteck. Ganz bestimmt ahnte Kraan, dass er seiner Beute sehr nahe war.
Bruno schaute nach unten. Er überlegte, ob er hinunterspringen sollte, um seinen Verfolger abzulenken. Anschließend könnte er so schnell wie möglich zu den Höhlen an der Steilküste fliegen. Zwischen den

Wurzeln der Eiche sah Bruno eine Feldmaus, die ihn neugierig anschaute. Ein paar Meter weiter entdeckte er einen Ast, der auf einen anderen Baum gefallen war. Ein Satz von Kraan schoss ihm durch den Kopf: »Die Unwürdigen werden dir gehorchen, und der Himmel wird deiner sein.« Er war kein Vampir, doch er konnte fliegen, vielleicht klappte es ja. »Wirf den Ast herunter!«, befahl Bruno in größter Verzweiflung dem winzigen Tier. Und tatsächlich rannte die Maus zu seiner großen Überraschung auf den Ast zu. Kraan war jetzt so nah, dass Bruno das Knirschen seiner Zähne hören konnte. Die Maus drückte ihren Kopf gegen den Ast, der mit großem Getöse zu Boden fiel. Kraan drehte sich um.

»Bruno«, flüsterte der Vampir in die Richtung des Astes.

Los, Kraan, geh zum Ast, flehte Bruno innerlich. Plötzlich hatte er eine Idee. Wenn all das stimmte, was er über Vampire gelesen hatte …

Kraan schwebte langsam zu dem Ort, von dem das Getöse gekommen war. Bruno spannte seinen ganzen Körper und zwang sich zu warten, bis der Vampir genau neben dem Ast war.

Jetzt, sagte er sich, und flog wie ein Pfeil in den Himmel hinauf.

Kraan brüllte vor Zorn und jagte Bruno hinterher. Doch jetzt floh der Junge nicht mehr ziellos. Er wusste ganz genau, wohin er wollte.

Bruno brauchte nur fünf Minuten, um Mistyville zu erreichen. Aber jede Sekunde kam ihm vor wie eine Ewigkeit. Er wagte es noch nicht einmal, sich umzudrehen, um zu sehen, wie weit sein Verfolger entfernt war. Erst als er den Kirchplatz erreichte und hart auf dem Sims des Kirchturms landete, traute er sich, sich nach Kraan umzudrehen. Der Vampir war genau neben ihm. Zu allem Übel näherte sich auch noch Leopold von der Steilküste her. Bruno hatte nicht eine Sekunde Zeit. Er schloss die Augen und zwängte sich durch eine Öffnung im Glockenturm. Er hatte eigentlich gedacht, jetzt sanft zu Boden zu schweben. Doch er fiel wie ein Stein und schrie vor Schmerzen auf, als er unten aufschlug.

Eine Sekunde später tauchte Kraans Gesicht an der Öffnung des Glockenturms auf. Es war zu einer wutentbrannten Grimasse verzerrt.

»Du hältst dich wohl für sehr schlau? Du hast die Sache nur schlimmer gemacht, Kleiner. Dein Schicksal ist es, mir zu dienen, genau das wirst du auch tun, und wenn ich dafür alles zerstören muss, was dir auf dieser Welt etwas bedeutet.«

Leopold erschien neben seinem Gebieter.

»Ich werde ihn herausholen«, sagte er und beugte sich nach vorn. Kraan hielt ihn an den Haaren fest, doch es war zu spät. Man hörte ein lautes Zischen. Leopold brüllte vor Schmerz.

»Du Dummkopf«, sagte Kraan verächtlich. »Ich werde dir das erklären müssen. Wir Vampire können keine geheiligten Räume betreten. Diese Brandwunde wird dich für immer daran erinnern. Und du«, sagte er jetzt zu Bruno, »genieße dein Menschsein. Sehr bald schon wirst du freiwillig zu mir kommen.«

»Das wird nie passieren«, antwortete Bruno.

»Wir werden ja sehen«, sagte Kraan mit schnarrendem Lachen.

Er erhob sich in die Luft, gefolgt von Leopold. Bruno blieb alleine zurück.

Was zum Teufel ist nur mit mir passiert, sagte er leise zu sich.

Kapitel 6
Der nächste Morgen

Bruno schlief kaum in dieser Nacht. Jedes Mal wenn er die Augen schloss, glaubte er, das Surren des fliegenden Kraan zu hören. Bei jedem Knarren des Holzes im Glockenturm fuhr er hoch und war hellwach. Was ihm aber endgültig den Schlaf raubte, war, dass er von alldem absolut nichts verstand. Warum hatte er fliegen können? Er hatte weder Vampirblut getrunken wie Leopold noch so gezuckt wie er. Er hatte weder eine blasse Haut bekommen und auch keine spitzen Eckzähne – Bruno fuhr mit dem Finger über sein Gebiss und spürte ein Piksen. Er hatte sie doch! Kraan hatte ihn gebissen, das schon. Wenn aber das allein ausreichte, um sich in einen Vampir zu verwandeln, dann hätte Leopold doch nicht ein ganzes Glas voller Blut trinken müssen.

Außerdem erinnerte sich Bruno jetzt noch an eine andere Sache: Er hatte sich nicht verbrannt, als er in den Glockenturm flog. Er war kein Vampir, wenigstens keiner der Art, zu der Leopold und sein Adoptivvater gehörten. Doch er war geflogen und hatte diese Fähigkeit in der Kirche verloren. Und eine Maus hatte seinem Befehl gehorcht. Es war klar, dass irgendetwas mit ihm geschehen war. Würde er jetzt bei Tageslicht überleben können? Bruno wusste, dass die Vampire es nicht konnten. Er schaute besorgt zu den oberen Fenstern des Glockenturmes hinauf, die ihm plötzlich so bedrohlich vorkamen wie große, weit aufgesperrte Mäuler.

Trotz aller schrecklichen Vorfälle hatte ihn endlich doch der Schlaf übermannt. Jetzt war er gerade aufgewacht und spürte einen großen Durst. Seine Knochen taten ihm weh, ein Arm schlief noch immer. Seine Jeans waren zerrissen, bestimmt war er bei dem Flug durch den Wald an einem Ast hängen geblieben. Jetzt, da er seine Situation klarer sah und ein erster Sonnenstrahl die Wand des Glockenturmes herunterkroch, kam ihm sein nächtliches Abenteuer wie einer jener Albträume vor, die er immer dann hatte, wenn er krank war.

Er versuchte sich daran zu erinnern, wie es ihm in der Nacht zuvor gelungen war, zu fliegen. Er konzentrierte sich, stampfte mit dem Fuß auf den Boden, doch nichts geschah. Die Kirche, die antreibende Kraft der Angst oder beides zusammen unterbanden seine Fähigkeit zu fliegen.

Der Glockenturm war größer, als er Bruno in der Nacht vorgekommen war. Und natürlich viel weniger finster. Bruno öffnete eine Tür, die er vorher nicht gesehen hatte, und entdeckte dahinter eine Treppe, die zum Kirchenschiff hinunterführte. Wenigstens war er nicht eingesperrt. Er schaute wieder zum Sonnenstrahl, der jetzt schon sehr viel tiefer war. Sein Mund wurde trocken. Würde er auch im Sonnenlicht noch leben können? Nun gut, das Beste war, es so schnell wie möglich herauszufinden. Er näherte sich der Wand und hob seinen Arm, so hoch er konnte. Sein Herz raste. Er erinnerte sich an das unangenehme Zischen, als Leopold versucht hatte, in den Glockenturm einzudringen. Der Sonnenstrahl kroch weiter die Wand hinunter. Plötzlich spürte Bruno eine angenehme Wärme an den Fingern. Er hatte gar nicht gemerkt, wie kalt ihm bis zu diesem Augenblick gewesen war. Bruno lächelte erleichtert, lehnte sich an die Wand und wartete darauf, dass die Sonne sein Gesicht wärmte. Er fühlte sich viel besser.

Jetzt musste er einen Plan aushecken. Sein Rucksack lag plattgedrückt auf dem Boden, weil er ihn als Kopfkissen benutzt hatte. Er öffnete die Schnüre und leerte den Inhalt auf dem Boden aus. Schulbücher, ein paar Hefte, Kugelschreiber und angebissene Bleistifte, eine Handvoll Münzen, ein paar schokoladenverschmierte Sammelbildchen, ein altes Stück Brot … und noch etwas fiel mit einem scheppernden Geräusch auf den Boden. Bruno wusste sofort, was es war. Es war das Walkie-Talkie, das ihm Dan geschenkt hatte. Genau das brauchte er jetzt. Er zog die Antenne heraus, stellte den Apparat an und hielt ihn vor seinen Mund.

»Dan!«, sagte er leise.

Doch am anderen Ende der Leitung hörte er nur ein Rauschen. Wahrscheinlich hatte Dan sein Walkie-Talkie ausgestellt. Es musste noch sehr früh sein.

»Dan, antworte mir!«

Keine Antwort. Bruno wollte den Apparat schon ausstellen, als er eine schwache Stimme hörte.

»Bruno?«

»Dan!«

»Bruno, was ist los? Es ist Samstag, ich muss noch nicht aufstehen«, sagte Dan, der mehr schlief, als er wach war.

»Dan, du musst mir einen großen Gefallen tun. Ich habe einen Riesenärger am Hals, das kannst du dir gar nicht vorstellen.«

Sein Freund strengte sich jetzt an, um wach zu werden.

»Ja, ist gut. Was soll ich machen?«

»Ich bin im Glockenturm der Kirche.«
»Wo bist du?«
»Hör mir zu! Du musst so schnell wie möglich kommen. Bringe mir Wasser und etwas zu essen mit. Und sage niemandem auch nur ein Wort, nicht einmal Quincey.«
»Ja ... ja, ich komme. Ich komme sofort.«
Eine halbe Stunde später war Dan da. Er hatte eine Feldflasche voller Wasser dabei, ein riesiges Schinkenbrot und eine Tafel Schokolade, die er aus der Küche des Waisenhauses stibitzt hatte.
»Mehr konnte ich nicht mitbringen. Sie hätten mich fast erwischt.«
»Ist schon gut«, antwortete Bruno und leerte die halbe Feldflasche in einem Zug.
Dan setzte sich auf den Boden und schaute schweigend zu, wie Bruno aß und trank. Er schlang das Brot mehr herunter, als es zu essen. Plötzlich erinnerten sich beide daran, wie sich Bruno am Nachmittag zuvor verabschiedet hatte.
»Hör mal, Dan, das mit gestern tut mir leid.«
Dan schaute zu Boden, ohne zu antworten.
»Ich habe mich wie ein Idiot benommen.«
»Ja«, sagte Dan mit leichtem Groll.
»Du hast recht gehabt, als du mir gesagt hast, dass ich mich in letzter Zeit nicht normal verhalte.«
Vielleicht war das nicht die beste Art und Weise, um sich zu versöhnen. Doch es funktionierte. Bruno er-

zählte alles, was er erlebt hatte, und zwei Minuten später hörte Dan auf, auf den Boden zu schauen. Als Bruno zu den Ereignissen in der Fischerhalle kam, blickte ihn Dan ungläubig an. Und als er ihm erklärte, wie er fliegend vor seinem Adoptivvater und dem zum Vampir gewordenen Leopold floh, sah Bruno an Dans Gesicht, dass er ihm kein einziges Wort glaubte.

»Du bist auf den Kopf gefallen, oder«, fragte Dan beunruhigt, nachdem Bruno mit seiner Geschichte fertig war. »Ich hätte es merken müssen. Lass uns ins Krankenhaus gehen!«

»Schau mal, ich weiß schon, dass …«

»Oder noch besser, wir gehen gleich ins Irrenhaus, so sparen wir Zeit.«

»Noch nicht einmal ich glaube es, aber …«

»Kraan ist also ein Vampir, der dich in eine Art Sklaven verwandeln wollte, damit du ihm bei seinen unheilvollen Plänen hilfst. Doch irgendetwas ging schief. Deswegen hast du im Glockenturm übernachtet und verfügst jetzt über seltsame Kräfte, von denen wir nicht wissen, wie du sie bekommen hast. Und obendrein hat sich der Raufbold Leopold in einen Vampirlehrling verwandelt. Doch im Moment müssen wir uns nicht beunruhigen, weil er und Kraan nur nachts herauskommen können.«

Für jemanden, der Bruno kein Wort glaubte, hatte Dan die Sache ziemlich gut wiedergegeben.

»So ist es.«

»Und du würdest mir sehr gerne zeigen, wie du fliegen kannst und wie die Ratten dir gehorchen. Doch das ist gerade nicht möglich, weil deine Kräfte in – wie hast du das genannt – in ›geheiligten Räumen‹ nicht wirken.«

»Haargenau.«

»Du bist wirklich arm dran.«

Dan lächelte, als habe er gerade herausbekommen, dass man ihn veräppeln wollte.

»Nun sag schon, warum bist du geflohen? Ich finde das ja keine schlechte Idee. Ich habe bei den Kraans Gänsehaut bekommen, und du bist durch sie so eigenartig geworden. Doch jetzt kannst du mir die Wahrheit sagen.«

Bruno merkte, dass Dan ihm niemals glauben würde. Deswegen traf er eine Entscheidung.

»Komm mit mir!«, sagte er und stopfte schnell seine Sachen in den Rucksack.

Die beiden stiegen vorsichtig die Treppe hinunter und traten auf die Straße hinaus.

Obwohl es noch früh war, waren schon einige Menschen auf dem Kirchplatz. Hier konnte er Dan nicht viel zeigen. Doch Bruno konzentrierte sich, und diesmal ging es ganz leicht.

»Bemerkst du nichts Komisches«, fragte er Dan, der immer noch herablassend lächelte.

»Nein.«

»Bück dich! Schau auf meine Schuhe!«

Dan kniete nieder und unterdrückte einen Schrei. Bruno schwebte zwei Zentimeter über dem Boden und zwang sich, dabei ein ernstes Gesicht zu machen. Dan fuhr mit der Hand unter Brunos Füßen entlang. Er versuchte den Trick zu entdecken und stand dann wieder auf. In seinem Gesicht stand pure Bewunderung.

»Wie machst du das?«

»Das habe ich dir doch schon erzählt. Soll ich dich tragen?«

Vor lauter Aufregung rutschte Dan die Brille bis auf die Nasenspitze.

»Die Leute werden uns doch sehen.«

»Hier schon. Aber wir können über das Meer fliegen.«

»Los geht's!«

Zum ersten Mal seit einer Woche fühlte sich Bruno gut. Er hatte keine Lust, an Kraan zu denken, auch nicht an die vergangene oder die kommende Nacht. Es war genauso, wie es sein Adoptivvater gesagt hatte: Während des Tages ließen die Vampire zu, dass sich die Welt um ihre eigenen Dinge kümmerte. Dan und Bruno rannten zu dem kleinen, halbmondförmigen Strand, der von der Steilküste vor neugierigen Blicken geschützt wurde. Einen Moment lang schaute Bruno misstrauisch zur verlassenen Markthalle hinüber. Doch er war so aufgeregt, wieder zu fliegen, dass er das unheimliche Gebäude sofort vergaß.

»Lass es mich zuerst alleine versuchen!« Er nahm Anlauf und sprang in die Höhe. Einen Augenblick lang glaubte er, dass er in den Sand fallen und Dan ihn auslachen würde. Doch dann fühlte er sich leicht wie eine Feder und flog, als hätte er nie etwas anderes getan. Er nahm Kurs aufs Meer und versuchte herauszufinden, wie schnell er fliegen konnte. Danach kehrte er zum Strand zurück und vollführte ein paar Drehungen in der Luft. Er näherte sich Dan, der ihn mit offenem Mund anstarrte, schwebte eine Zeit lang in Kopfhöhe vor ihm, streckte Dan die Zunge heraus und landete mit einer Pirouette neben seinem Freund.
»Sollen wir es zusammen versuchen?«
»Wie denn? Soll ich mich an deiner Hand festhalten?
»Nein, du könntest herunterfallen.«
»Und wenn du mich auf den Rücken nimmst?«, schlug Dan vor.
»Ja, das ist besser. Klammer dich mit Armen und Beinen an mir fest. In Ordnung? Und wenn du merkst, dass du herunterfallen könntest, sag mir Bescheid, und wir landen. Warte, ich lege den Rucksack ab.«
Dan schien überhaupt keine Angst zu haben, doch Bruno wollte lieber auf Nummer Sicher gehen.
»Wir drehen erst einmal eine Runde über dem Strand.«
»Komm schon, stell dich nicht so an. Lass uns richtig fliegen!«

Trotz der Proteste seines Freundes flog Bruno zwei-, dreimal den Strand entlang, nicht sehr hoch und nicht sehr schnell. Er spürte Dan gar nicht, der sich gut festzuhalten wusste. Also nahm Bruno Fahrt auf.

»Bruno, das ist phantastisch«, schrie sein Freund gegen den Wind.

Auch Bruno kam es unglaublich vor, zu fliegen, vor allem jetzt, da ihm Kraan nicht an den Fersen klebte. Er raste über das Meer, bis der Strand nur noch ein kleiner Punkt am Horizont war. Dann sauste er so knapp über die Wasseroberfläche, dass Dans Füße nass wurden. Dan rächte sich mit einer Kopfnuss, doch das interessierte Bruno nicht im Geringsten.

»Lass uns zum Wald fliegen!«, schrie er stattdessen voller Begeisterung.

Bruno flog hart an der Steilküste entlang, bis die ersten Bäume auftauchten. Dann schoss er nach oben, um über die Wipfel zu kommen.

»Sollen wir bis zu den Wolken fliegen?«, fragte Bruno.

»Klar!«

Höhe zu gewinnen war nicht einfach. Bruno fiel jetzt etwas ein, das ihm Quincey einmal erklärt hatte: Die großen Raubvögel steigen spiralförmig in den Himmel auf und nutzen dabei warme Luftströmungen, um Kraft zu sparen. Wenn sie erst einmal oben sind, können sie anschließend wie auf einer großen Rutsche ohne Schwierigkeiten nach unten gleiten.

»Was machst du da?«, fragte Dan, als er die seltsamen Kreisbewegungen bemerkte, die Bruno jetzt vollführte.

Bruno antwortete nicht. Es funktionierte! Der Kraftaufwand war jetzt viel geringer, und das Steigen fiel ihm so leicht, dass er erst gar nicht begriff, welche enorme Höhe sie schon erreicht hatten. Plötzlich bemerkte er, dass Dan kein Wort mehr sagte und seine Arme, die um Brunos Hals geschlungen waren, heftig zu zittern anfingen. Bruno spürte keine Kälte. Doch er verstand, dass die Temperatur hier oben viel niedriger war als unten. Er kehrte zum Wald zurück, indem er auf einem der absteigenden Luftströme hinuntersauste.

»Ich glaube, fürs Erste reicht es«, schrie er und drehte dabei den Kopf, damit ihn Dan hören konnte. Sein Freund nickte und klammerte sich noch fester an Brunos Hals.

Eine Minute später waren die beiden wieder am kleinen Strand von Mistyville, wärmten sich in der Sonne und aßen die Tafel Schokolade auf, die vom Frühstück übrig geblieben war.

»Was wirst du jetzt machen, Bruno?«

»Ich weiß es nicht.«

»Kraan wird heute Nacht wieder Jagd auf dich machen.«

»Ja. Er hat mir gesagt, dass er mich erwischen wird, wie auch immer. Er ist sehr wütend.«

»Deswegen musst du von hier verschwinden«, sagte Dan bestimmt.
»Und was soll ich dann machen? Ich kann nicht mein ganzes Leben lang vor Kraan auf der Flucht sein und jede Nacht in einer anderen Kirche schlafen, damit er mich nicht kriegt.«
Dan lutschte nachdenklich an seinem letzten Riegel Schokolade.
»Weißt du was, Bruno. Ich glaube, Kraan war vollkommen überrascht von dem, was passiert ist.«
»Natürlich! Und ich auch!«
»Ich will damit sagen, dass er nicht weiß, warum du dich verwandelt hast. Er hat keine Ahnung davon, welche Fähigkeiten du jetzt besitzt. Und das ist dein Vorteil. Allerdings wäre es auch nicht schlecht, wenn wir wüssten, warum du dich verwandelt hast und was du jetzt alles kannst.« Dan legte die Stirn in Falten.
»Kraan sagt, ich hätte Vampirblut in mir.«
»Ja. Aber bisher hast du weder fliegen noch in der Dunkelheit sehen können. Oder etwa doch? Nein. Das kannst du erst, seit du dich in diesen Tagen so verändert hast.«
Bruno zuckte mit den Achseln.
»Hast du Kraans Blut getrunken?«, fragte Dan.
»Nein.«
»Vielleicht hat er dir etwas im Hotel gegeben, ohne dass du es gemerkt hast, vielleicht mit dem Essen oder so etwas.«

»Er selbst hat aber doch gesagt, dass die Umwandlung nur bei Vollmond funktioniert. Außerdem wollte er mich ja in seinen Sklaven verwandeln. Er wollte aus mir nicht jemanden machen, der über eigene Kräfte verfügt.«

Dan dachte einen Moment lang nach.

»Hat er dich gebissen?«

»Nein. Warte! Doch, in die Hand. Er legte sein Gesicht in meine Hände und fing an zu weinen. Und dann hat er mich gebissen.«

»Das wird es gewesen sein, Bruno.«

»Ich glaube das nicht. Es hat kaum geblutet, und als ich die Wunde aussaugte …«

»Warte! Was hast du gerade gesagt?«

»Dass es kaum blutete.«

»Du hast die Wunde ausgesaugt?«

»Ja. Na und?«

»Und die Tränen von Kraan?«

Bruno erinnerte sich an den salzigen Geschmack.

»Ja, die auch.«

»Die Tränen des Vampirs!«, sagte Dan triumphierend.

»Waaas?«

»Sie sind das einzige Ungewöhnliche, das du zu dir genommen hast, das Einzige von Kraan. Die Tränen haben dich verwandelt. Es war zwar ein Zufall, aber …«

»Bist du dir sicher?«

»Natürlich nicht. Doch im Moment ist das die einzige logische Erklärung, die wir haben.«

Bruno antwortete nicht, und Dan bohrte nicht weiter. Er schien in ein anderes Problem vertieft.
»Sag mal: Bist du dir sicher, dass Kraan gesagt hat, er sei ein Vampir? Ich meine, dass er ein Vampir ist und kein Außerirdischer oder ein Mutant oder eine schwarze Hexe oder …?«
»Komm schon, Dan. Wer glaubt denn an solche Sachen.«
Dan blieb ernst.
»Er hat dir gesagt, er ist ein Vampir, ja? Bist du dir da ganz sicher?«
»Ja, absolut sicher«, sagte Bruno, ohne zu wissen, worauf sein Freund hinauswollte.
Dan schwieg eine Weile. Dann sagte er zu Bruno, ohne ihn anzuschauen.
»Dann kenne ich jemanden, der uns helfen kann.«
Bruno fiel die Kinnlade herunter.
»Wie?«
»Das Problem ist, dass ich nicht weiß, wo diese Person ist. Aber ich kann es herausfinden. Das beruhigt mich. Ich muss mich dafür in Quinceys Büro einschleichen, nachts. Und wenn es nicht klappt, gut, dann sehen wir irgendwie anders weiter.«
Bruno verstand jetzt überhaupt nichts mehr. Doch Dan schien einen Plan zu haben.
»Du musst noch eine Nacht in der Kirche bleiben, Bruno.«
»Und dann?«

»Morgen können wir diese Person suchen gehen.«
»Bist du dir sicher, dass sie uns helfen kann?«, fragte Bruno.
»Ich bin mir sicher, dass sie uns zumindest glauben wird.«
»Und wenn wir es Quincey sagen?«
»Quincey wird dich einsperren. Oder noch schlimmer: Er wird dich zu den Kraans zurückbringen und dich zwingen, dich zu entschuldigen, weil du dir diese eigenartigen Geschichten ausgedacht hast.«
»Und wenn ich ihm zeige, dass ich fliegen kann?«
»Lass mich erst diese Person suchen. Wenn ich sie nicht finde, reden wir mit Quincey. Einverstanden? Ich brauche nur eine weitere Nacht.«
Bruno zuckte mit den Achseln. Den Rest des Tages verbrachten sie am Strand. Sie probierten Brunos neue Fähigkeiten aus, erkundeten die unzugänglichsten Ecken der Steilküste und versteckten sich jedes Mal, wenn ein Fischerboot am Horizont auftauchte. Als die Sonne unterging, kehrten sie nach Mistyville zurück. Sie warfen ihr ganzes Geld zusammen, um etwas zu essen zu kaufen, füllten die Feldflasche mit Wasser und verabschiedeten sich an der Tür der Kirche.
»Komm im Morgengrauen zu mir«, sagte Dan. »Wir müssen früh aufbrechen, bevor die anderen wach werden.«
Bruno nickte.

»Und du, sieh dich vor. Sie dürfen dich auf keinen Fall erwischen.«
»Ruhig Blut. Ich bin der geborene Spion«, sagte Dan, während er über seine eigenen Füße fiel und fast in den Brunnen auf dem Kirchplatz geplumpst wäre.

Kapitel 7
Wo ist Dan?

Bruno hatte einen tollen Tag verbracht. Doch als er wieder alleine war, kam die Angst zurück. Im Glockenturm spukten lauter Schatten herum, und die Kirche kam Bruno so düster vor wie ein Grab. Kein Laut drang mehr von außen herein, nachdem die Läden zugemacht hatten und der Kirchplatz von Mistyville verwaist in der Dunkelheit lag.
Bruno gefiel es nicht, dass seine neuen Fähigkeiten in der Kirche nicht wirkten. Was wäre denn, wenn Kraan einen Weg finden würde, in die Kirche einzudringen? Bruno wäre dann völlig wehrlos und säße wie ein Trottel im Glockenturm.
Plötzlich fiel sein Blick auf eine kleine Leiter, die er in der Nacht zuvor nicht bemerkt hatte. Er hatte eine Idee. Eilig lehnte er die Leiter gegen einen der großen Holzbalken, die waagerecht durch den Glockenturm

liefen. Er nahm seinen Rucksack und stieg die Leiter hinauf. Dann hockte er sich auf den Balken und zog langsam die Leiter hoch, sodass sie niemand anderes benutzen konnte. Mit letzter Kraft gelang es ihm, sie auf den Balken zu legen. Danach stieg Bruno keuchend auf einen noch höher gelegenen Balken, der sich genau neben der größten Glocke des Turmes befand. Er war breit genug, um bequem auf ihm schlafen zu können, vorausgesetzt, man bewegte sich nicht zu sehr. Und er roch trotz des ganzen Staubes angenehm nach altem Holz. Bruno kauerte sich in die dunkelste Ecke, fühlte sich jetzt etwas sicherer und schlief ein.
Ein paar Stunden später schreckte er aus dem Schlaf auf. Er war sich sicher, etwas gehört zu haben. Vorsichtig, ohne einen Mucks zu machen, blickte er sich um. Da war nichts. Hatte er bloß geträumt? Jetzt hörte er wieder das Geräusch zu seinen Füßen. Bruno fiel ein, dass er auf einem Balken schlief, und blickte nach unten. Und – dort unten war Maula. Sie trug dasselbe rote Kleid wie vergangene Nacht. Sorgfältig durchsuchte sie jeden Winkel des Glockenturms. Anscheinend konnte sie sehr wohl geheiligte Räume betreten. Dann hörte er eine schnarrende Stimme am Fenster. Sie erschreckte ihn derart, dass er fast heruntergefallen wäre.
»Ist er nicht da?«
»Nein, mein Gebieter, weder er noch seine Sachen«, sagte Maula mit unterwürfiger Stimme.
Bruno hielt sich den Mund zu und versuchte, so leise

wie möglich zu atmen. Er hörte, wie Kraan ärgerlich mit der Zunge schnalzte.
»Gestern war er noch da. Wenn du nur früher aufgestanden wärst, du Abschaum des Tageslichts!«
»Ja, mein Gebieter.«
Die Frau blickte nach oben, in Richtung von Kraans Stimme. Ihr Gesicht war geschwollen und schwarzblau verfärbt. Bruno wagte nicht sich zu bewegen, auch wenn er wusste, dass ihn die große Glocke verdeckte.
»Lass uns nicht noch mehr Zeit hier verlieren, wir haben anderes zu tun«, sagte der Vampir.
Maula warf noch einen letzten Blick in den Raum und verließ ihn dann. Bruno hörte ihre Schritte auf der Treppe und auch das Surren, als sein Adoptivvater wegflog. Erst nach einer ganzen Weile traute er sich wieder, normal zu atmen – als er sich absolut sicher war, dass die beiden weg waren.
Danach konnte er kein Auge mehr zutun. Er saß mit überkreuzten Knien auf dem Balken, auf dem er geschlafen hatte, wartete auf die Morgendämmerung und dachte mit Schrecken daran, wie nah ihm die beiden gekommen waren. Zum Glück bin ich in diesen finsteren Winkel hier hinaufgestiegen! Doch was für ein Idiot bin ich gewesen, ausgerechnet in das einzige Versteck zurückzukehren, das Kraan und Maula kannten, sagte er sich.
Als der erste Sonnenstrahl auf den Platz vor der Kirche

fiel, verließ er sein Versteck und rannte zum Waisenhaus. Er hoffte inständig, dass Dan alles Notwendige für ihre Flucht besorgt hatte. Denn er glaubte nicht, dass sie die Kraans noch eine weitere Nacht würden täuschen können.

Es war Sonntag, und die Straßen lagen verlassen da. Trotzdem traute sich Bruno nicht, durch die in der Nähe liegende Stadt zu fliegen. Es kam ihm seltsam vor, zu Fuß zu gehen, nachdem er einen ganzen Tag lang durch die Luft gesaust war. Und es war eigenartig, wieder das Tageslicht zu sehen, in dem er sicher war. Die nächste Nacht aber würde ganz bestimmt kommen – und mit ihr die Bedrohung durch Kraan.

Als er in die Straße des Waisenhauses einbog, blieb er wie angewurzelt stehen. Alle Kinder waren im Pyjama aus dem Gebäude geströmt und umringten ein Polizeiauto, das vor der Tür parkte. Ein Beamter in Uniform stieg aus, schaute misstrauisch auf die Kinder, überprüfte, ob die Türen des Autos gut verschlossen waren, und betrat das Waisenhaus. Bruno kam näher, wusste nicht, was er denken sollte, und ergriff das erste Mädchen am Arm, das seinen Weg kreuzte.

»Was macht denn die Polizei hier?«

Das Mädchen schaute Bruno verwundert an.

»Dan ist verschwunden. Quincey glaubt, dass er entführt worden ist. Doch bestimmt ist dieser Idiot nur endlich abgehauen. Lass mich los! Was machst du überhaupt hier? Ich dachte, du bist adoptiert worden.«

Bruno erinnerte sich jetzt daran, wie misstrauisch Maula seinen Freund vor zwei Tagen angeschaut hatte. Er erinnerte sich auch an Kraans Drohung, »alles zu vernichten«, was Bruno etwas bedeutete. Wieso bloß hatte er nicht gemerkt, dass Dan in Gefahr war.
Ein paar Kinder schauten zu Bruno und fingen an zu tuscheln. Bruno schlüpfte zum Garten hinüber. Er dachte verzweifelt nach. Wenn die Polizei hier war, dann bestimmt, um mit dem Direktor zu sprechen. Das Fenster von Quinceys Büro ging nach hinten heraus. Zwischen der Fassade und der hohen Gartenmauer standen nur ein paar halbverwilderte Eukalyptusbäume. Niemand würde ihn sehen.
Bruno lief hinter das Hauptgebäude. Quinceys Büro lag im dritten Stock. Er presste sich mit dem Rücken an die Wand und konzentrierte sich. Langsam begann er, in die Höhe zu steigen, als würde er an Seilen hinaufgezogen. Lautlos hielt er vor dem Bürofenster an. Drinnen redeten sie mit leiser Stimme, doch Bruno verstand alles, denn seit seiner Verwandlung hörte er viel besser als vorher. Quincey und der Polizist stritten sich.
»Er ist ein schwieriger Junge. Aber ich glaube nicht, dass er davongelaufen ist«, sagte der Direktor. »Es stimmt zwar, dass sein bester Freund gerade adoptiert worden ist. Das hat Dan sehr mitgenommen, doch ...«
»Ja, ja. Diese Kerle machen immer das, was man am

wenigsten erwartet«, unterbrach ihn der Polizist. Seine Stimme klang gleichgültig. »Ich fürchte, die Sache ist ziemlich klar. Es würde mich nicht einmal wundern, wenn dieser adoptierte Freund Dans Komplize bei all dem gewesen ist. Sagten Sie nicht, dass er gestern sehr früh aufgestanden ist, nachdem er angerufen wurde?«

»Ja. Einer der Jungen im Schlafsaal hörte, wie Dan mit jemandem sprach. Ich vermute, dass er ein Mobiltelefon hatte, auch wenn ich keine Ahnung habe, wo er es aufgetrieben haben könnte.«

»Sehen Sie! Diese kleinen Teufel sind schlau. Und sagten Sie mir nicht auch, dass jemand gestern Nacht die Tür Ihres Büros aufgebrochen habe?«

»Schon, aber es wurde nichts geklaut. Nur meine Papiere waren durcheinander und …«

»Die beiden hatten den Einbruch bestimmt schon seit Tagen geplant. Sie suchten wohl nach Geld für ihre Flucht.«

Quinceys Stimme klang äußerst gereizt.

»Schauen Sie! Alle Sachen von Dan sind in seinem Zimmer. Er hat nicht einmal seine Kleidung mitgenommen!«

»Sehr gut! Das heißt, dass er schon bald zurückkommen wird. Diese Jungen spielen gerne den Aufmüpfigen. Doch wenn sie erst einmal hungrig werden und frieren, kommen sie nach Hause zurück wie die Lämmchen«, sagte der Polizist.

»Warum ist Dan dann mitten in der Nacht verschwunden, als es am kältesten war? Und was soll dieser Zettel hier bedeuten?«

»Ein Zettel mit Kinderschrift!«

»Das ist nicht die Handschrift von Dan«, sagte Quincey.

Leopold!, schoss es Bruno durch den Kopf. Ihm gefror das Blut, als er daran dachte, wie schlecht Dan früher von Leopold behandelt worden war.

»Glauben Sie mir, mein Herr«, sagte der Polizist, »ein Entführer hätte einen verständlicheren Zettel als diesen hinterlassen: ›Wir werden genau dort weitermachen, wo wir aufgehört haben.‹ Und außerdem: Wer würde denn nach Ihren Verschwörungstheorien ein Waisenkind entführen, für das niemand Lösegeld zahlen würde? Ich glaube, Dan hat diesen Zettel selbst geschrieben – mit verstellter Handschrift und aus dem einzigen Grund, die Erwachsenen zu verwirren. Diese Jungen schauen zu viel Fernsehen, und …«

»Warum hören Sie mir denn nicht zu? Dan hat noch nie so etwas gemacht.«

»Herr Jarque: Haben Sie eine Ahnung, wie oft ich diese Worte bei meiner Arbeit höre? ›Unser Kind würde so etwas nie tun.‹ ›Jemand hat unser Kind geraubt. Wenn es freiwillig mitgegangen wäre, hätte es uns längst angerufen, um zu sagen, dass alles in Ordnung ist.‹ Wenn sich die eigenen Eltern so in ihren Kindern täuschen können, dann können Sie das erst recht –

schließlich haben Sie hundert Kinder in Ihrer Obhut, die Sie ja wohl nicht alle in- und auswendig kennen können.«

Quincey murmelte irgendetwas Unverständliches. Er war bekümmert.

»Wir werden jetzt Dans Freund befragen. Er wohnt im Hotel Perduto, haben Sie mir gesagt.«

Bruno wurde schwarz vor Augen – vor Wut und Zorn. Dan von Vampiren entführt! Und diesem blöden Polizisten fällt nichts anderes ein, als Dummheiten über Kinder zu erzählen, die angeblich nur deswegen abhauen, um die Erwachsenen zu ärgern. Und ihn, Bruno, wollte er befragen, als sei er ein Verbrecher. Wenn er diesen Polizisten jetzt vor der Nase hätte …

»Haben Sie nicht auch etwas draußen gesehen?«, sagte Quincey plötzlich.

Jetzt ärgerte sich Bruno über sich selbst. Er hatte sich unvorsichtigerweise ganz nahe an das Fenster herangewagt, um besser lauschen zu können. Und der Direktor hatte seinen Umriss gesehen. Der Polizist kam auf das Fenster zu. Bruno hatte gerade noch Zeit, nach oben zu springen und sich kopfüber an die Wand zu pressen. Dann streckte der Polizist den Kopf aus dem Fenster.

»Hier ist niemand, Herr Jarque. Das muss ein Ast gewesen sein.«

Bruno sah jetzt eine kleine Schlange, die sich durch den Efeu der Wand schlängelte. Und er spürte Rachelust in sich aufsteigen. Beiß ihn!, dachte er. Die Schlange schoss nach vorne und schlug ihre Zähne in die Hand des Polizisten, der sich auf dem Fenstersims abstützte. Der Mann schrie vor Schmerz.

»Sie ist giftig! Sie hat mich gebissen! O Gott, mir wird schwindlig!«, stieß der Polizist mit schriller Stimme hervor.

»Was? Was ist passiert?«, rief Quincey.

Bruno lachte sich ins Fäustchen, glitt die Mauer herunter und landete sanft auf dem Rasen. Das geschieht diesem Typen gerade recht. Und als Ablenkungsmanöver war das auch nicht schlecht, dachte Bruno.

Doch jetzt durfte er nicht noch mehr Zeit verlieren. Er nutzte das Durcheinander im Waisenhaus und rannte in das Gebäude. Er brauchte viele Sachen. Aus der Küche nahm er sich etwas Essen. Dann stieg er auf den Speicher und suchte eine Taschenlampe. Ihm war eingefallen, dass Kraan in seinen Zimmern immer im Halbschatten saß. Vielleicht mochte er ja kein starkes Licht, auch dann nicht, wenn es nicht von der Sonne kam.

Während Bruno Batterien für die Taschenlampe suchte, fiel sein Blick auf eine alte Kiste. Den Waisenkindern war es verboten, den Speicher zu betreten. Deswegen hatten er und Dan viele verregnete Nachmittage hier oben verbracht und sich gegenseitig Gruselgeschichten erzählt. Ihnen war aber nie diese mächtige Holzkiste mit ihren schwarzen Lederverzierungen aufgefallen.

Bruno öffnete sie jetzt so vorsichtig, dass der Deckel nicht knarrte. In der Kiste waren keine Batterien. Dafür lagen in ihr alte Bücher aus brüchigem Papier, Kruzifixe, Holzpflöcke, Hämmer, Glasfläschchen mit durchsichtigen Flüssigkeiten, alte Silberpistolen, Blasrohre und ein seltsames Gerät, das er sofort als Armbrust erkannte.

»Was zum Teufel macht das denn hier?«, murmelte Bruno. Dicker Staub bedeckte die Dinge in der Kiste. Deswegen vermutete Bruno, dass lange Zeit niemand die Kiste geöffnet hatte. Er wühlte weiter und fand einen kleinen Köcher mit Pfeilen. Einen Moment lang dachte er daran, alles an seinem Platz zu lassen. Doch dann erinnerte er sich an die gespenstische Kraft von Maula, an den Zorn in Kraans Augen, und steckte Armbrust und Pfeile in seinen Rucksack. Nach einer Sekunde des Zweifels entschied er sich, auch die Röhrchen mitzunehmen. Danach blätterte er neugierig in den Büchern, die in der Kiste lagen. Die meisten von ihnen waren in Sprachen geschrieben, die er nicht kannte. Vorsichtig blätterte er die Seiten um, die fast zu Staub zerfielen. In einer Ecke entdeckte er ein kleines Buch, das in schwarzes Leder eingeschlagen war – und das er verstand. Sein Titel stand in silbernen Buchstaben auf dem Buchdeckel und lautete: »Das Erwachen der Vampire«. Auf der ersten Seite stand »Handbuch des Vampirjägers«. Wie konnte all das hier auf den Speicher des Waisenhauses gelangt sein? Bruno steckte auch das kleine Buch in seinen Rucksack. Man muss seinen Feind kennen, sagte er sich.

Erst jetzt merkte Bruno, dass er schon Pläne schmiedete, um Dan zu befreien. Er wusste ganz genau, was der Zettel von Leopold bedeutete: Kraan wollte, dass Bruno heute Nacht wieder zur alten Markthalle der Fischer kam und sich gefangen nehmen ließ, damit Dan freigelassen wurde. Ihm blieb nichts anderes übrig, als zu gehorchen.

Doch sobald Dan frei sein würde, hätten die Vampire Riesenprobleme, Bruno zu erwischen. Ganz bestimmt erwarteten sie nicht, dass er kämpfen würde. Ganz bestimmt glaubten sie, dass er schrecklich ängstlich sei und ihm nichts anderes einfiele, als sich widerstandslos zu ergeben. Das war es. Bruno blies sich eine Strähne aus dem Gesicht und versuchte sich stärker zu machen, als er sich in Wirklichkeit fühlte. Es würde ein Überraschungsangriff erster Güte sein – vor allem deswegen, weil nicht einmal er selbst wusste, was er tun würde.

Kapitel 8

Die Schlacht in der alten Markthalle

Im Mondschein sah die alte Markthalle der Fischer wie ein Grab aus, vor allem aus Brunos Blickwinkel, der sich unter einem Vordach versteckte. Er hielt den Atem an, um so leise wie möglich zu sein.

Während des Tages hatte er das Gebäude untersucht. Er wollte sicher sein, dass die Vampire nicht darin schliefen. Er war auch im Hotel Perduto gewesen. Der alte Rezeptionist sagte ihm, dass die Kraans ihr Zimmer im Morgengrauen verlassen hätten. Und er fragte Bruno misstrauisch, warum er das als der eigene Sohn der Kraans nicht wüsste. Bruno murmelte irgendeine Ausrede und machte sich schnell aus dem Staub, um weiteren unangenehmen Fragen zu entgehen.

Den Rest des Nachmittags las er in dem Buch, das er auf dem Speicher des Waisenhauses gefunden hatte. Bruno bereitete sich auf die Schlacht vor. Und als die Sonne am Horizont unterging, versteckte er sich unter dem Vordach. Es schien ihm der sicherste Ort zu sein, um das Treiben seiner finsteren Adoptiveltern auszukundschaften.

Dann erschien Kraan. Die Sonne war erst seit einer Minute verschwunden. Wie begierig der Vampir sein muss, mich in seine Fänge zu bekommen, dachte Bruno

sofort. Er vermutete, dass die Vampire in einer der Höhlen an der Steilküste geschlafen hatten.
Er kniff die Augen zusammen und konnte jetzt die vier Gestalten sehen, die sich am nächtlichen Himmel näherten. Kraan hatte Maula in den Armen, während Leopold Dan auf dem Rücken trug. Sein Freund hatte immer noch seinen Pyjama an und den Rucksack umgeschnallt. Er schien ziemlich eingeschüchtert zu sein. Auch Bruno spürte, wie sich seine Kehle zuschnürte. Er verkroch sich noch tiefer unter dem Vordach, das stark nach Schimmel und Algen roch.
Die vier Gestalten landeten genau vor der Tür, durch die Bruno vor zwei Nächten gegangen war. Kraan stellte Maula auf den Boden. Leopold aber machte sich einen Spaß daraus, Dan aus der Höhe fallen zu lassen. Kraan drehte sich um und schimpfte mit Leopold. Bruno verstand nicht, was er sagte. Leopold zog den Kopf ein. Doch als Kraan nicht mehr hinschaute, nutzte er die Gelegenheit, um Dan, der mühsam aufstand, einen Tritt zu versetzen.
Bruno biss sich auf die Lippen. Wenn jetzt einer der Vampire den Kopf heben würde, dann sähen sie ihn, und alles wäre verloren. Zum Glück war Kraan zu ungeduldig, um seine Umgebung auszukundschaften. Er ging schnell in das Gebäude hinein und sagte mit einer Stimme, die nur so tat, als sei sie ruhig und freundlich.
»Bruno?«

Er lauschte ein paar Augenblicke lang und untersuchte dann den leeren Innenraum. Er machte den anderen ein Zeichen, ihm zu folgen. Leopold drehte Dan den Arm auf den Rücken.
Bruno zwang sich, eine ganze Minute zu warten, ehe er die Szene betrat. Er schwebte langsam zur Tür, atmete tief durch und tauchte in die Dunkelheit der Markthalle ein. Seine Beine zitterten so stark, dass er Angst hatte, das Gleichgewicht zu verlieren.
Seine Adoptiveltern standen mitten im Raum und erwarteten ihn. Hinter ihnen versuchte Dan verzweifelt, sich aus Leopolds Griff zu befreien.
»Endlich«, sagte Kraan mit einem schiefen Lächeln. »Wie ich sehe, hast du meine Nachricht erhalten.«
»Ja. Hier bin ich. Lassen Sie Dan frei!«, sagte Bruno. Seine Stimme klang eigenartig.
»Ich fürchte, ich traue dir nicht, mein Sohn«, sagte Kraan und durchbohrte Bruno mit seinen Augen. »Komm her!«
Dieser Befehl klang für Bruno seltsam logisch. Er machte zwei Schritte nach vorn. Doch dann merkte er plötzlich, dass er denselben Fehler beging wie in den vergangenen fünf Tagen: dem Vampir zu vertrauen und zu gehorchen und sich zu seiner Marionette zu machen. Er blieb stehen.
»Nein. Ich traue Ihnen auch nicht. Lassen Sie Dan frei! Wenn er aus der Tür ist, werde ich zu Ihnen kommen.«

Leopold flüsterte Kraan etwas ins Ohr. Bruno konnte es nicht verstehen, doch er wusste, dass es nichts Gutes war. Er schluckte, bevor er fortfuhr.
»Ich bin hierhergekommen, genauso wie Sie es gesagt haben. Ich habe meinen Teil der Abmachung erfüllt. Und jetzt versuchen Sie, mich zu täuschen, um Ihren Teil nicht erfüllen zu müssen. Halten Sie nie Wort? Was ist mit all dem Gerede von der Ehre und dem Stolz Ihrer Rasse, von dem Sie mir so oft erzählt haben?«
Trotz der Entfernung glaubte Bruno sehen zu können, wie eine Ader an Kraans Schläfe anschwoll. Der Vampir drehte sich zu Leopold.
»Lass ihn gehen! Wir werden ihn später erwischen«, sagte er leise.
Ganz offensichtlich sollte Bruno diesen letzten Satz nicht hören. Das ließ ihn daran denken, was Dan gesagt hatte: dass Kraan nicht wusste, welche Fähigkeiten Bruno seit seiner Verwandlung besaß. Er versuchte, aus diesem Gedanken Kraft zu schöpfen. Leopold ließ seine Geisel mit einem ärgerlichen Grunzen los. Dan rannte zu Bruno. Er war leichenblass vor Angst. Sehr leise sagte ihm Bruno.
»Lauf zur Kirche! Ich werde dorthin kommen, sobald ich kann.«
So schnell er konnte und ohne ein Wort zu sagen, rannte Dan los. Bruno schaute jetzt wieder Kraan an.
»Endlich allein«, sagte der Vampir spöttisch.
Bruno war jetzt alles egal. Dass sein Plan funktionie-

ren würde, war sowieso höchst unwahrscheinlich. Sein Körper fühlte sich kalt und fremd an, und er hatte das Gefühl, gar nicht anwesend zu sein. Nur die dumpfen Schläge seines Herzens zeigten ihm, dass all das kein Albtraum war.

»Komm her, mein Sohn, wir haben schon zu viel Zeit verschwendet«, sagte Kraan.

»Ja, mein Herr.«

Langsam, mit schweren Schritten, ging Bruno auf Kraan zu. Leopold schaute ihn hasserfüllt an. Kraans Blick war voller Ungeduld. Maula schien überhaupt keine Gefühle zu haben. Es war eigenartig, wie wenig all das diese Frau zu berühren schien. Bruno machte noch einen Schritt nach vorn, schätzte die Entfernung ein, dann noch einen Schritt – und als Kraan gerade die Arme ausstreckte, um ihn zu ergreifen, flog er hinauf zur kaputten Luke, durch die er vor zwei Nächten entkommen war.

Doch er war nicht schnell genug. Kraan bekam seinen Fuß zu fassen. Dieses Mal hatte er sofort reagiert.

»Mach dich nicht lächerlich, Bruno«, sagte er mit seiner schnarrenden Stimme.

Plötzlich schwirrte ein Pfeil durch die Luft und streifte die rechte Schulter des Vampirs.

»Aaaah!«, schrie Kraan und ließ Bruno los.

Blitzschnell entkam Bruno durch die Luke, ohne auf die Armbrust zu achten, die er unter seinem Anorak versteckt hatte. Er schoss auf die Steilküste zu. Doch

auf dem Pfad, der nach Mistyville führte, konnte er Dan nicht entdecken. War er etwa so dumm gewesen, sich zu verstecken? Dans einzige Chance war es, die Kirche zu erreichen. Doch daran konnte Bruno jetzt nicht denken, denn Leopold prallte wie ein Geschoss gegen ihn. Er traf Bruno völlig unvorbereitet. Fast hätte er seine Armbrust verloren. Wie ein Stein stürzte er nach unten, bis er seine Konzentration wiedergefunden hatte. Leopold raste ihm hinterher. Bruno schlug ein paar Haken, um Zeit zu gewinnen und einen neuen Pfeil in die Armbrust zu spannen. Er hatte die Pfeile in der Kirche in Weihwasser getränkt. Jetzt aber zitterten seine Hände so stark, dass alle Pfeile hinunterfielen. Leopold streckte eine Hand aus, um Bruno zu packen. Doch er verschätzte sich und griff in die Luft. Bruno holte ein Röhrchen aus der Tasche seines Anoraks.
»Trink das!«, schrie er und warf es in Richtung Leopold. Das Röhrchen mit Weihwasser traf Leopold zwar nicht, doch der Vampir musste ihm ausweichen und verlor dadurch Zeit. Das nutzte Bruno, um seinen Vorsprung auszubauen. Doch er war schnell wieder aufgebraucht. Er spürte, wie eine Hand sein Hosenbein ergriff und nach unten zog. Bruno wehrte sich, so gut er konnte, und versuchte Leopold zu treten. Dieser umklammerte jetzt sein Fußgelenk und war kurz davor, auch Brunos Knie zu ergreifen. In diesem Moment aber ließ ihn Leopold mit einem Schmerzensschrei los und hielt sich die Hände vors Gesicht. Rasend vor

Wut flog er in Richtung Strand. Dort war Dan, der keine Sekunde daran gedacht hatte zu fliehen. Stattdessen hatte er aus seinem Versteck heraus Leopold einen Stein an den Kopf geworfen. Jetzt näherte sich Kraan so schnell, dass die Luft surrte. Er hielt sich mit einer Hand die verletzte Schulter. Bruno war klar, dass er die Vampire von Dan weglocken musste, denn sein Freund hatte keine Chance gegen sie. Er schlug ein paar Haken in der Luft, um die Aufmerksamkeit seines Adoptivvaters auf sich zu ziehen. Dann raste er schnurstracks aufs offene Meer hinaus.

Er versuchte, so schnell wie irgendmöglich zu fliegen. Und er hoffte, dass Dan jetzt so schlau war, zur Kirche zu rennen. Das war das Einzige, das jetzt zählte, dachte sich Bruno. Für sich selbst hatte er alle Hoffnung verloren, entkommen zu können. Schließlich hatten ihn vor zwei Nächten nur das Glück und der Überraschungseffekt vor Kraan gerettet. Jetzt war er todmüde, weil er kaum geschlafen hatte. Und dem Vampir, der viel stärker und geschickter war als er, blieb die ganze Nacht, um ihn zu erwischen.

Bruno biss die Zähne zusammen. Würde er stark genug sein, um seinen Freunden keinen Schaden zuzufügen, wenn Kraan ihn erst einmal in einen Vampir verwandelt haben würde? Er wusste keine Antwort. Sein Kopf war völlig leer, und jetzt erst bemerkte er die Stille, die ihn umgab. Er war weit aufs Meer hinausgeflogen, ohne sich umzuschauen, denn er war sich sicher gewesen, dass ihm Kraan auf den Fersen war. Doch niemand verfolgte ihn. Der Himmel war vollkommen leer außer einem Schwarm Nachtvögel, die an der Küste entlangflogen. Warum jagten sie ihm nicht mehr hinterher? Bruno konnte nicht glauben, dass sie so leicht aufgegeben hatten. Voller Unruhe drehte er um und flog zur Küste zurück. Tatsächlich waren die Vampire nicht weit weg. Sie erwarteten ihn am Strand. Kraan und Maula schauten regungslos Leopold zu, der am Boden kauerte und sich gerade aufrichtete – den Mund blutverschmiert. Im Sand lag Dan, mit geschlossenen Augen.

Bruno stand das Entsetzen im Gesicht. Er landete auf dem Sand und blieb genau vor den Vampiren stehen. Kraan schien zufrieden.

»Der junge Leopold war hungrig nach der Jagd, und ich wollte ihm sein erstes menschliches Mahl gönnen«, sagte er kalt. »Du musst aber nicht weinen. Dan ist noch nicht tot. Und er wird auch nicht sterben, wenn du dein Schicksal endlich annimmst, anstatt noch länger meine Geduld zu strapazieren.«

Bruno schluckte.

»Deine Dummheiten haben meine Pläne schon bis zum nächsten Vollmond verzögert«, sagte Kraan stirnrunzelnd. »Wenn du dich nicht innerhalb einer Minute entscheidest, werde ich es zulassen, dass Leopold deinen Freund bis auf den letzten Blutstropfen aussaugt.«

Dan war leichenblass und atmete kaum noch. Bruno brachte kein Wort heraus. Er fühlte nichts als Hass und Angst.

»Vielleicht ziehst du es ja auch vor, dass mit deinem kleinen Freund dasselbe passiert wie mit Maula. Weißt du, was das bedeutet?« Bruno schüttelte den Kopf. Kraan schaute Maula an und strich mit einer Geste falscher Zärtlichkeit ihr Haar zurück. Es verdeckte zwei Bisswunden an ihrem Hals. Bruno wich zurück. Wenn es etwas Schlimmeres gab, als zu sterben, dann war es die Vorstellung, dass sich Dan in einen Sklaven Kraans verwandeln würde. Der Vampir ging einen Schritt auf Bruno zu.

»Lass die Armbrust fallen, dann werden wir uns besser verstehen!«, sagte der Vampir kühl. Bruno hatte überhaupt nicht gemerkt, dass er die Waffe immer noch in der Hand hielt. Das war jetzt auch egal, denn er hatte keine Pfeile mehr. Er öffnete die Hand, und die Armbrust fiel mit einem dumpfen Schlag in den Sand.

»Und diese dummen Glasröhrchen auch, wenn du so liebenswürdig wärst.«

Bruno leerte seine Taschen. Er war so müde, dass er kaum noch aufrecht stehen konnte. Bruno hatte keine Ahnung, was er jetzt machen sollte. Nur eines wusste er: Er konnte Dan retten, wenn er sich den Vampiren ergab. Kraan hatte gesagt, dass sein Freund ja nicht sterben müsse. »Es ist gut«, sagte er mit tonloser Stimme. »Nur … nur lassen Sie uns Dan ins Kranken-

haus bringen. Einverstanden? Er kann keinen Schaden anrichten. Er wird niemandem etwas erzählen. Und selbst wenn, wird ihm niemand glauben.«
»Du würdest dich wundern, wenn du wüsstest, wie viele Leute gerne solche Geschichten hören, mein Kleiner«, antwortete Kraan. Er kniete sich neben Dan und bewegte gleichgültig seinen Kopf hin und her. Dan war so blass, als sei er tot. Bruno versuchte, nicht daran zu denken. Er musste seinem Freund irgendwie helfen.
»Es ist ... es ist doch so, dass meine Verwandlung bestimmt viel besser klappt, wenn ich aus freien Stücken mitmache, oder nicht?«
Kraan schaute ihn zweifelnd an. Offensichtlich wusste er es nicht.
»Gut. Du hast mein Wort. Komm her!«
Dieses Mal widersetzte sich Bruno nicht der verführerischen Stimme Kraans und ging wie ein Traumwandler auf ihn zu. Ein einziges Mal schaute er sich um und fragte sich, ob die Welt aus der Sicht der Vampire dieselbe sei wie aus der Sicht der Menschen. Die Vögel, die er vorhin über dem Meer gesehen hatte, waren näher gekommen und wirkten jetzt riesengroß. Dan stöhnte im Sand und versuchte sich aufzurichten. Kraan stieß ihn mit dem Fuß zurück. Bruno erinnerte sich daran, wie Leopold nach dem Trinken des Blutes gezittert hatte. Er schloss die Augen und versuchte, nicht daran zu denken. Er hörte Dans schweren Atem und das Flügelschlagen der Vögel in seinem Rücken.

Der Sand knirschte, als Kraan auf ihn zukam. Bruno hob mit bangem Herzen den Blick. Der Vampir streckte seine Hände aus. In seinen Augen lag Gier. Doch plötzlich gefror sein Lächeln, und er wich einen Schritt zurück.

»Ihr!?«, schrie er voller Panik.

Bruno drehte sich um. Am Strand stand ein Dutzend Gestalten mit Kapuzen. Sie sahen aus, als seien sie gerade dem Meer entstiegen. Sie schauten Kraan mit wütenden, leuchtenden Augen an. Ihre Gewänder flatterten im nächtlichen Wind. Waren das die Gestalten, die Bruno zuvor für Vögel gehalten hatte? Es fiel ihm schwer, klar zu denken. Er war entsetzlich müde, und all das kam ihm wie ein einziger Albtraum vor. Er spürte, wie ihm die Beine versagten, und fiel auf die Knie. Bitte, bitte, Dan darf nicht sterben, dachte er, bevor er das Bewusstsein verlor.

Kapitel 9
Noxdom

Bruno schwebte in der Luft. Er befand sich in einer riesigen Halle, in der ein Fließband mit voller Geschwindigkeit ratterte. Er wusste, dass er es unbedingt anhalten musste, und hielt verzweifelt nach einer Brechstange Ausschau, die er dafür brauchte. Doch er fand keine, obwohl er unzählige Schubladen öffnete. Und die Maschine ratterte weiter, obwohl er gegen sie hämmerte und Teile von ihr zerstörte. Auf den einzelnen Bändern glitten finstere menschliche Leiber, Gewänder, Gehröcke und Eckzähne entlang und fügten sich am Ende zu Dutzenden von mechanischen Vampiren zusammen. Sie alle hatten das Gesicht von Dan und blickten Bruno aus toten Augen an. Plötzlich begannen alle Vampire gleichzeitig auszuatmen. Ein eisiger Hauch peitschte Bruno ins Gesicht ... »Lass uns aus diesem klirrend kalten Wind verschwinden. Die Kinder werden ja noch tiefgefroren«, sagte eine Stimme. Bruno öffnete mühsam die Augen. Eine Art Harnisch berührte seine Stirn, seine Brust, die Arme, seine Hüften und Knie. Jemand, der über Bruno schwebte, hielt den Harnisch fest. Er musste sich in großer Höhe befinden, denn die Kälte war durchdringend. Bruno fiel es schwer zu denken, und der kalte Wind tat ihm in den Augen weh. Mit letzter Kraft drehte er den Kopf auf die Seite und sah ein paar Kapuzengestalten. Sie trugen in den Armen ein Bündel, das in Decken gehüllt war. Das Bündel stöhnte und streckte sich. Bruno sah eine strohblonde Haarsträhne herauslugen. Es war Dan. Er glaubte, seinen Freund auf sich aufmerksam machen zu müssen. Er wusste, dass sie irgendwie fliehen mussten, aber er fühlte sich zu müde, und die Augen fielen ihm fast zu. Er schloss sie. Dann hörte und sah er nichts mehr.

Sehr viel später öffnete er die Augen ein wenig. Alles war dunkel, und sein Albtraum war vorbei. Er drehte sich um und lächelte bei dem Gedanken, dass er weiter im Bett bleiben konnte. Denn er hatte Kopfschmerzen und Muskelkater. Und als ob das noch nicht genügte, war auch noch sein Mund staubtrocken und voller Sand, seit er am Strand zusammengebrochen war. Der Strand! Plötzlich erinnerte sich Bruno an alles, was in der Nacht zuvor geschehen war. Er richtete sich im Bett auf.

»Dan?«

Niemand antwortete. Bruno schaute sich um. Er befand sich in einem steinernen Zimmer, in dem zwei identische Betten standen. Auf ihnen lagen große grüne Kopfkissen, die altertümlich aussahen. Außerdem gab es einen Schrank voller alter Bücher und einen Tisch mit zwei Stühlen vor einem Kamin. Eine der Wände war mit einem riesigen Teppich bedeckt, auf dem eine Schlacht abgebildet war. Im Licht des Kamins sah das Bild gespenstisch aus. Dennoch machte das Zimmer einen mehr oder weniger normalen Eindruck – wenn es denn nur Türen und Fenster gehabt hätte. Doch es gab nur kleine Scharten in der Mauer, die nach unten zeigten, als seien es Abflüsse. Der einzige Ausgang war eine viereckige Falltür aus Holz neben dem Tisch. Bruno sprang aus dem Bett. Er musste hier raus. Er griff nach dem eisernen Ring an der Falltür und zog sie mit aller Kraft nach oben. Doch sie bewegte sich nicht,

und Bruno spürte bald, wie ihn alle Muskeln schmerzten. Er unternahm einen zweiten Versuch, stellte sich breitbeinig über die Tür, um das Gleichgewicht nicht zu verlieren. Doch er riss den Ring ab, stürzte nach hinten und schlug mit dem Kopf gegen ein Tischbein. Vor lauter Wut boxte er gegen den Tisch und tat sich nur noch mehr weh.
Dann merkte er, dass etwas auf dem Tisch klirrte. Er stand auf, verzog vor Schmerz das Gesicht und sah, dass auf dem Tisch lauter Essen stand. Es war eine eigenartige Auswahl: Es gab Müsli, aber keine Milch, verschiedene Konservendosen, aber keinen Büchsenöffner, Toastbrot, ein Paket Nudeln, eine Dose mit Kakao, eine andere mit Kaffee, Äpfel, Mayonnaise, Saft, Marmelade, Zwiebeln und zwei Fünfliterkaraffen mit Wasser.
Wer in aller Welt rettet einen Jungen vor bösen Vampiren, sperrt ihn dann ein und serviert ihm diesen komischen Imbiss, fragte sich Bruno. Er hatte plötzlich Lust zu lachen. Dann merkte er, dass er seit fast 24 Stunden nichts gegessen hatte. Er setzte sich, um sich zu stärken. Was blieb ihm auch anderes übrig. Ihm war längst klar geworden, dass er aus dem Zimmer nicht entkommen konnte. Er nahm einen Apfel und biss ein großes Stück heraus. Als er die Frucht anschaute, merkte er, dass sein Biss anders war als früher. Seine neuen scharfen Eckzähne hatten zwei tiefe Spuren in der roten Apfelhaut hinterlassen. Nach dem Apfel ließ er mit gro-

ßem Appetit den Blick über den Tisch streifen und entschied sich für ein Müsli-Sandwich, bestreut mit Kakao. Dann dachte er wieder an Dan. Hatten sie ihn ins Krankenhaus gebracht? Wenn nicht, dann müsste er längst ... Er zog es vor, nicht weiterzudenken. Nein, bestimmt hatten sie sich um ihn gekümmert. Wieso hätten sie sich die Mühe machen sollen, ihn zu retten, wenn sie ihm nicht helfen wollten? Bruno versuchte verzweifelt, sich selbst zu überzeugen.
Warum aber kümmerten sich seine Retter nicht um ihn? Er wurde nervös, begann das Zimmer zu erkunden, suchte nach irgendetwas, das ihm sagte, wo und in wessen Händen er war. Die Bücher halfen ihm nicht viel weiter: Sie waren in Sprachen geschrieben, die er nicht kannte, genau wie die Bücher auf dem Speicher des Waisenhauses. Er hob den Teppich hoch, in der Hoffnung, dass darunter eine zweite Tür sein könnte. Doch er wirbelte nur eine Wolke Staub auf. Auch hinter den schmalen Scharten der Wand konnte er nichts erkennen. So setzte er sich an den Tisch, stützte sich auf seine Ellenbogen, starrte auf das Kaminfeuer und legte ab und zu einen der Holzscheite nach, die an der Seite gestapelt waren. Mit einem Mal erinnerte er sich an das Walkie-Talkie. Wird Dan noch sein Gerät haben? Bruno stand auf und suchte hektisch das ganze Zimmer ab, bis er endlich seinen Rucksack unter dem Bett fand.
Dort war es! Er stellte das Walkie-Talkie an und drückte den Knopf. Seine Hände zitterten.

»Dan? Bist du da? Dan, antworte! Geht's dir gut?« Dann ließ er den Knopf los und spürte, wie ihm der Atem stockte.

»Dan«, sagte er noch einmal mit unsicherer Stimme.

Es dauerte endlose Sekunden, bis die Antwort kam. Und es war nicht Dan, der antwortete.

»Bruno, hör auf, dich wie ein Idiot zu benehmen! Sobald ich kann, komme ich und rede mit dir.«

Bruno verschlug es die Sprache. Diese Stimme hätte er als Letztes an diesem Ort zu hören erwartet. Er drückte den Knopf und sagte sehr leise: »Quincey?«

Es kam keine Antwort. Bruno starrte mit offenem Mund auf das Walkie-Talkie. Die Stimme des Direktors klang so gereizt, dass Bruno sich nicht traute, ihn noch einmal nach Dan zu fragen. Er blieb auf dem Bett sitzen, das Walkie-Talkie in der Hand, und wusste nicht, was er denken sollte. In seinem Kopf ging es drunter und drüber.

Sehr viel später hörte er ein Knarren, ein Geräusch, als ob irgendetwas mit größten Mühen bewegt würde. Erschreckt sprang er auf. Dann hörte er ein dumpfes Klacken, und die Falltür wurde geöffnet. Das längliche Gesicht eines jungen Mannes erschien in der Öffnung. Er hatte langes, schwarzes Haar und einen schwarzen Bart. Seine kleinen, leuchtenden Augen standen weit auseinander, was seinem Aussehen etwas Unschuldiges verlieh. Er trug eine Art Frackhemd mit offenem Kragen. Als er Bruno sah, lächelte er schüchtern. Nur sein Oberkörper ragte ins Zimmer hinein. Im Schein des Feuers sah Bruno die Eckzähne des jungen Mannes schimmern. Er machte einen Satz nach hinten. Der Kerl war ein Vampir!

Langsam flog der junge Mann ins Zimmer. Er war groß, schlaksig und trug weite graue Hosen. Erst nach ein paar Augenblicken merkte Bruno, dass er etwas auf dem Rücken trug. Es war Quincey, der gleichfalls lächelte. Er wirkte müde und ausgezehrt. Bruno erinnerte sich daran, dass die Erwachsenen oft so aussehen, wenn sie sich über etwas große Sorgen machen. Vielleicht sah Dan noch schlimmer aus. Der Vampir stellte Quincey sanft auf dem Teppichboden ab und schwebte danach mit gekreuzten Beinen über einen der Stühle, ohne ein Wort zu sagen.

»Wie geht es dir, mein kleiner Freund?«, fragte der Direktor freundlich.

Er näherte sich, um den Jungen in Augenschein zu nehmen. Bruno hatte eine Fleischwunde am Unterarm, der Hemdärmel darüber war zerrissen. Außerdem hatte er eine dunkle Strieme am Knöchel, genau an der Stelle, an der Kraan ihn in der Halle der Fischer zu fassen bekommen hatte.

»Du scheinst ganz gut aus der Sache herausgekommen zu sein. Damokles, könntest du mir bitte Wasser, Seife und ein Desinfektionsmittel bringen, um die Wunde zu säubern?«

»Natürlich, sofort«, antwortete der Vampir mit sanfter Stimme, bevor er schnell durch die Falltür aus dem Zimmer schwebte.

Quincey ließ sich schwerfällig auf einen der Stühle fallen und stützte den Kopf in die Hände.

»Und Dan?«, fragte Bruno mit pochendem Herzen.

»Es geht ihm gut. Er wird schon wieder. Dan hat viel Blut verloren. Doch wir sind gerade noch rechtzeitig gekommen. Er schläft den ganzen Tag. Wenn er aufwacht, wird er sich viel besser fühlen und uns bald wieder auf die Nerven fallen.«

»Du hast ihn hier mit den Vampiren allein gelassen?«, fragte Bruno. Und als ihn Quincey ernst anschaute, fügte er hinzu. »Sie ernähren sich doch von ...«

»Von Blut, ja. Glücklicherweise sind aber nicht alle Vampire so wie Kraan.«

»Quincey, du weißt nicht, was mit mir passiert ist. Seit zwei Tagen kann ich ...«

»Ich weiß alles, Bruno. Dan und die Vampire haben dich am Strand gesehen. Und Dan hat versucht, es mir zu erzählen. Doch ich ließ ihn nicht ausreden.«

Eine seltsame Stille trat ein. Quincey griff Bruno bei den Schultern und schaute ihm tief in die Augen.

»Bruno, es tut mir so schrecklich leid, dich diesem elenden Kraan ausgeliefert zu haben. Es ist mir unerklärlich, wie ich ihn nicht durchschauen konnte.«

»Aber Quincey, wie solltest du wissen können, dass Kraan ein Vampir ist? Wenn mir das jemand vor einer Woche gesagt hätte, hätte ich mich totgelacht.«

»Ich nicht, Bruno. Ich wusste, dass es Vampire auf dieser Welt gibt und dass sie sich sehr für dich interessieren. Lange Zeit war ich wachsam, glaub mir. Doch sie kamen nie, um dich zu holen, und so wurde ich nachlässig. Als Kraan auftauchte, hielt ich ihn zwar für etwas hochmütig, und ich hatte Angst, dass er ein allzu strenger Vater sein könnte. Doch ich hegte keinen weiteren Verdacht. Meine Dummheit ist schuld an all dem, was in den vergangenen Tagen geschehen ist.«

Quincey hielt seufzend inne. Bruno war vollkommen verblüfft.

»Als gestern Dan verschwand«, fuhr Quincey fort, »ging ich ins Hotel Perduto, um mit dir zu reden. Der Rezeptionist sagte mir, dass die Kraans abgereist seien. Dann fiel es mir wie Schuppen von den Augen: Jetzt verstand ich, was passiert war. Ich musste den Rezeptionisten nicht allzu sehr bedrängen, damit er mir von den eigenartigen nächtlichen Sitten deines Adoptivvaters erzählte. Sofort schickte ich den Vampiren hier eine Eilbotschaft, damit sie uns helfen kommen.«

Brunos Erstaunen wurde immer größer. »Du ... du kennst Vampire?«

Ein leichtes Lächeln huschte über Quinceys Gesicht. »Sagen wir es so: Es ist eine alte Familiengeschichte.«

Bruno erinnerte sich jetzt an die große Kiste, die er auf dem Speicher des Waisenhauses gefunden hatte, und auch an den Besuch Quinceys in der Schule ein paar Tage zuvor – vor allem an die Worte, die er damals gesagt hatte: Warum nur holt ihn Maula und nicht Kraan selbst tagsüber von der Schule ab.

»Doch warum hast du Kraan nicht erkannt? Sogar ich habe etwas gemerkt. Und ich sagte dir, dass irgendetwas komisch an ihm ist!«

Quincey fuhr mit den Händen über sein Gesicht und stöhnte.

»Das ist nicht so einfach.«

»Für mich schon.«

»Das stimmt. Weil dich dein Vampirblut empfindlicher macht gegenüber Kraans hypnotischem Wesen. Und weil dein Adoptivvater seine ganze Aufmerksamkeit mir schenkte, damit ich keinen Verdacht schöpfte. Doch auch so …«

»Was hat das zu bedeuten: mein Vampirblut? Niemand weiß, wer meine Eltern waren! Warum muss alle Welt mir jetzt unbedingt sagen, dass ich Vampirblut habe?«, rief Bruno außer sich vor Wut. Er hatte es satt, nichts zu verstehen.

»Hör zu, Bruno. Die Vampire sind so alt wie die Menschheit – oder sogar älter, wenn man einigen ihrer Legenden glaubt. Sie haben nicht immer im Verborgenen gelebt, so wie jetzt.«

»Kraan hat mir das schon erzählt«, sagte Bruno. »Er sagte mir, er schäme sich, dass die Seinen im Verborgenen lebten, nachdem sie früher die Könige von irgendetwas gewesen seien.«

»Die Könige der Nacht«, sagte Quincey. »Trotzdem

glaube ich, dass sich Kraan die Geschichte der Vampire nach seinen verqueren Vorstellungen zurechtbiegt.«
»Auch den Teil, in dem es um mein Vampirblut geht?«
Bevor Quincey antworten konnte, knarrte die Falltür wieder. Damokles kam herein. Er bewegte sich sehr langsam, um keinen Tropfen aus der Wasserschüssel zu verschütten, die er in den Händen trug. Er stellte sie zusammen mit einem weißen Tuch und einem Fläschchen desinfizierten Wassers auf dem Tisch ab. Dann setzte er sich auf den freien Stuhl. Bruno schaute ihn misstrauisch an.
»Warum hast du so lange gewartet, um zu mir zu kommen?«, fragte Bruno den Direktor.
»Ich wollte zu dir kommen, nachdem du aufgewacht warst. Doch Dan brauchte dringend Bluttransfusionen. Ich und er haben dieselbe Blutgruppe, sodass ...«
Bruno verstand jetzt besser, warum Quincey so blass war.
»Ist ja auch egal. So wurde es eben Tag, und ich musste bis zur nächsten Nacht warten«, sagte Quincey.
»Warum denn das?«
»Dieses Zimmer liegt zwölf Meter über dem Boden. Hast du nicht durch die Falltür geschaut?«
Bruno näherte sich dem Loch. Im Mondlicht sah er einen Innenhof voller Sand, der kilometerweit entfernt zu sein schien. Das Zimmer befand sich in einem Turm, und die Falltür lag an einem Mauervorsprung.

»Jetzt verstehe ich. Nur die Vampire können dich hier hinaufbringen«, sagte Bruno – »und sie schlafen tagsüber.«

Quincey und Bruno wurden von einem lauten Lachen überrascht. Es war Damokles.

»Das ist ein sehr schlauer Junge«, sagte er warmherzig.

»Nachdem die Gefahr vorbei war, zogen sich alle zurück, um zu schlafen, und ich kam nicht mehr zu dir hinauf«, fuhr Quincey fort. »Doch Damokles machte sich auch Sorgen um Dan und kam zur Krankenstation, sobald es Nacht geworden war.«

»Der Junge ist übrigens gerade aufgewacht, Quincey«, sagte der Vampir.

Quincey sprang auf.

»Und?«

»Ich glaube, er spricht gerade mit seiner Mutter.«

»Dans Mutter ist hier?«, fragte Bruno verblüfft.

»Wir haben sie hergeholt«, sagte Quincey. »Ada ist ohne Zweifel die einzige Ärztin auf der Welt, die von der Existenz der Vampire weiß.«

»Aber sie hat doch Dan allein gelassen«, protestierte Bruno.

Quincey schien das unangenehm zu sein.

»Das, mein Freund, ist nicht die wahre Geschichte. Zumindest ist es nicht die ganze Wahrheit. Vor vier Jahren bekam Dans Mutter einen Hilferuf von den Vampiren und, nun ja, die Dinge wurden dann ein bisschen schwierig. Sie konnte nicht nach Hause zurückkehren, wie sie es eigentlich vorhatte. Deswegen hat sie ihren Sohn verloren.«

Quincey und Damokles tauschten schnell einen Blick aus.

»Vielleicht hat Ada ihrem Sohn von uns erzählt, bevor sie fortging«, sagte Damokles vorsichtig.

»Bevor sie ihn verließ«, sagte Bruno beharrlich.

»Nun ja, ich vermute, die beiden reden gerade über genau diese Sache.«

»Bestimmt wird Dan recht behalten«, sagte Bruno trotzig.

Damokles fing wieder an zu lachen. Auch Bruno musste lächeln. Schließlich war es nach so vielen Tagen der Einsamkeit wunderbar, wieder mit Quincey zusammen zu sein, auch wenn es in diesem Zimmer war.

»Was für ein Ort ist das hier eigentlich, Quincey?«, fragte Bruno.

»Das ist eine Gemeinschaft von Vampiren, so etwas wie ein kleiner Vampirstaat.«

»Wo sind wir denn?«

»Im Nordosten von Mistyville, ziemlich weit weg.«

»In einem Schloss?«

»Nein, nicht in so etwas Großem«, antwortete Quincey. »Es ist eher ein altes Herrenhaus. Die Vampire nennen es Noxdom. Es liegt abseits der großen Ortschaften, doch es hat gute unterirdische Verbindungen.«

Quincey machte eine Pause, als sei er unentschlossen.

»Es ist auch der Ort, an dem deine Vampirverwandten leben.«
»Wie?«
»Du hast eine Großmutter und einen Cousin hier in Noxdom. Damokles ist dein Cousin. Deine Großmutter wirst du bald kennenlernen. Sie ist die Anführerin der Gemeinschaft.«
Bruno starrte mit offenem Mund den langhaarigen Vampir an, der ihn erwartungsvoll anschaute und ihm die Hand entgegenstreckte.
»Ich freue mich, dich kennenzulernen, Cousin Bruno«, sagte er.
»Ich, ich auch«, stammelte Bruno. Dann wandte er sich Quincey zu.
»Meine Eltern waren also Vampire?«
»Das gehört zu den Dingen, die dir deine Großmutter selbst erzählen will«, sagte Damokles.
»Nun gut«, unterbrach ihn Quincey, der jetzt schon ein bisschen erleichterter war. »Was hältst du davon, wenn wir deine Kriegsverletzungen verarzten und dann hinuntergehen, um Dan zu begrüßen?«
Bruno vergaß sofort all seine Fragen. Er dachte, dass es besser sei, keine Zeit mit dem Verarzten der Wunden zu verlieren. Doch Quincey dachte nicht einmal daran, darauf einzugehen. Sorgfältig untersuchte er Brunos viele blaue Flecken, reinigte und desinfizierte die Wunden. Dann erst erlaubte er ihm, hinunterzusteigen.
Doch Quincey war nicht ganz bei der Sache. Das

merkte Bruno sofort. Denn der Direktor sagte, dass ihn eine Strieme an Brunos Hüfte beunruhige, die in Wahrheit ein Muttermal war. Und er träufelte destilliertes Wasser auf den linken Arm, obwohl die Wunde am rechten Arm war. Als er mit seiner medizinischen Untersuchung fertig war, gab er Damokles ein Zeichen, sich zu nähern. Dann fragte er Bruno, ob er sich in der Lage fühle, alleine hinunterzufliegen.

»Natürlich.«

Der Vampir packte Quincey unter den Achseln, und die beiden verschwanden durch die Falltür. Bruno sprang hinterher, und sein Herz machte dabei einen Satz – denn eine Sekunde lang glaubte er, er würde wie ein Stein zu Boden fallen. Stattdessen aber schwebte er sanft zu Damokles, der ihn unter der Falltür erwartete und voller Bewunderung anschaute.

»Es ist spannend, einen Dhampir, einen Tagesvampir, wie du einer bist, fliegen zu sehen«, sagte er mit warmer Stimme, bevor sie zum Innenhof schwebten.

Das Zimmer, in dem Bruno die Nacht verbracht hatte, befand sich im dritten Stock eines riesigen Herrenhauses aus schwarzem Stein. Es hatte verschiedene Giebel und einen eigenartigen quadratischen Turm in der Mitte, der ein spitzes Dach trug. Früher einmal musste es ein ganz gewöhnliches Haus gewesen sein. Doch sämtliche Fenster waren mit Steinen zugemauert, und Bruno hatte keine Vorstellung davon, wo sich einmal die Türen befunden hatten. Anstatt Türen gab es jetzt viele Öffnungen in der Fassade. Einige waren Falltüren in Mauervorsprüngen wie in dem Zimmer, in dem er eingesperrt gewesen war. Andere waren Rohre aus Weißblech, die in den Himmel ragten. Es gab auch sehr elegante Vordächer aus geschmiedetem Eisen und dunklem Glas und auch steinerne Wasserspeier mit riesigen Mündern, die als Eingänge dienten. Neben dem Hauptgebäude sah Bruno Unmengen von Anbauten. Sie ragten allesamt spitz und tollkühn in die Höhe. Selbst der kleinste Stall und der kleinste Schuppen waren in die Höhe gebaut worden, um sie bewohnbar zu machen. Bruno betrachtete dieses seltsame Gebirge aus zinnenbewehrten Türmchen.

»Kraan könnte uns jederzeit angreifen«, sagte er sorgenvoll.

»Es gibt eine unzerstörbare Kristallkuppel, die das alles hier überspannt«, antwortete Damokles. »Hier hereinzukommen ist nicht so einfach, wie es scheint.«

»Und herauszukommen auch nicht«, sagte Bruno grimmig.

Quincey schaute ihn vorwurfsvoll an, doch Damokles schien Brunos Temperamentsausbruch nicht zu stören.

»Niemand ist gerne eingesperrt, nicht wahr«, sagte er. »Wir bitten dich um Entschuldigung. Wir konnten es nicht riskieren, dass du während des Tages verschwindest, bevor wir mit dir geredet haben.«

»Du hast leicht reden, Bruno«, knurrte Quincey. »Die

Vampire müssen sich tagsüber verstecken. Im Tageslicht können sie nicht mit ihren Feinden kämpfen, sondern sich nur noch in ihren Zimmern einsperren und abwarten. Deswegen sind sie so vorsichtig.«

Bruno hätte sich am liebsten auf die Zunge gebissen.

»Wo ist Dan?«, fragte er. Er schämte sich und hoffte, dass niemand im Halbdunkel bemerkte, wie er rot wurde.

»Genau hier«, sagte Damokles und klopfte gegen eine Tür – die einzige, die es im ganzen Herrenhaus zu geben schien. Er trat zur Seite, um Bruno den Weg frei zu machen.

Das Zimmer, das sie betraten, war erfreulich normal. Die Wände waren weiß gestrichen, und das Licht des Halbmondes fiel durch ein großes, buntes Glasfenster herein. Neben dem Fenster sah Bruno seinen Freund, der immer noch sehr blass war, mit tiefen Rändern unter den Augen und einem großen Verband um den Hals. Er saß aufrecht im Bett, auf einem Berg von Kissen, und redete mit jemandem, der von einer Stellwand verdeckt wurde.

»Hallo!«, sagte Dan zu Bruno und den anderen.

Bruno rannte zu seinem Bett. Quincey ließ sich mit einem Stöhnen in einen Sessel am Ende des Bettes fallen.

»Es ist schön, wieder bei Freunden zu sein, was, Dan? Wie geht es dir?«

»Ich sterbe vor Hunger.«

»Das ist immer ein gutes Zeichen«, sagte eine Stimme hinter Bruno.

Bruno drehte sich um. Eine Frau näherte sich ihnen mit dem festen Schritt eines Menschen, der weiß, was zu tun ist. Die Frau war sehr klein und dünn, hatte das gleiche strohblonde Haar wie Dan und schwarze Augen, die hinter großen, runden Brillengläsern verborgen waren. Auf ihrer Stirn zeigte sich eine tiefe, waagerechte Falte. Doch als die Frau auf Bruno zukam, strahlte sie über das ganze Gesicht.

»Du also bist der beste Freund meines Sohnes. Ich bin Ada«, sagte sie und streckte Bruno die Hand entgegen. Bruno ergriff sie schüchtern. »Dan hat mir von eurem großen Kampf erzählt. Ihr wart wirklich sehr tapfer.«

»Nun ja, Dan mehr als ich«, sagte Bruno und dachte daran, dass sein Freund bestimmt einen guten Eindruck bei seiner Mutter hinterlassen wollte, nachdem sie sich so viele Jahre lang nicht gesehen hatten. »Ich habe ihm gesagt, dass er fliehen soll. Doch er hat sich versteckt und mich im letzten Augenblick vor Leopold gerettet.«

Dan wurde bis über beide Ohren rot.

»Es kam aber nur so weit, weil sich Bruno freiwillig zum Gefangenen von Kraan machte und ich dadurch freikam, und er später den Vampir täuschte und durch das Dach entkam – das war wirklich beeindruckend.«

Die beiden lächelten sich an. Bis zu diesem Augenblick war ihnen der nächtliche Kampf wie ein einziger Schrecken vorgekommen. Jetzt fanden sie ihn vor allem aufregend.

»Na, na, das sind mir ja Geschichten«, sagte Quincey, halb sorgenvoll, halb belustigt. »Ich glaube, am besten setzen wir uns und hören uns die Sache einmal ganz genau an.«

Kapitel 10
Sabbat

Es dauerte eine ganze Weile, all das zu erzählen, was in den vergangenen Tagen geschehen war. Denn die Erwachsenen hörten sehr aufmerksam zu und unterbrachen die beiden Jungen ständig, um nach Einzelheiten zu fragen. Erst erzählte Bruno seine Geschichte. Vor ein paar Tagen noch hätte er niemals gedacht, dass irgendjemand seine Erlebnisse glauben könnte. Jetzt taten es die Erwachsenen. Dann hörten sie sich Dans Schilderung an.

»War Kraan sehr schlimm zu dir?«, fragte Bruno besorgt.

»Kraan hat sich eigentlich nicht besonders für mich interessiert. Leopold war viel schlimmer«, sagte Dan.

Bruno spürte deutlich, wie das Blut in seinen Adern kochte.
»Das nächste Mal, wenn ich diesen Leopold in die Hände bekomme, wird er mir das büßen«, sagte er.
»Er hat mich ganz schön erschreckt. Ich lag in meinem Zimmer« – Dan schaute verstohlen Quincey an – »und schlief wie ein Stein, als plötzlich eine Stimme sagte: ›Schau mal nach oben, du Würmchen!‹ Über mir schwebte Leopold. Bevor ich auch nur ein Wort sagen konnte, hielt er mir den Mund zu und schaffte mich durch das Fenster hinaus. Das Ganze dauerte noch nicht einmal eine Minute.«
Dan hielt inne, um einen Schluck Wasser zu trinken. Bruno schaute heimlich zu Quincey hinüber, der nachsichtig lächelte. Bestimmt vermutete er, dass Dan in dieser Nacht die Tür zu seinem Büro aufgebrochen hatte.
»Leopold brachte mich zu einer der Höhlen an der Steilküste«, fuhr Dan unerschüttert fort, »und dort warteten auch schon deine lieben Adoptiveltern, Bruno. Kraan und dieser Zombie von Frau schienen sehr erfreut zu sein über Leopold. Kraan strich mit der Hand durch das Haar seines Schützlings, und ich glaubte, er würde gleich anfangen zu heulen vor lauter Rührung. Ich war gar nicht so gerührt. Denn Kraan versprach Leopold, dass er mein Blut bis auf den letzten Tropfen austrinken könne, wenn das alles hier erst einmal vorbei sei.«

Bruno nahm einen Schluck aus Dans Wasserglas, verschluckte sich und spuckte das ganze Wasser aus. Sein Freund wurde ungeduldig.
»Was hattest du denn überhaupt erwartet?«
»Ich dachte, Kraan interessiere sich nur für mich. Ich glaubte, er würde dich in Ruhe lassen, um sicher zu sein, dass ich ihm vollkommen gehorche«, sagte Bruno.
Dan schüttelte den Kopf. Er war verblüfft über so viel Einfältigkeit.
»Warum hörst du nie auf die Leute, die es besser wissen? Kraan selbst hat doch gesagt, dass du ihm gehorchen musst, wenn du dich erst einmal in einen Vampir verwandelt hast. Und warum sollte es ihn kümmern, dass du dich ein wenig schlecht fühlen würdest, wenn ich dabei draufgehe?«
Quincey unterbrach ihn.
»Du hast recht, Dan. Trotzdem solltest du nicht so streng sein mit Bruno, nur weil er dem Wort eines anderen geglaubt hat. Erzähle weiter!«
Dan seufzte so, als sei er der einzige denkende Mensch in diesem Zimmer. Er putzte seine Brille mit der Tischdecke, bevor er weitererzählte.
»Nun gut. Leopold war wahnsinnig stolz und wollte schon einmal ein bisschen von meinem Blut trinken. Kraan aber sagte, dass dafür später noch Zeit sei, und befahl ihm, Wasser für mich zu besorgen. Er sagte, dass du, Bruno, mich gesund und munter sehen müss-

test. Dann packte er mich am Arm und flog mit mir zu einem Loch in der Höhle. Die Wände des Lochs waren so glatt, wie ich es noch nie irgendwo sonst gesehen habe. Leopold brachte mir eine Flasche Wasser und boxte mich im Vorbeigehen in den Magen. Er sagte, das würde mein gesundes Aussehen nicht beeinträchtigen. Doch er war sehr vorsichtig, damit Kraan seine Gemeinheit nicht sah.«

»Dieser Wurm!«, zischte Ada zwischen den Zähnen hervor. Sie schien sehr wütend zu sein.

»Stimmt«, sagte Dan. »Kraan hat das Schlimmste aus Leopold gemacht. Er hätte ihn auch in einen tumben Dummkopf verwandeln können, doch ihm ist mit seinem Schüler ein Meisterwerk des Bösen geglückt. Nun gut, das ist alles. Ich verbrachte den ganzen Tag als Gefangener in einem nackten Felsloch, im Pyjama und halberfroren, umgeben von Vampiren, die kopfüber schliefen. Als es dunkel wurde, holten sie mich. Den Rest kennt ihr ja. Fast wäre es schiefgegangen.«

»Kraan ist vollkommen verrückt«, sagte Bruno.

»Und Maula! Aus welchem Loch die wohl gekrochen ist?«, fragte Dan.

»Eine Sache aber verstehe ich immer noch nicht«, sagte Bruno.

Alle schauten ihn an.

»Was will Kraan von mir? Warum nahm er so viele Mühen auf sich, um mich in seine Gewalt zu bekommen. Maula sagte, ich sei der Beste. Und Kraan meinte, er werde mich zu seinem wichtigsten Verbündeten machen. Was zum Teufel hat das zu bedeuten?«

Die Erwachsenen schauten sich ernst an.

»Darüber werden wir später sprechen, mein kleiner Freund«, sagte Quincey.

»Ja, aber …«

»Warten wir ab, was die Versammlung zu all dem sagen wird«, sagte Damokles und strich sich nachdenklich durch den Bart.

»Du weißt genau, was sie sagen wird«, meinte Ada bitter. »Sie glaubt, dass die Menschen an allem schuld sind und dass solche Dinge nicht geschehen sind, als die Vampire noch so lebten, wie es ihrem Wesen entsprach.«

»Ada, lasse dich nicht von deinem Zorn leiten«, sagte Quincey vorwurfsvoll.

»Ich lasse mich eher von meiner Erfahrung leiten«, antwortete Ada.

Sie schien noch etwas sagen zu wollen. Doch dann schaute sie aus den Augenwinkeln zu den Kindern hinüber und schwieg. Eine kurze Stille trat ein. Darauf hatte Dan gewartet.

»Was ist die Versammlung?«, fragte er.

»Die Kontinentale Versammlung des Großen Vampirrates ist unsere oberste Regierung«, sagte Damokles. »Sie wird von den ältesten Vampiren des Kontinents gewählt, jenen, die älter als 300 Jahre sind. Sie entscheiden, was zu tun ist. Nachdem wir euch gestern

gerettet hatten, riefen wir den Rat zu einer dringenden Sitzung zusammen.«
»Wann wird sie stattfinden?«, fragte Bruno.
»In einer halben Stunde. Vampire reisen schnell«, antwortete Ada.
»Dürfen wir dabei sein?«, fragte Dan.
»Das ist nun wirklich keine Sache für Kinder«, sagte Damokles entschuldigend.
»Ihr geht also besser ins Bett«, fügte Ada bestimmt hinzu.
»Aber Mama, ich bin doch gerade erst aufgestanden«, protestierte Dan.
»Ich empfehle meinen Patienten niemals, einer nächtlichen Sitzung beizuwohnen, wenn sie gerade eine Bluttransfusion erhalten haben – und schon gar nicht, wenn es sich bei dem Patienten um meinen eigenen Sohn handelt. Du wirst bei Bruno schlafen, einverstanden?«
»Sie werden doch über uns reden«, protestierte Bruno beleidigt.
»Mama«, wiederholte Dan. Seine Stimme klang so, als könne er gar nicht glauben, was mit ihm gerade geschah.
Quincey mischte sich jetzt ein.
»Es tut mir leid, Jungs. Bruno, könntest du bitte Damokles helfen und eine Decke für Dan holen?«
Bruno gab sich geschlagen. Wortlos verließ er das Zimmer und hoffte, dass Quincey dadurch wenigstens

ein schlechtes Gewissen bekommen würde. Wie konnte er Dan und ihn nur so außen vor lassen!
Der Innenhof von Noxdom hatte sich in den wenigen Minuten, in denen Bruno und die anderen in der Krankenstation geredet hatten, vollständig verwandelt. Die Vampire kamen jetzt aus ihren Zimmern. Einige hängten sich mit den Füßen an der Decke auf, um ihre Muskeln zu strecken; anscheinend konnten sie überall haften bleiben, ohne hinunterzufallen. Andere klopften den Staub von der Scharte, die zu ihrem Zimmer führte. Wieder andere hockten auf einem Mauervorsprung und tranken dampfende Getränke. Bruno wollte lieber nicht wissen, woraus sie bestanden. Ein paar Vampirkinder spielten in der Luft Fangen; dieses Spiel kam Bruno vertraut vor. Eine Frau mit langer weißer Mähne trat – offensichtlich sehr verärgert – aus einem der Zimmer im Erdgeschoss, flitzte dann die Wand hinauf und hinunter wie eine Eidechse und rief dabei nach einem gewissen Konrad. Sie drohte ihm mit den schrecklichsten Strafen, wenn er nicht sofort herkommen und sein Frühstück aufessen würde. Bruno freute sich, nicht in der Haut des Jungen zu stecken.
Die Vampire waren ganz anders als die Menschen. Natürlich war ihre Haut blasser, und sie hatten Augen unterschiedlicher Farbe. Dann gab es noch die langen Eckzähne und die Nase, die spitzer war als bei normalen Leuten. Am erstaunlichsten aber war eine andere Sache: Alle Vampire schienen so stolz und selbstsicher

zu sein, als wenn ihnen niemand jemals etwas anhaben könnte.
Manche Vampire trugen die gleiche Kleidung aus heller Baumwolle wie Damokles. Die meisten aber schauten aus, als wollten sie auf einen Maskenball gehen. Einige waren herausgeputzt mit bunten Gehröcken und Spitzenhemden, dazu hatten sie gepuderte Perücken auf dem Kopf und einen falschen Schönheitsfleck im Gesicht. Ein Vampir hatte eine Weste mit Krawatte an, sah darin aus wie ein Pinguin und hielt seine Melone mit der Hand fest, damit er sie beim Fliegen nicht verlor. Der nächste Vampir schien ein schlampiges Wesen zu haben, denn er trug ohne eine Spur von Scham Beinkleider, die einfach mit Schleifen festgebunden waren, und dazu einen Wams aus Samt, der ihm vom Hals herunterhing. Auch die Frauen schauten sehr unterschiedlich aus. Es gab Kurzhaarige mit schlichten Fransenkleidern. Andere hatten rauschende Röcke mit allerhand Schürzen und Rüschen an. Und wieder andere waren ganz modern gekleidet und trugen Stöckelschuhe.
»Das ist eine alte Sitte bei uns«, sagte Damokles, der hinter Bruno das Krankenzimmer verlassen hatte. »Die meisten Vampire kleiden sich, wie es damals üblich war – damals, als sie ihre »Reise der Reife« begannen. Andere ziehen lieber bequemere und praktischere Sachen an, so wie sie die Menschen heute tragen. Doch im Allgemeinen sind wir eine halsstarrige Rasse.« Er

zeigte dabei auf eine Frau mittleren Alters, die nur unter größten Mühen fliegen konnte, weil sich ihr aufgeblähter Cancan-Rock immer wieder verwickelte – sehr zum Vergnügen einer Schar Kinder, die um sie herumtollte.

Bruno hatte keine Ahnung, was »die Reise der Reife« sein könnte.

»Und was trägst du?«, fragte er Damokles.

»Das. Oh, das ist eine Art Kleidung für zu Hause. Normalerweise fliege ich nicht mit ihr hier herum. Doch Quincey war in großer Eile, sodass ich mich nicht umziehen konnte. Das werde ich jetzt tun, um der Sitzung des Rates beizuwohnen. Zuerst aber müssen wir eine Decke für Dan besorgen.«

Damokles flog mit Bruno in das obere Stockwerk eines Nebengebäudes und bat ihn, vor dem Eingang zu warten. Bruno schwebte vor der Scharte, durch die der Vampir verschwunden war. Es ärgerte ihn ein bisschen, dass die vorbeifliegenden Vampire bei seinem Anblick sich gegenseitig in die Rippen boxten und ihn anschauten wie einen Ochsen.

Die Schar Kinder, die er vorhin gesehen hatte, hielt genau vor seiner Nase und glotzte ihn frech an. Keines der Kinder schien älter als fünf Jahre zu sein. Ein Mädchen mit braunem Haarschopf und flachem Gesicht versuchte ein paar Mal, Bruno auf sich aufmerksam zu machen. Doch bei der kleinsten Bewegung von Bruno wich sie sofort zurück. Er wollte das Mädchen nicht erschrecken. Deswegen verhielt er sich so still er nur konnte. Das Mädchen kam auf ihn zu, streckte die Hand aus und berührte ganz vorsichtig seine Nase. Alle ihre Begleiter schlugen die Hände vors Gesicht. Die Kleine war jetzt fürchterlich stolz auf sich und überschlug sich in der Luft. Bruno musste daran denken, wie er vor ein paar Tagen am Strand von Mistyville genau dasselbe gemacht hatte. Ein Lächeln huschte über sein Gesicht. Das fand die Kinderschar jetzt sympathisch. Sie kam ein wenig näher, und Bruno hörte ein Wort, das die Kinder ständig wiederholten: »Dhampir.«

»Fort von hier!«, schrie eine aufgeregte Stimme.

Die Kinder stoben auseinander wie ein Schwarm Mücken. Bruno schaute nach oben und sah Damokles. Er trug ein Bündel Decken unter dem Arm und einen großen Pappkarton, der ihm bis zur Nasenspitze reichte.

»Es ist besser, wenn du dich von ihnen fernhältst. Wenn sie noch so klein sind, können sie gefährlich sein«, sagte Damokles, als er auf der Höhe von Bruno war.

Die Kinder hatten sich hinter einem Fahnenmast versteckt, der sich im Wind hin- und herbewegte. Immer wieder lugten sie kichernd hervor, um zu schauen, ob Damokles sie noch beobachtete. Bruno nahm den Pappkarton und folgte dem Vampir, ohne ein Wort zu sagen.

Als sie in Brunos Zimmer ankamen, hatte es sich Dan

schon auf einem der Doppelbetten gemütlich gemacht. Mit einem Taschenmesser, das er irgendwo hervorgekramt hatte, versuchte er, eine riesige Thunfischdose zu öffnen. Damokles machte den Pappkarton auf, in dem ein paar Comics und Brettspiele lagen. Sie schauten ganz und gar aus wie für Menschen gemacht. Dann sagte er, laut seinen Befehlen müsse er die Falltür verriegeln. Doch er werde den Riegel zurückschieben, bevor er schlafen gehe. So könnten Bruno und Dan bei den ersten Strahlen des Morgengrauens hinausschlüpfen. Dann verschwand er. Bruno zog am Ring der Falltür, um sicher zu sein, dass sie verriegelt war. Plötzlich hörte er einen Schrei in seinem Rücken. Dan hatte ein Loch in die Thunfischdose geschlagen, und das ganze Öl war ihm ins Gesicht gespritzt. Wütend wischte er sich mit einer Decke das Gesicht ab.

»Weißt du, was? Quincey hat uns das bestimmt nicht abgekauft, dass du im Schlafsaal warst, als dich Leopold schnappte«, sagte Bruno.

»Natürlich nicht. Er ist ja nicht blöd.«

»Und was zum Teufel hast du überhaupt in seinem Büro gesucht?«

»Die Adresse meiner Mutter. Quincey hat einen Karteikasten mit den Namen und Anschriften aller bekannten Eltern. Eines Tages müssen wir den Namen deiner Eltern suchen. Das wird aufregend! Ich vermutete, bei der Adresse meiner Mutter … Was schaust du denn so? Ich dachte, ich könnte uns dadurch helfen.«

»Aber du glaubst doch, deine Mutter sei verrückt!«, rief Bruno aus.

»Das habe ich früher geglaubt, weil sie mir gesagt hat, die Vampire seien daran schuld, dass sie und ich nicht mehr zusammen sein könnten«, sagte Dan mit einem Ausdruck größter Geduld. »Seit ein paar Tagen habe ich ein wenig mehr Vertrauen in sie.«

»Ah.«

Ein paar Sekunden lang schwiegen die beiden.

Dann sagte Dan düster: »Eines Tages kam sie, um mit mir zu sprechen. Quincey sagte mir, dass sie ein Geheimnis hüte. Er setzte mich ins Auto und fuhr mit mir nach Helionova, diesem Dorf auf der anderen Seite der Bucht von Mistyville. Wir trafen meine Mutter in einem Café. Sie erzählte mir, dass sie mich niemals alleine lassen wollte, doch die Vampire starben zu Dutzenden wegen einer Krankheit, und nur sie konnte ihnen helfen. Dann aber steckte auch sie sich an und starb beinahe. Deswegen hat es so lange gedauert, bis sie zurückkam. Und das alles konnte sie natürlich nicht dem Richter erzählen, der über das Sorgerecht entschied. Deswegen also kam ich ins Waisenhaus, und meine Mutter konnte mich noch nicht einmal besuchen.«

»Mannomann!«, sagte Bruno. Er war sprachlos.

»Ich fing an, meine Mutter anzuschreien. Ich sagte ihr, sie sei verrückt, und alles sei ihre Schuld, und wie schön es sei, dass sie mich nicht besuchen dürfe.

Quincey schnappte mich und schaffte mich eilig fort. Auf dem Rückweg redete er ständig auf mich ein, damit ich ihm verspreche, niemandem von alldem etwas zu erzählen.«

Bruno nickte nachdenklich.

»Deine Mutter kam also sofort, als sie merkte, dass du in Gefahr warst«, sagte er.

Dan nickte zufrieden.

»Die Sache ist, dass sie damals ja einen guten Grund hatte zu verschwinden. Und dann dauerte es lange, bis sie sich von dieser Krankheit erholt hatte, so lange …«

»… so lange, bis alle Welt glaubte, sie habe dich verlassen.«

»Klar. Stell dir vor, sie hätte mit dem Jugendamt reden müssen: ›Nein, mein Herr, natürlich wollte ich zurück zu meinem Sohn kommen, aber ich musste eine Zeit lang bei einer Gruppe von Vampiren bleiben. Und Sie machen sich keine Vorstellung davon, wie kompliziert das sein kann.‹ Nun gut. Und was machen wir jetzt«, fuhr Dan fort. »In diesem Zimmer bleiben wir ganz bestimmt nicht, oder? Ich muss unbedingt wissen, worüber bei dieser Versammlung gesprochen wird.«

»Hast du schon irgendeine Idee im Hinterkopf?«, fragte Bruno und versetzte der Falltür einen Tritt. »Dieses Ding lässt sich nämlich garantiert nicht öffnen.«

Dan hob den Deckel der Thunfischdose und fischte ein Stück mit seinem Taschenmesser heraus.

»Vielleicht können wir die Falltür anzünden. Das Zimmer hat steinerne Wände, viel kann also nicht passieren«, schlug Dan mit vollem Mund vor.
»Warte! Was ist das?«, unterbrach ihn Bruno.
Er glaubte, dumpfe Schläge hinter der Wand gehört zu haben, genau hinter dem Teppich.
»Ich höre nichts«, sagte Dan.
»Sei still!« Bruno näherte sich der Wand und schob vorsichtig den Teppich beiseite. Wieder hörte er die dumpfen Schläge, ganz, ganz leise. Dieses Mal hörte sie auch Dan, der sein Ohr an die Wand presste.
»Lass mich mal ran!«, sagte er und wischte seine Hände am Pyjama sauber. Dann tastete er mit seinen Fingern Millimeter für Millimeter vorsichtig die Mauer ab, bis er das fand, was er suchte. Er pustete ganz leicht und wirbelte dadurch eine feine weiße Staubwolke auf.
»Da ist es«, murmelte er vor sich hin.
Auch Bruno sah es jetzt: eine kleine Feder, die man mit den Fingern zusammendrücken konnte. Wieder hörten sie die Schläge, wieder so leise wie die Male zuvor. Dan drückte die Feder – und ein Mauerstück öffnete sich wie eine Tür. Auf der anderen Seite der Mauer lächelte sie ein kleines Gesicht mit spitzen Zähnen an. Es war das Mädchen, das sich vorhin Bruno genähert hatte. Sie schien sehr zufrieden mit sich zu sein.
»Äh … hallo«, sagte Bruno.
»Ich war ganz leise. Es hätten ja auch noch mehr Leute im Zimmer sein können. Doch ich wusste, dass nur

du meine Schläge hören würdest«, sagte das Mädchen, als wenn es das Normalste auf der Welt wäre.
»Das war schlau«, sagte Dan anerkennend.
Dann schwiegen alle drei.
»Können wir dir irgendwie helfen?«, fragte schließlich Bruno. Das Mädchen lächelte belustigt.
»Ich bin gekommen, um euch zu helfen. Wolltet ihr nicht zur Versammlung gehen?«
Die beiden Jungen starrten sie mit offenem Mund an.
»Ich werde ganz bestimmt gehen«, sagte das Mädchen ruhig. »Ich kenne hier alle Geheimgänge. Mir bleiben sie nicht verborgen.«
Brunos Augen leuchteten. Das war zu schön, um wahr zu sein.
Das Mädchen mit dem flachen Gesicht krabbelte die Wand hinauf bis kurz unter die Decke, setzte sich gemütlich in den Schneidersitz und betrachtete von dort oben die beiden menschlichen Wesen.
»Ich heiße Sabbat«, sagte sie. »Die anderen Kinder wollten nicht mit mir kommen, weil ihre Eltern ihnen gedroht haben, sie an den Füßen aufzuhängen, wenn sie noch einmal in den Dingen der Erwachsenen herumschnüffeln würden. Mir aber ist es egal, wenn sie mich bestrafen.«
»Das gefällt mir«, sagte Bruno. »Nun. Das hier ist Dan.«
»Hallo, Dannat.«

»Und ich heiße Bruno.«
»Das weiß ich schon: Bruno, der Dhampir«, sagte sie mit einem Ausdruck der Überlegenheit.
Sofort erinnerte sich Bruno daran, dass er schon einmal so genannt worden war.
»Verzeihung, bitte, was bedeutet dieses Wort?«, fragte er.
Sabbat lächelte verlegen. »Ein Dhampir ist … ein Dhampir …«
Sie schaute an die Decke, dachte angestrengt nach und sagte dann schnell: »Du bist der erste Dhampir, den wir hier sehen, und das ist eine Schande für uns alle, und in den alten Zeiten wäre das nie passiert, und das alles wird bestimmt nicht gut ausgehen, doch daran bist nicht du schuld, sondern deine Eltern sind schuld. Mach dir also keine Sorgen.«
Dan war ungeduldig. Er wollte endlich los.
»Wie kommen wir zur Versammlung?«, fragte er.
»Es gibt einen Geheimgang, der genau über der Decke des Großen Dreieckigen Saales endet«, sagte Sabbat.
»Und die Erwachsenen kennen ihn nicht?«, fragte Dan.
»Doch, doch. Aber die meisten von ihnen können sich gar nicht vorstellen, dass sich jemand traut, ihnen nicht zu gehorchen, und sich heimlich zur Versammlung schleicht«, sagte Sabbat, die von dieser Vorstellung ganz und gar erfreut zu sein schien. »Sie erwischen dich

nur, wenn du zu viel Lärm machst. Deswegen werde ich den kleinen Menschen Dan tragen.«

Dann holte sie eine Tasche hervor, in der sich ein seltsames Knäuel aus Gurten befand.

»Was ist das?«, fragte Bruno.

»Das sind die Gurte, mit denen sie dich hierhertransportiert haben, du Dummkopf«, sagte Dan schnell. »Hilfst du mir, sie anzulegen, Sabbat?«

Dan und das Mädchen unterhielten sich so lange angeregt über die beste Art und Weise, die Gurte zu benutzen, bis Bruno die Geduld verlor. Er sagte den beiden, dass zumindest er auf der Versammlung ankommen wolle, bevor er an Altersschwäche sterbe. Sabbat schaute ihn spöttisch an. Doch Dan schnallte sich jetzt rasch die letzten Gurte um und sagte dann, dass er bereit sei. Als Erstes schlüpfte Sabbat in den Geheimgang. Wegen ihres Passagiers fiel ihr das nicht ganz leicht. Bruno folgte ihnen mit pochendem Herzen. Er war sehr ungeduldig zu erfahren, welche Pläne Kraan hatte und welche Rolle er darin spielte.

»Ich sehe nichts mehr!«, rief Dan, als Bruno vorsichtig die Geheimtür zum Tunnel schloss.

Sabbat zischte ihn an: »Ruhe! Vampire haben ein sehr feines Gehör.«

»Es ist nur ...«

»Keine Sorge, Kleiner. Ich sehe alles«, tröstete ihn das Mädchen. Bruno musste lachen.

Jetzt erst merkte er, dass auch er in der Dunkelheit

perfekt sehen konnte, genauso wie damals in der alten Markthalle der Fischer. Er gab Sabbat ein Zeichen, dass auch er bereit sei. Das Mädchen flog voraus, machte dabei keinen Mucks und wich allen Hindernissen so elegant aus, als kenne sie den Weg im Schlaf. Bruno versuchte, nicht die Orientierung zu verlieren, doch genau das tat er schon bald. Er merkte nur, dass sie immer tiefer kamen. Manchmal wurde der Geheimtunnel so eng, dass er ein bisschen Platzangst bekam. Er fragte sich, wie es wohl die Erwachsenen anstellten, hier durchzukommen.

Als sich Bruno schon damit abgefunden hatte, die halbe Nacht lang durch die Dunkelheit zu fliegen, tauchte plötzlich ein kleines Licht am Ende des Tunnels auf. Auch Dan konnte einen Seufzer der Erleichterung nicht unterdrücken. Unter ihnen erschien eine rechteckige Öffnung, die mit einem Gitter versperrt war. Sofort begriffen die beiden Jungen, dass sie zur Decke des Großen Dreieckigen Saales gehörte.

Kapitel 11

Die Kontinentale Versammlung des Großen Vampirrates

Bruno, Dan und Sabbat drückten ihre Nasen gegen das Gitter. Dan pfiff leise vor lauter Bewunderung, Sabbat kniff ihn, damit er still sei, und Bruno verstand überhaupt nichts mehr. Der Raum, über den sie sich beugten, war mindestens fünfzehn Meter hoch und hatte die Form eines langen, gleichschenkligen Dreiecks. Im spitzen Winkel des Dreiecks erhob sich ein sehr hohes Podium, auf dem eine Vampirin stand und eine Rede hielt. Alle Wände waren mit schwarzen Teppichen bedeckt. Sie hatten Bordüren aus silbernen Fäden und zeigten eigenartige Zeichnungen und geheime Schriftzüge. Der Boden war mit großen schwarzen Fliesen bedeckt, die stark glänzten. Auch sie waren mit silberfarbenen Zeichnungen verziert.

Etwa dreißig Personen nahmen an der Versammlung teil. Viele von ihnen trugen noch immer ihre schwarzen Reiseumhänge. Die meisten Vampire schwebten im Schneidersitz an verschiedenen Punkten des Saales. Nur drei Personen befanden sich auf dem Boden, und zwar direkt vor dem Podium. Bruno erkannte Quincey und die Mutter von Dan. Die dritte Person war eine eigenartige Gestalt, die in einer Art weißer Rüstung mit schwarzem Umhang steckte. Das Gesicht war von einer Kapuze und einer weißen Maske bedeckt, die über den Mund und die Nase reichte. Die Vampire hatten etwas Würdevolles an sich. Bruno bemerkte, dass sie unter ihren Umhängen Kleider aus lange vergangenen Zeiten trugen. Keiner der Männer hatte Hosen an, stattdessen waren sie mit Tuniken, Strümpfen und Kniebundhosen bekleidet.

Dan stieß Bruno mit dem Ellenbogen an und zeigte auf das Podium. Bruno hatte nicht darauf geachtet, was die Vampirin dort sprach. Sie war eine schlanke, ernsthafte Frau, die ihr graues Haar zu einem dicken Zopf geflochten hatte. Der Zopf ruhte auf ihrer Schulter. Sie trug ein einfaches, purpurfarbenes Gewand mit weiten Ärmeln und schien irritiert zu sein. In dem Moment, in dem Bruno sie anschaute, hatte er das eigenartige Gefühl, dass die Vampirin auch ihn sah. Instinktiv wich er zurück.

Die Vampirin umklammerte mit beiden Händen das Geländer des Podiums und blickte ernst in die Versammlung.

»Es hat keinen Sinn, noch länger über die Dinge zu reden, die vor zehn Jahren geschehen sind. Meine Haltung damals war eindeutig. Und ich glaube, wir hätten uns viel Ärger erspart, wenn die Versammlung damals auf mich gehört hätte. Doch wir können nicht mehr darüber debattieren, was damals hätte gemacht werden sollen oder nicht. Das ist Zeitverschwendung. Ich glaube, Rowena hat überdeutlich die Meinung der Gemeinschaft ausgedrückt, wie mit Kraan zu verfahren ist« – sie neigte den Kopf zu einer Frau mit Haaren wie Stromkabel, die ein braunes Kleid und eine lederne Schürze trug. »Bruno kann nur gerettet werden, wenn wir Negroponte Kraan und seinen Schüler Leopold gefangen nehmen. Bis dahin ist es unsere Pflicht, Bruno zu schützen – ihn und all jene, die in diese Sache hineingezogen wurden, ohne es zu wollen …«

»Sie können nicht bleiben, Yasen!«, protestierte ein kleiner dicklicher Vampir, der sein weißes Haar mit vielen Schleifen und einem kleinen Zopf gebändigt hatte. Sein Aussehen erinnerte Bruno an die Gemälde alter Musiker, die er in einem seiner Schulbücher gesehen hatte. »Meine Vorfahren hätten das niemals zugelassen: ein Dhampir hier mitten zwischen uns … und dazu noch ein Menschenkind. Unfassbar!«

Sabbat drehte sich weg. Ihr gefiel das gar nicht. »Der Kerl ist mein Vater«, flüsterte sie.

»Ich erinnere dich daran, Roman, dass das Menschenkind der Sohn von Ada und der Dhampir mein Enkel ist«, unterbrach ihn die Vampirin.

Bruno fuhr hoch.

»Unsere Gesetze sind eindeutig. Beide müssen gehen«, antwortete Roman unerschütterlich.

»Die Gesetze müssen in außergewöhnlichen Situationen großzügig ausgelegt werden«, erwiderte Yasen.

»Welchen Sinn haben sie denn, wenn wir sie nur so anwenden, wie es uns gerade passt«, protestierte sogleich Roman.

»Die Gesetze dürfen niemals dem Wohl und den Werten unserer Gemeinschaft zuwiderlaufen, mein Freund«, sagte Rowena. »Und uns allen ist ja wohl klar, dass es verrückt wäre, den Dhampir an Kraan auszuliefern.«

Roman wurde rot vor Wut.

»Vielleicht können wir deinem Enkel Schutz geben, Yasen«, gestand Roman zu. »Doch das Menschenkind muss gehen. Vielleicht müssen wir seine Erinnerungen etwas beeinflussen, damit ...«

Bruno schaute zu Dan, der sehr blass geworden war.

»Das sollen sie mal versuchen«, zischelte Dan kaum hörbar, aber erkennbar trotzig. Bruno nickte. Glücklicherweise schien Yasen auf ihrer Seite zu stehen.

»Roman, dieser Kraan ist ein Wahnsinniger, der die ganze Welt mit einer Armee blutsverwandter Kindersklaven erobern will. Und er ist entschlossen, Bruno zum Anführer seiner Truppen zu machen«, sagte Yasen.

Bruno und Dan tauschten schnell einen Blick aus und konnten kaum einen Überraschungsschrei unterdrücken.

»Kraan wird sich durch nichts aufhalten lassen. Er hat Dan als Geisel benutzt! Und du redest davon, ihn aus dem einzig sicheren Versteck zu verjagen, das ihm bleibt?«

»Wenn er weiterhin hierbleibt, wird er unser Verderben sein. Die Menschen können ihren Mund nicht halten«, erwiderte Roman unerschütterlich. Ein vornehmes Räuspern zog alle Blicke auf sich. Quincey stand mitten im Raum, die Hände auf dem Rücken verschränkt, und schaute Roman mit einem Ausdruck milden Vorwurfs an. Der Vampir murmelte etwas, das Bruno nicht verstand, doch es klang abschätzig.
»So also revanchierst du dich, Roman?«, rief eine empörte Frauenstimme. »Muss ich dich daran erinnern, dass Dan nur deswegen ins Waisenhaus musste, weil ich euch half?«
Die Kinder schauten in die Richtung, aus der die Stimme kam. Dans Mutter war vollkommen außer sich.
»Ada, bitte, das ist jetzt nicht der richtige Moment«, sagte Yasen.
Bruno bemerkte, dass fast alle Vampire die Menschenmutter mitfühlend anschauten.
»Natürlich ist das der richtige Moment. Wie könnt ihr auch nur darüber reden, ob es richtig oder falsch ist, den Kindern zu helfen? Habe ich jemals daran gedacht, euch im Stich zu lassen, als ihr mich gebraucht habt? Hast du, Roman, nicht einen Funken Würde in dir, ausgerechnet du, dessen Familie damals in so großer Gefahr war?«
»Genau darum geht es«, sagte Roman herausfordernd. »Sobald die Sicherheit der Meinen gewährleistet ist, werde ich an die Menschen denken.«

»Ada, niemand wird den Kindern die Hilfe verweigern«, sagte Quincey versöhnlich.

»Da habe ich auf dieser Versammlung aber ganz anderes gehört. Ich habe für viele Jahre meinen Sohn verloren, weil ich euch geholfen habe. Ich weiß noch nicht einmal, ob Dan mir das jemals verzeihen wird. Als ihr mich gerufen habt, kam ich sofort und stellte all mein Wissen euch zur Verfügung. Und jetzt besteht Roman darauf, dass es das Beste ist, Dan in die Klauen von Kraan zu werfen. Vor gerade einmal vier Jahren habe ich die Deinen gerettet. Ich habe immer gedacht, Vampire hätten ein gutes Gedächtnis.«

»Sie ist toll, nicht wahr?«, flüsterte Dan bewundernd.

»Ich glaube, damit ist die Diskussion beendet«, sagte Yasen bestimmt. »Die Kinder bleiben hier und werden beschützt, notfalls mit dem Leben von Vampiren.« Sie blickte sich um, sah keinen Widerspruch und war zufrieden mit der Stille, die sich nach ihren Worten einstellte. »Und was das andere angeht: Späher aus allen Vampirgemeinschaften werden noch heute Nacht ausschwärmen, um Kraan und seinen Schüler zu suchen.«

»Vielleicht sollten die Jungen wissen, was hier besprochen wurde«, sagte Quincey. »Nur wenn sie wissen, in welcher Gefahr sie schweben, werden sie sich vernünftig verhalten.«

»Das ist leicht«, antwortete Yasen mit einem Lächeln,

das ihre spitzen Eckzähne offenlegte. Sie schaute geradewegs auf das Gitter an der Decke. »Ich glaube, es ist Zeit, dass ihr herunterkommt, ihr beiden.«
Sabbat verschwand derart schnell, dass Bruno glaubte, sie habe sich in Luft aufgelöst. Sie schleifte Dan, der noch immer an den Gurten hing, ein paar Meter hinter sich her. Und Dan verschlimmerte die ganze Situation noch dadurch, dass er lauthals protestierte. Obwohl das Mädchen sofort die Gurte mit zwei schnellen Handbewegungen löste, war es nun für Bruno und Dan zu spät, sich heimlich und still aus dem Staub zu machen. Bruno schluckte tief, griff nach dem Gitter und rüttelte an ihm. Es war leicht herauszunehmen. Er blickte zu Dan hinüber, der mit seinem zerkratzten Gesicht und seinem Pyjama ein bedauernswertes Bild abgab. Dan selbst schien sich allerdings überhaupt nicht daran zu stören, in diesem Aufzug vor der Vampirversammlung zu erscheinen. Bruno griff ihn unter den Achseln und schwebte mit ihm hinunter. Dabei versuchte er, so natürlich wie möglich zu wirken. Ein Gemurmel entstand unter den Vampiren.
»Bruno! Habe ich euch nicht gesagt, ihr sollt im Zimmer bleiben«, sagte ein fassungsloser Quincey.
»Mein Junge!«, rief Ada, »jetzt treibst du es aber wirklich zu weit. Das hier ist eine geheime Zusammenkunft!«
»Eine Geheimzusammenkunft, in der ihr darüber redet, was mit uns geschehen soll«, antwortete Dan ge-

lassen. »Warum tut ihr alle so, als ginge uns das nichts an?«

»Dan! Wie kannst du nur!«, rief Ada wütend.

Dan schluckte tief. Er war nicht bereit, sich einschüchtern zu lassen.

»Mama, du verhältst dich nicht vernünftig«, sagte er. »Vorhin im Krankenzimmer hast du mir erklärt, dass du damals all das für die Vampire getan hast, was du für richtig gehalten hast – ohne an die Schwierigkeiten zu denken, die dir daraus erwachsen könnten. Wir haben gerade dasselbe getan. Was soll daran falsch sein?«

Bruno sah in den Gesichtern mancher Vampire einen missbilligenden Ausdruck. Andere allerdings verloren ihr Lächeln nicht. Er schaute Yasen an, um herauszufinden, auf welcher Seite sie stand. Doch das Gesicht seiner Großmutter war undurchdringlich.

»Vielleicht ist es besser, wenn wir diese kleine Familie jetzt ein wenig in Ruhe lassen«, sagte Yasen. »Auch ich möchte jetzt eine Zeit lang mit meinem Enkel alleine sein. Morgen reden wir weiter.«

»Bruno, du und ich, wir müssen uns dringend unterhalten«, sagte Quincey zum Abschied. »Du tust dir keinen Gefallen mit deinem Verhalten.«

Alle Vampire folgten Yasens Befehl und verließen den Saal durch verschiedene Ausgänge. Quincey wurde von dem Vampir mit der weißen Rüstung hinausgebracht. Auch Dan und seine Mutter verschwanden unter wilden Diskussionen. Nur Yasen und Bruno blieben im Saal zurück. Die Alte schaute ihn mit großem Ernst an.

»Du also bist mein Enkel. Komm näher und mach nicht so ein Gesicht! Du schaust genauso aus wie deine Mutter, ich erinnere mich genau, als sie das erste Mal bei uns zum Abendessen war.«

Bruno schwebte zu Yasen.

»Dein Haar aber ist wie das deines Vaters«, fuhr sie fort und griff Bruno am Kinn, um ihn besser betrachten zu können. »Und wie meins natürlich – zumindest so wie meines war, bevor es grau wurde.«

Bruno schaute ihr in die Augen. Sie waren klein und durchdringend, eines grau, das andere schwarz. Ihm gefiel nicht, wie prüfend ihn Yasen anschaute. Deswegen riss er sich brüsk los und fragte das Erstbeste, das ihm durch den Kopf schoss.

»Was ist ein Dhampir?«

Yasen schaute ihn unentschlossen an, bevor sie antwortete.

»Ein Dhampir ist die Frucht aus der Vereinigung von einem Vampir und einem Menschen. Früher gab es einige wenige davon, und jetzt sind solche Verbindungen durch unsere Gesetze streng verboten. Trotzdem gibt es sie ab und zu. Wir können nicht jedes Mitglied unserer Gemeinschaft überwachen.«

»Warum sind sie verboten?«, fragte Bruno mit brüchiger Stimme.

»Zunächst einmal, weil wir Vampire uns geschworen haben, im Verborgenen zu leben, und sich mit den Menschen einzulassen widerspricht diesem Gelöbnis vollkommen. Und zum anderen, weil ein Dhampir eine sehr gefährliche Person sein kann. Er hat zwei Familien und gehört doch zu keiner. Seine Kräfte machen ihn zu einem Geächteten unter den Menschen, und seine Fähigkeit, das Tageslicht zu ertragen, trennt ihn von den Vampiren. Außerdem …«

»Außerdem was?«, fragte Bruno, als er sah, dass seine Großmutter zögerte.

»Nichts«, sagte Yasen und räusperte sich, bevor sie fortfuhr. »Die Dhampire hatten nie einen besonders guten Ruf. Sie wurden von den Vampiren immer an den Rand gedrängt.«

»Was für eine Ungerechtigkeit!«

»Ja. Die Menschen wiederum verbrannten viele Dhampire auf dem Scheiterhaufen, weil sie sie für Hexen, Verbündete des Teufels oder Ähnliches hielten.«

Tausend Fragen schwirrten durch Brunos Kopf.

»Und warum habe ich in der alten Markthalle genau im richtigen Moment plötzlich über meine Kräfte als Dhampir verfügen können?«

»Das ist schwer zu sagen. Es kann sein, dass sie allein durch die Anspannung in diesem Augenblick aktiviert wurden. In den früheren Zeiten, so heißt es, gab man den Dhampiren einen Trank aus Kräutern und Vampirspucke, um ihre dunkle Seite hervorzulocken – ohne sie aber in die Gewalt eines anderen Vampirs zu zwingen oder sie der Fähigkeit zu berauben, im Tageslicht zu leben. Leider ist es für uns ein Geheimnis geblieben, ob diese Methoden tatsächlich funktioniert haben. Denn die Dhampire haben immer fern von unseren Gemeinschaften gelebt.«

Bruno erinnerte sich an Dans Theorie über die Tränen von Kraan und ihre mögliche Wirkung. Doch er zog es vor, nichts zu sagen.

»Und meine Eltern?«

»Was willst du über sie wissen?«

Bruno zuckte mit den Schultern. »Ich weiß ja noch nicht einmal, wie sie heißen.«

»Das ist noch der einfachste Teil. Dein Vater hieß Pietro. Er war ein Vampir. Er war mein Sohn.«

»Ist er tot?«

»Ja.«

»Und meine Mutter?«

»Ich vermute, dass sie noch lebt. Wir haben sie nie wieder gesehen. Sie heißt Cordelia. Ihren Nachnamen habe ich niemals erfahren. Sie ist ein Mensch, ein sehr mutiger Mensch.«

»Und warum hat sie mich verlassen?«

Yasen seufzte. Es fiel ihr sehr schwer, zu antworten.

»Als mein Sohn mir sagte, dass deine Mutter mit dir schwanger sei, habe ich viele Dinge gesagt, die ich nicht wirklich gefühlt und so nicht gemeint habe. Es tut mir leid, dir das sagen zu müssen. Wenig später wurde Pietro krank. Bis vor kurzem wurden wir von einer schrecklichen Epidemie heimgesucht, die viele von uns dahingerafft hat.«

»Ist das diese Krankheit, bei der euch Dans Mutter so sehr geholfen hat?«, fragte Bruno.

»Genau. Pietro starb. Ich glaube, Cordelia war fest davon überzeugt, dass es nun niemanden mehr geben würde, der sie vor meinem Zorn beschützen könnte. Also floh sie. Zu spät kam ich wieder zu Sinnen und wollte ihr helfen. Meine Vampire suchten sie überall, doch sie führte uns monatelang mit großem Geschick in die Irre. Dann erfuhren wir, dass sie dich in Mistyville zurückgelassen hatte und verschwunden war. Vielleicht dachte sie, dass wir mit dir das Mitgefühl haben würden, das wir ihr verweigerten. Ich weiß es nicht.«

»Und warum ausgerechnet Mistyville?«

»Hat dir Quincey nicht erzählt, dass seine Familie seit Generationen dort lebt?«

»Nein.«

»Mistyville ist die Hauptstadt der Vampirjäger.«

Bruno konnte sich kaum vorstellen, dass Mistyville die Hauptstadt von irgendetwas sein könnte. Doch er sagte nichts, damit Yasen weiterreden konnte.

»In Mistyville errangen die Vampirjäger den ersten großen Sieg gegen uns. Das ist mehr als hundertfünfzig Jahre her. Quincey stammt aus einer alten Dynastie von Vampirjägern, einer der vornehmsten von allen.

Ich vermute, dass deine Mutter in Mistyville Quinceys Hilfe suchte.«

»Quincey kannte meine Eltern?«, fragte Bruno erstaunt.

»Nur deinen Vater und nicht sehr gut. Doch Cordelia hatte von Quincey gehört. Wie dem auch sei, sie gebar dich, bevor sie irgendetwas unternehmen konnte. Aus irgendeinem Grund verschwand sie und ließ dich zurück.«

Bruno senkte den Blick. Yasen fasste ihn wieder am Kinn und hob seinen Kopf.

»Ich kannte deine Mutter. Ich glaube nicht, dass sie dich freiwillig verlassen hat. Es muss irgendeinen anderen Grund gegeben haben, doch ich kenne ihn nicht. Wir suchten Cordelia eine sehr lange Zeit lang nach deiner Geburt. Aber …«

Yasen zuckte mit den Achseln, ohne den Satz zu beenden. Bruno hielt es für besser, das Thema zu wechseln.

»Und wieso bin ich nicht bei euch aufgewachsen?«, fragte er.

»Weil deine Mutter eine Nachricht zurückließ, in der sie darum bat, deine Existenz geheim zu halten. Bis jetzt hat nur die Versammlung der Vampire gewusst, dass mein Sohn einen Sohn hatte, einen Mischling, einen Dhampir. Außerdem überzeugte uns Quincey, dass es besser sei, wenn du im Waisenhaus bliebest.«

»Und ihr habt ihm geglaubt?«

»Quincey kennt die Vampire seit seiner Kindheit, Bruno. Er erklärte uns seine Gründe, und sie klangen vernünftig – besser gesagt, die Versammlung fand sie vernünftig. Ich bin niemals damit einverstanden gewesen, dich von der einzigen Familie fernzuhalten, die dir geblieben ist.«

»Und dann?«

Yasen hob würdevoll den Kopf.

»Mir blieb nichts anderes übrig, als mich der Entscheidung der Mehrheit zu beugen. So wie sie es wollten, schwor ich, keinen Kontakt mit dir aufzunehmen, bis du sechzehn Jahre alt sein würdest. Doch meine Wut war so groß, dass ich noch nicht einmal Quincey sehen wollte. Das war offensichtlich ein großer Fehler. Denn Kraan nutzte ihn aus, um deiner habhaft zu werden. Wenn ich nicht so stolz gewesen wäre, hätte mir Quincey von deinen Adoptiveltern erzählt. Und ich hätte sofort Verdacht geschöpft, weil wir schon seit langer Zeit nach diesem Verräter Kraan suchten.«

Die Alte sah so bekümmert aus, dass sie Bruno leidtat.

»Keine Sorge. Uns geht es jetzt gut. Wir sind in Sicherheit.«

»Mach dir nichts vor, Bruno! Das Ganze hat gerade erst begonnen.«

»Was heißt das?«

»Kraan hat den Menschen den Krieg erklärt und will ihn im großen Stil führen. Deswegen hat er versucht, dich zum Anführer seiner Truppen zu machen. Du bist vielleicht der einzige reinblütige Dhampir, der existiert – und damit der mächtigste Vampir, den man sich vorstellen kann. Es gibt viele Menschen mit Vampirblut, Urenkel von Urenkeln irgendwelcher Vampire. Sie alle kann Kraan versklaven, und sie alle haben Augen unterschiedlicher Farbe.«

»Solche Augen sind doch sehr selten? Es kann Jahre dauern, bis Kraan seine Truppen zusammenhat«, sagte Bruno.

»Er hat alle Zeit der Welt. Er ist ein Vampir. Glücklicherweise wird die Liste gut bewacht.«

»Welche Liste?«

»Die Liste der Menschen mit unterschiedlichen Augen.«

»Es gibt eine Liste? Wo?«

»Ada hat sie mitgebracht.«

»Dans Mutter?«, fragte Bruno mit offenem Mund.

»Die Wege von Ada und den Vampiren haben sich vor vielen Jahren unerwartet gekreuzt. Sie untersuchte irgendwelche genetischen Veränderungen bei Altersflecken. Dabei fand sie durch Zufall alte Schriften, die verschiedenfarbige Augen mit den alten Vampirlegenden in Verbindung brachten. Sie stellte Nachforschungen an ...«

»... und entdeckte dabei die Vampire.«

Yasen zuckte mit den Achseln: »Ich würde sagen, das war Pech.«

Auch Bruno zuckte mit den Achseln. Jetzt, da Kraan so weit weg war und die Versammlung sich bereit erklärt hatte, ihn zu schützen, erschienen ihm die Vampire gar nicht mehr so schlecht. Offenbar merkte Yasen, was er dachte.

»Wie dem auch sei. Ada war nun auf Gedeih und Verderb mit uns verbunden. Vor vier Jahren wütete wieder die Weiße Pest unter uns, die Krankheit, an der dein Vater gestorben ist. Wir baten sie um Hilfe, und sie fand ein Gegenmittel, obwohl sie dabei selbst fast starb. Viele von uns verdanken ihr das Leben, auch die kleine Sabbat und ihre Mutter. Jetzt ist sie nach Noxdom zurückgekehrt und hat die Liste der Kinder mit Vampirblut mitgebracht, die sie während ihrer Nachforschungen erstellt hat.«

»Und nun?«

»Was willst du mir sagen?«, fragte Yasen.

»Was machen wir nun? Wie werden wir Kraan unschädlich machen?«

Yasens Gesicht verfinsterte sich.

»Bruno, ich glaube, du machst dir ein paar falsche Vorstellungen. Du wirst überhaupt nichts machen. Wir werden es nicht zulassen, dass du dich noch einmal in Gefahr begibst. Du bleibst so lange hier, bis Kraan keine Gefahr mehr für uns ist.«

»Aber …«

»Es freut mich sehr, dich endlich kennengelernt zu haben. Doch das, was ich gerade gesagt habe, ist das

letzte Wort. Es hat mich zu viel Kraft gekostet, die Mitglieder der Versammlung davon zu überzeugen, dass du bei uns bleiben darfst.«
Bruno traute sich nicht, noch mehr Fragen zu stellen. Einige Momente lang verharrte Yasen nachdenklich, dann sagte sie brüsk: »Ich bin deine Großmutter. Deswegen ist es angemessen, dass du mich auch so nennst.«
Dann ging sie. Bruno blieb allein in dem verlassenen dreieckigen Saal zurück, der jetzt in völliger Dunkelheit lag. Es wurde immer kälter.

Kapitel 12
Ein schönes Abendessen

Am nächsten Tag wachte Bruno sehr spät auf. Er war alleine im Zimmer. Auf Dans Bett lag eine eilig geschriebene Nachricht.

Meine Mutter schreit sogar noch mehr als ich!
Doch heute tut es ihr leid, mich angebrüllt zu haben.
Ich habe also gewonnen!
Ich mache mit ihr und Quincey einen Ausflug.
Sie haben es nicht erlaubt, dass ich dich aufwecke.
Sie sagten, du müsstest dich ausruhen.

Und sie warten darauf, dass du endlich aufwachst.
Beeil dich!
Gezeichnet: Dan
PS: Quincey hat deine Sachen aus dem Hotel Perduto geholt, und ich habe mir etwas von dir genommen. Ich hatte von dem Pyjama die Nase voll.
PPS: Sei nicht so schlaff! Beeil dich!

So schnell er konnte, zog Bruno sich an. Als er die Falltür öffnete, sah er Dan, der im Hof stand und mit verschränkten Armen nach oben schaute. Er trug einen Rucksack, der größer zu sein schien als er selbst.
»Das wurde aber auch Zeit«, rief er, als er seinen Freund sah, und lief in die andere Ecke des Hofes. »Er ist endlich aufgewacht. Lasst uns gehen!«
Bruno landete neben Dan, und die beiden rannten zum Eingangstor. Dan hielt mit Mühe seine Hose fest, damit sie ihm nicht über den Hintern rutschte. Bruno lachte, zog seinen Gürtel aus und warf ihn Dan zu.
»Ah, vielen Dank«, sagte Dan erleichtert.
»Gern geschehen. Was sollen denn die Vampire vom kleinen Menschen denken, wenn er ihnen ständig die Unterhosen zeigt?«
Quincey und Ada standen neben dem großen hölzernen Eingangstor und unterhielten sich ohne ein Zeichen von Ungeduld. Zu seiner großen Verblüffung stand neben den beiden seelenruhig im prallen Sonnenlicht ein Vampir. Es handelte sich um den eigen-

artigen Maskierten, den sie in der Nacht zuvor im Großen Saal gesehen hatten. Bruno verstand, dass ihn seine Rüstung vor der Sonne schützte. Der Vampir, der nun zusätzlich einen Sichtschutz aus mattiertem Glas trug, öffnete das Tor und ließ die vier hinaus.

»Macht es gut, Kinder«, sagte er und schloss das Tor.

Bruno fiel die Kinnlade herunter. Er hatte die Stimme erkannt.

»Das ist doch ... das ist doch Damokles!«

Dan schnäuzte sich und verdrehte dabei die Augen. Quincey lächelte.

»Natürlich ist das Damokles. Er ist ein Lichtgänger, der in Noxdom ausgebildet wird.«

»Ein Lichtgänger?«, fragte Bruno.

»Das ist ein Vampir, der die Angelegenheiten bei Tageslicht zu erledigen hat. Das ist eine gefährliche Aufgabe. Denn wenn sich die Vampire dem Sonnenlicht aussetzen, ist das so, als badeten sie in einem Meer aus Säure. Damokles hat großes Glück. Er wird von einem der Besten unterrichtet.«

»Einem der Besten? Wer ist das?«

»Du wirst ihn kennenlernen. Zur Zeit ist er in Mistyville und sucht nach Spuren, die uns zu Kraan führen können. Sein Name ist Jano.«

Dann schlug ihnen Quincey vor, in einen nahen Wald zu gehen. Dort könne Bruno fliegen, ohne dass ihn jemand sehe, sagte er. Und es gebe genügend Brombee-

ren, um sich damit ordentlich den Magen zu verderben. Bruno war sofort von der Vorstellung begeistert, wieder fliegen zu können. Und selbst Dan, der sonst überhaupt kein Interesse an Ausflügen hatte, freute sich, als er merkte, dass die Erwachsenen über all die unerfreulichen Ereignisse der vergangenen Nacht den Schleier des Vergessens legen wollten.
Zum ersten Mal sahen sie das Herrenhaus von außen. Es erhob sich über einer Klippe aus bläulichen Steinen. Unter ihm erstreckte sich ein dichter Wald. Die Kuppel des Gebäudes war unsichtbar von außen. Je weiter sie sich entfernten, umso unscheinbarer wurde das Herrenhaus – und umso unglaublicher war die Vorstellung, dass in ihm Vampire lebten.
Quincey schien fest entschlossen, kein Wort mehr über Vampire zu verlieren. Ihr habt schon viel zu viel davon mitbekommen, Jungs, heute brauchen wir alle eine Pause, sagte er sich im Stillen.
Dafür redete er ununterbrochen mit Ada. Den ganzen Morgen lang forderte er Dan auf, im Fluss schwimmen zu gehen, obwohl es fünf Grad kalt war. Er wollte unbedingt mit Dans Mutter allein sein. Schließlich kümmerte sich Bruno darum und nahm seinen Freund mit, um mit ihm zwischen den Bäumen herumzufliegen.
Seit einer Woche hatten sich Bruno und Dan nicht mehr richtig austoben können. Jetzt holten sie alles nach: Sie versuchten, allerlei Dinge aus dem Fluss herauszufischen – stattdessen plumpste Dan ins Wasser und

musste sich eine Stunde lang in der Sonne trocknen. Dann bauten sie eine Hütte und flogen später einen ausgedachten Rundkurs zwischen den Bäumen ab. Nebenbei nutzte Bruno die Gelegenheit, Dan alles zu erzählen, was ihm seine Großmutter gesagt hatte.
Zum Mittagessen gab es belegte Brötchen, die Quincey mitgenommen hatte, und am Nachmittag spielten sie zu dritt Fußball. Dabei gab es ein bisschen Ärger, denn Bruno konnte es nicht lassen, seine Vampirkräfte zu benutzen, um an die hohen Bälle zu kommen. Nachdem Dan viermal hintereinander das Tor nicht getroffen hatte, weigerte er sich, gegen Bruno weiterzuspielen. Als die Sonne unterging, sagten Ada und Quincey den beiden Jungen, dass es Zeit sei, nach Hause zurückzukehren.
»Mal sehen, was es heute zum Abendessen gibt«, sagte Dan und streckte sich, als sie in den Hof des Herrenhauses kamen. »Ich weiß nicht, worauf ich heute mehr Lust habe: auf Müsli mit Saft oder auf eine kalte Wassersuppe mit Nudeln.«
»Du Nörgler«, sagte Bruno. »Wenn du willst, bereite ich dir meine Spezialität zu: Sandwich mit Mayonnaise und Marmelade.«
»Das ist ja ekelhaft«, sagte Dan und verzog das Gesicht.
»Ekelhaft? Gestern Abend hast du ein Brötchen mit Zwiebeln und Kakao gegessen.«
Quincey schaute sie belustigt an. »Nun ja, ich fürchte,

die feine Küche ist nicht gerade die Stärke der Vampire«, sagte er.
»Du musst uns das gar nicht extra sagen«, meinte Dan.
»Und ich wette, dass keiner von euch beiden in den vergangenen Tagen so gegessen hat, wie er es eigentlich müsste, oder?«, fragte Quincey.
Die Jungen schüttelten den Kopf. Bruno merkte plötzlich, wie gern er jetzt ein schönes Schnitzel oder irgendeine andere warme Mahlzeit essen würde. Auch Dans Augen leuchteten.
»Wir könnten ja in der Stadt essen gehen«, schlug Quincey vor.
»Glaubst du, dass das klug ist, Quincey?«, unterbrach ihn Ada mit besorgter Miene. »Was ist mit Kraan?«
»Wir werden natürlich Beschützer mitnehmen.«
Quincey zeigte auf Damokles, der gerade die Tür öffnete.
»Ich halte das für keine gute Idee«, sagte Ada.
Doch dann schaute sie in das freudestrahlende Gesicht von Dan und lächelte verschämt.
»Damokles allerdings ist nun wirklich ein guter Beschützer. Und wenn ihr sicher seid, dass Kraan nicht weiß, wo wir uns verstecken …«
»Hundertprozent sicher«, sagte Quincey gut gelaunt.
»Ich muss auf jeden Fall hierbleiben. Yasen möchte, dass der Übungssaal morgen früh vorbereitet ist«, sagte Ada.

»Oh«, entfuhr es Dan.
»Du kannst natürlich mitgehen, Dan«, sagte Ada schnell. Sie fühlte sich schuldig. »Und morgen hilfst du mir dabei, Bruno noch stärker zu machen, als er schon ist. Einverstanden?«
»Wir brauchen also nur einen Vampir für den Transport«, sagte Damokles. »Ich ziehe mich schnell um und werde ein paar Gurte holen.«
»Nicht nötig«, sagte Dan. »Bruno kann mich auf dem Rücken tragen.«
»Die Gurte sind sicherer. Außerdem werden wir sehr hoch fliegen«, sagte Damokles bestimmt. »Eure Technik ist allerdings gar nicht schlecht. Ich habe Quincey auch so getragen, als wir Kinder waren.«
»Du und Quincey, ihr kennt euch seit Kindertagen?«, fragte Bruno erstaunt.
Damokles schien von dieser Frage ausgesprochen belustigt zu sein, doch er flog fort, ohne zu antworten.
Als er zurückkehrte, konnten die Jungen ihre Verblüffung kaum verbergen. Damokles trug ein schwarzes Hemd mit gotischen Buchstaben und einem Totenschädel darauf, schlabberige Jeans mit vielen Löchern, einen Gürtel und Armbänder mit silbernen Ketten, schwarze Stiefel und einen langen Ohrring in Form einer Schlange.
»Was glotzt ihr mich so an«, fragte der Vampir und betrachtete sorgenvoll seinen Aufzug. »Habe ich irgendetwas falsch gemacht?«

Bruno dachte angestrengt nach, wie er es ihm sagen sollte, ohne unhöflich zu sein.
»Da draußen ist es ziemlich kalt«, sagte er vorsichtig.
»Wir sind nicht so kälteempfindlich wie die Menschen«, erwiderte Damokles. »Ach so. Du meinst, die Leute könnten sich wundern, weil ich so wenig anhabe? Gut nachgedacht. Wir wollen so wenig Aufmerksamkeit wie möglich erregen, nicht wahr? Legt euch die Gurte an! Ich komme gleich zurück.«
Der Einzige, den das alles nicht in Erstaunen versetzte, war Quincey.
»So sind eben die Sitten der Vampire«, sagte er entschuldigend. »Damokles hat seine Reise der Reife in den Achtzigerjahren unternommen. Und über den Geschmack von damals, nun ja, kann man sich streiten.«
»Was ist die Reise der Reife, Quincey?«, fragte Bruno. Er erinnerte sich daran, dass Damokles sie schon einmal erwähnt hatte.
»Das ist eine Zeitspanne, die die Vampire unter uns Menschen verbringen, wenn sie volljährig werden.«
Damokles kam augenblicklich zurück. Jetzt trug er einen langen, schwarzen Ledermantel mit breitem Kragen, auf dessen Rücken ein Drache zu sehen war.
»Viel besser, was?«, sagte er stolz. »Jetzt werden wir niemandem auffallen.«

Da Quincey nichts mehr sagte, zogen es auch die Jungen vor zu schweigen.
»Nun gut«, sagte der Vampir ein wenig enttäuscht. »Bruno, du trägst Quincey, und ich kümmere mich um Dan.«
»Es wird besser sein, wenn dich Damokles in den Armen trägt. Du bist noch schwach, und ihr werdet sehr hoch fliegen. Ich möchte nicht, dass dir kalt wird«, sagte Ada.
Dan runzelte die Stirn.
»Ich bin doch kein Baby.«
»Nein. Aber wenn du jetzt protestierst, benimmst du dich wie eines«, antwortete Quincey und legte sich gekonnt die Gurte an. »Die eigenen Grenzen zu erkennen ist das erste Zeichen von Reife.«
Dan senkte den Kopf.
»So gefällst du mir«, sagte Ada und küsste ihn zum Abschied auf die Stirn.
»Jetzt hör mir gut zu, Bruno«, sagte Damokles. »Wenn sich die Kuppel des Herrenhauses öffnet, fliegen wir so lange senkrecht hinauf, bis uns die Wolken vollständig umhüllen. Dann nehmen wir Kurs nach Osten auf die Stadt. Bleib dicht hinter mir, und wenn du mich aus dem Blick verlieren solltest, lass dich nach unten fallen, bis du nicht mehr in den Wolken bist. Dort werde ich dich dann wiederfinden. Einverstanden? Versuche nicht, auf eigene Faust den Osten inmitten der Wolken zu finden, denn dann wirst du bestimmt die Orientie-

rung verlieren. Um nach unten zu fliegen, musst du einige Sekunden lang deine Konzentration ausschalten. Dann kann nichts schiefgehen.«

»In den Wolken zu fliegen ist wie im Wasser zu tauchen«, sagte Dan sofort.

»Ja, doch in den Wolken gibt es keine Bläschen, die dir sagen, wo oben und unten ist«, warf Quincey ein. »Zieh dir auch den Anorak an, Bruno! Ich weiß zwar, dass du nicht frierst. Doch das heißt noch lange nicht, dass du keine Lungenentzündung bekommen kannst.«

Der Direktor schlug den Kragen seiner Jacke hoch und überprüfte, ob die Jungen auch gut in ihre Anoraks eingepackt waren.

»Dan, ich will, dass du deine Hände während des gesamten Fluges in deinen Taschen lässt! Sind alle bereit?«, fragte Damokles.

»Los jetzt«, rief Bruno ungeduldig.

Er folgte Damokles bis zum höchsten Turm von Noxdom und war erstaunt, wie einfach es dank der Gurte war, mit einer weiteren Person zu fliegen.

Auf dem Dach des Turms stand ein riesengroßer, sehr kräftiger Vampir, der dieselbe schwarzweiße Uniform trug wie Damokles während der Versammlung des Rates. Sein Umhang wehte leicht im Wind. Dan sah erstaunt, wie der Vampir das steile Dach in ihre Richtung entlangging, ohne das Gleichgewicht zu verlieren. Er scheuchte eine Gruppe von Fledermäusen auf, die unter dem Vordach Mittagsschlaf gehalten hatten und die jetzt lärmend davonflatterten.

»Guten Abend, Jano. Bist du schon zurück?«, fragte Damokles respektvoll.

»Ja. Es war ein interessanter Ausflug. Auch die Menschen gehen in der Nacht aus«, antwortete Jano mit tiefer Stimme. Dann nahm er seine Maske herunter. Er schien sehr schlechte Laune zu haben. Seine Haut war voller roter Narben, und quer über sein ganzes Gesicht sah man einen roten Strich, der von einem Messer herrühren musste. Jano hatte misstrauische und ungewöhnlich tief liegende Augen, das eine braun, das andere blau. Sein Haar war tiefschwarz, doch von weißen Strähnen durchzogen.

»Jungs, das ist Jano, noch ein Lichtgänger von Noxdom«, sagte Quincey.

»Ist das der junge Dhampir?«, fragte Jano und schaute Bruno an.

»Ja, das ist er. Und das ist sein Freund Dan.«

»Schön, euch kennenzulernen«, antwortete Jano, ohne Bruno aus den Augen zu lassen. »Es ist nicht klug, dass der Junge unser Anwesen verlässt.«

»Wir haben deinen Schüler als Beschützer dabei, Jano. Und diese Jungen müssen ab und zu etwas Anständiges essen«, sagte Quincey.

»Unter deiner Verantwortung, hoffe ich.«

»Und unter meiner«, sagte Damokles. Seine Stimme zitterte leicht.

»Ich muss Yasen davon unterrichten«, sagte Jano.
Ohne ein weiteres Wort zu sagen, bückte sich der Vampir und drückte auf einen der Dachziegel. Dann hörte man ein Surren. Der Dachziegel glitt zur Seite und gab eine Tastatur mit Ziffern frei. Jano tippte schnell einen Code ein. Dann hörten alle ein Dröhnen über ihren Köpfen. Die Kuppel hatte sich gerade so weit geöffnet, um sie durchschlüpfen zu lassen.
»Danke, Jano«, sagte Damokles und senkte den Kopf.
Ohne zu antworten, verschloss der Vampir wieder die Tastatur. Während sie an Höhe gewannen, sah Bruno, wie Jano hinunterflog und dabei die Fledermäuse mit einer Handbewegung verscheuchte.
Doch er hatte keine Zeit, an Jano zu denken. Damokles flog wie der Teufel, und Bruno hatte Mühe, ihm auf den Fersen zu bleiben. Jetzt, da niemand ihn verfolgte und er umgeben war von Freunden, konnte er den Flug in der Dunkelheit in vollen Zügen genießen. Es war vollkommen still. Die feuchte Luft strich um sein Gesicht. Quincey schien sich auch ausgesprochen wohlzufühlen. Bruno fragte sich, wie oft er wohl schon so geflogen war.
Eine ganze Weile folgte er Damokles durch die Wolken. Dann aber sah er, wie der Vampir mitten in der Luft anhielt.
»Wir müssen hinunter!«, schrie er gegen den Wind an. »Genau unter uns befindet sich das höchste Gebäude

der Stadt. Wir werden auf seiner Dachterrasse landen, dann sieht uns niemand. Schau dich gut um, wenn du aus den Wolken herauskommst, Bruno. Manchmal fliegen hier Flugzeuge vorbei.«

Die Vorstellung, mit einem Flugzeug zusammenzustoßen, gefiel Bruno gar nicht. Am unteren Rand der Wolkendecke hielt er an und blickte aufmerksam in alle Richtungen. Quincey zog heftig an einem Gurt, um Brunos Aufmerksamkeit zu erregen, und zeigte mit dem Finger nach unten. Bruno musste sich nur trauen. Endlich tat er es, flog nach unten und konnte gerade noch rechtzeitig anhalten, um nicht auf die Dachterrasse zu prallen. Trotz dieser Ungeschicklichkeit sagte ihm Damokles, dass er sehr gut fliege.

Dan wartete schon auf die beiden und hüpfte dabei von einem Bein auf das andere, um die Kälte zu vertreiben. Quincey schnallte schnell die Gurte ab, die Damokles in seiner schwarzen Umhängetasche verstaute. Dann führte er sie zu einer Feuertreppe.

»Ich muss mich für Jano entschuldigen«, sagte er, als sie die eisernen Stufen hinabstiegen. »Er hat noch nie viel Sinn für Humor gehabt. Und seit er seinen Bruder verloren hat … Nun ja, er ist kein Spaßvogel. Doch er ist einer der Besten, die wir haben.«

Bruno hatte noch nie eine Reise unternommen. Alles, was er von der Welt kannte, war Mistyville mit seinem Strand und seinem Wald. Der Ausflug in die Stadt beeindruckte ihn stärker, als er das wahrhaben wollte.

Die Straßen waren geschmückt und hell erleuchtet, obwohl Weihnachten erst in zwei Monaten war. Es war so voll, dass es kaum ein Durchkommen in der Menge gab. Jetzt verstand er, warum Quincey das extravagante Outfit von Damokles nicht beunruhigte – kein Mensch machte sich die Mühe, den Vampir genauer zu betrachten.

Bruno war auch noch nie in einem Restaurant gewesen. Deswegen wusste er nicht, dass alle Gäste vom Oberkellner mit einem verächtlichen Blick begrüßt wurden. Der Umhang von Damokles und der dreckige Anorak von Dan schienen ihm besonders zu missfallen. Doch als ihm der Vampir etwas ins Ohr flüsterte, strahlte er über das ganze Gesicht, machte Verbeugungen und begleitete seine Gäste zu einem Tisch genau am Fenster. Bruno schaute Quincey fragend an, und der Direktor erklärte ihm, dass Damokles den Tisch für den Grafen Vizhnin verlangt hatte. Anschließend half ihnen der Oberkellner aus den Mänteln und Jacken – was bei Dan zu einem Lachanfall führte – und ließ sie allein.

Quincey nahm eine Speisekarte und übersetzte sie, denn sie war auf Französisch. Alle entschieden sich dafür, ein Fleischfondue zu teilen. Dan war begeistert. Er bestand darauf, dass Quincey die Namen der Gerichte laut vorlas, damit er sich über die Aussprache des Direktors lustig machen konnte. Dann fragte er Damokles, ob er wirklich ein Graf sei, wollte wissen, wie viele Kilometer sie von Mistyville entfernt waren und ob er irgendwann einmal mit Bruno allein hierherfliegen dürfe.

Kurze Zeit später kam das Fondue. Quincey zeigte den Jungen, wie man die Fleischstücke im heißen Öl frittierte, und schimpfte mit Dan, weil er sein Fleisch verkohlen ließ. Er ermunterte sie, alle Saucen zu probieren, die der Kellner in kleinen Schälchen gebracht hatte. Quincey hatte auch Kartoffeln mit Butter, Salat, gebratenes Gemüse und Zwiebelringe bestellt.

»Iss, Dan, du musst wieder zu Kräften kommen!«, sagte Quincey. Das war ziemlich unnötig, denn Dan aß mit einem Riesenappetit alle Teller leer.

Am Tisch wurde es still. Die drei Menschen speisten lustvoll, während der Vampir sich damit begnügte, mit einem abwesenden Lächeln kleine Bällchen aus dem Brot zu formen.

»Quincey«, sagte Dan plötzlich, nachdem er sich an einem zu großen Stück Fleisch fast verschluckt hatte. »Warum wolltest du nicht, dass Bruno bei seiner Großmutter aufwächst?«

Quincey wurde ernst.

»Weil wir damals alle glaubten, dass sich Bruno vollständig in einen Vampir verwandeln müsste, um bei seiner Familie leben zu können. Wir meinten, dass sei die einzige Möglichkeit. Und das hätte bedeutet, ihn für immer zu einem Sklaven der Nacht zu machen. Das wollte ich nicht. Bruno sollte in Freiheit aufwachsen – auch wenn es in einem Waisenhaus war.«

»Es gab noch eine zweite Möglichkeit«, sagte Damokles. »Doch der Preis wäre gewesen …«

»Ich glaube, es ist noch zu früh, um über diesen Teil der Geschichte zu sprechen«, unterbrach ihn Quincey. Und wie zufällig legte er seine Hand auf Dans Mund, der gerade etwas fragen wollte. Bruno zog es vor, nicht nachzuhaken.

»Stimmt es, dass du und Damokles seit eurer Kindheit Freunde seid?«

»Er ist doch viel jünger als du, Quincey«, sagte Bruno stattdessen.

Damokles und Quincey schauten sie lächelnd an.

»Damokles ist fünfundsiebzig Jahre älter als ich«, sagte Quincey.

»Na, na«, meinte Dan, »du bist ja schon uralt, Quincey.«

»Vampire werden viel langsamer älter als Menschen«, erklärte ihnen Damokles. »Für einen Vampir bin ich fast noch ein Kind. Aber als ich Quincey kennenlernte, konnte ich ihn schon mit einer Hand hochheben und herumzappeln lassen.«

»Das ist mir ja eine schöne Art, über den letzten Nachkommen eines berühmten Geschlechts von Vampirjägern zu sprechen«, sagte Quincey und tat so, als sei er beleidigt. »Meine Vorfahren aus dem nebligen England hätten dir den Kopf abgeschlagen.«

Damokles lachte, und Bruno merkte, dass der Vampir und Quincey sich schon oft gegenseitig aufgezogen hatten.

»Zum Glück für deine hochnäsigen Vorfahren sind die Zeiten des Kriegs lange vorbei«, sagte Damokles.

»Des Krieges?«, fragte Dan mit leuchtenden Augen.

»Ein schrecklicher Krieg, den unsere beiden Rassen im 19. Jahrhundert ausfochten«, sagte Damokles. »Die Vampire herrschten jahrtausendelang über die Nacht, und niemand wagte es, ihre Macht in Frage zu stellen. Eines Tages aber beschlossen die Menschen, die bis dahin nur für die Seelen der Vampire gebetet hatten, ihnen diese Macht streitig zu machen.«

»Wer hat gewonnen?«, fragte Bruno.

»Der Krieg endete nicht mit einem Gewinner und einem Verlierer«, sagte Quincey. »Nach Jahrzehnten des Kampfes mit vielen Toten auf beiden Seiten stellten die Vampire ihre eigenen Methoden in Frage und schickten einen Friedensboten zu meinen Vorfahren. Sie versprachen, künftig die Menschen in Frieden zu lassen. Und die Vampirjäger boten ihre Hilfe an, damit die Vampire künftig im Verborgenen leben konnten.«

»Das ist doch ungerecht. Warum mussten sie im Verborgenen leben, wenn sie keine Menschen mehr töteten?«, sagte Dan.

»Die Vampire«, antwortete Damokles, »wussten genau, dass ihre … nun, ihre Art der Ernährung niemals von den Menschen toleriert werden würde – schon gar nicht, weil diese Ernährung ihnen besondere Fähigkeiten und ein langes Leben sicherte. Der Mensch nimmt es vielleicht hin, wenn jemand anders ist als er selbst. Doch er ist immer neidisch, wenn der andere größere Fähigkeiten und Kräfte besitzt. Außerdem sind wir eine stolze Rasse. Die meisten von uns haben gar kein Interesse daran, mit den Menschen Kontakt zu haben.«

»Aber sie trinken doch Blut, oder?« Bruno weigerte sich zu glauben, dass die Vampire so unschuldig waren, wie sie taten.

»Rein gar nichts an den Ernährungssitten der Vampire ist kriminell oder unmoralisch. Mach dir darüber keine Sorgen!«, sagte Quincey bestimmt.

»Was machen sie also, um …« Dan verstummte sofort, als er Quinceys strengen Blick sah, und biss in ein Stück verkohltes Fleisch.

»Das Problem ist, dass manche Vampire niemals diese Vereinbarung mit den Menschen akzeptiert haben«, sagte Quincey.

»So wie Kraan«, warf Bruno ein.

»Genau. Es wundert mich immer noch, wie er dich finden konnte. Deine Existenz war zehn Jahre lang das am besten gehütete Geheimnis der Vampirversammlung von Noxdom.«

»Warum will er denn eine Armee aus Kindern aufstellen?«, fragte Dan.

»Weil er die Kinder nach seinem Abbild formen kann –

genauso, wie er es schon mit Leopold gemacht hat. Ein Erwachsener, der zu einem Vampir wird, muss zwar seinem Gebieter gehorchen. Doch er behält auch seine Eigenheiten, seinen Charakter. Wenn ein Vampir aber von Kindesbeinen an seinem Herren gehorchen muss, ist seine Treue vollkommen. Kraan will schreckliche Dinge von diesen Kindern verlangen. Und er will, dass sie nicht den geringsten Zweifel haben, alles zu tun, was er befiehlt.«

»Leopold wollte schon immer einen Gebieter haben«, sagte Bruno. Er erinnerte sich daran, wie unterwürfig er gegenüber Kraan gewesen war, selbst vor seiner Verwandlung.

»Ja, das erleichtert die Dinge natürlich ungemein«, sagte Damokles.

Danach schwiegen alle. Bruno stellte sich vor, wie ein Schwarm Kinder, die wie Sabbat und ihre Freunde aussahen, mit Mordlust in den Augen hinter Kraan herflogen, nachdem sie gerade eine Stadt in Schutt und Asche gelegt hatten. Um diesen Gedanken zu vertreiben, tunkte er ein Stück Fleisch in eine weiße Soße, die er noch nicht probiert hatte, und biss herzhaft hinein.

Dann ging alles sehr schnell. Brunos Kehle tat plötzlich so wahnsinnig weh, dass ihm Hören und Sehen verging. Sein Gesicht brannte. Er griff sich mit einer Hand an den Mund und versuchte mit der anderen sein Glas zu greifen. Doch er warf es überstürzt um. Alle schauten ihn erschreckt an.

»Trink!«, sagte Quincey sehr besorgt und gab ihm sein eigenes Glas.
»Iss Brot!«, schlug ihm Dan vor.
Bruno tat beides mit zitternden Händen. Der Schmerz ließ ein bisschen nach. Seine Zunge war bis zum Rachen geschwollen, und seine Mundhöhle stand in Flammen. Diese Soße war die schärfste, die er in seinem ganzen Leben probiert hatte. Damokles gab ihm mehr Wasser, Bruno trank das Glas in einem Zug aus. Mit der Hand trocknete er sich die Tränen, die ihm die Wangen herunterflossen. Er sah gerade noch rechtzeitig, wie Dan einen Finger in die weiße Soße tunkte und probieren wollte.
»Tu das nicht!«
Doch Dan schien diese höllische Mixtur nicht im Geringsten zu beeindrucken.
»Bruno, das ist doch nur Aioli, diese Knoblauchsoße«, sagte er erstaunt.
Quincey musste ein Lachen unterdrücken.
»Ich fürchte, einer der Nachteile deiner Verwandlung ist, dass du jetzt allergisch gegen Knoblauch bist«, sagte der Direktor.
Dan musste als Erster losprusten. Sekunden später krümmte sich die ganze Ausflugsgesellschaft vor Lachen. Der Oberkellner tat nichts weiter, als eine Augenbraue missbilligend nach oben zu ziehen.

Kapitel 13

Trainingsnächte

Seit sich Bruno in der Welt der Vampire bewegte, hatte er viele seltsame Situationen erlebt. Doch diese übertraf alles.

Er befand sich in einem unterirdischen Raum des Herrenhauses. Der Raum war fast so groß wie der Große Dreieckige Saal und lag so tief, dass an seiner Decke aus Fels Wassertropfen hingen. Die Wände waren mit einem weichen, blauen Bezug ausgeschlagen, und es gab ein Fenster mit blindem Glas. Hinter ihm standen Yasen, Quincey, Ada, Dan und Jano. Sie alle schauten Bruno aufmerksam an.

Ada hatte an Brunos Kopf und Brust ein halbes Dutzend Messelektroden befestigt. Bruno kam sich ziemlich blöd vor, so ohne Hemd und mit all den Kabeln am Körper. Doch Yasen hatte darauf bestanden, zu erfahren, wie stark er inzwischen geworden war.

»Fliege, so schnell du kannst!«, befahl Jano durch ein Megaphon. Bruno wollte kein Spielverderber sein. Er biss die Zähne zusammen und raste mit aller Kraft zur gegenüberliegenden Wand. Dann sollte er auf dem Boden rennen und sich jedes Mal um die eigene Achse drehen, wenn Ada in die Hände klatschte. Anschließend musste er Buchstabenreihen entziffern, die immer kleiner wurden, während es gleichzeitig immer dunkler wurde. Danach musste er die Hand heben, wenn er einen Pfiff hörte, der von Mal zu Mal durchdringender klang; dann mit Höchstgeschwindigkeit die Wände hinaufrennen; anschließend mit einem riesigen Boxhandschuh gegen eine Wand schlagen, in die Sensoren zur Messung der Schlagkraft eingelassen waren. Schließlich musste er in etwas hineinbeißen, das wie Plastilin ausschaute und scheußlich schmeckte – Bruno musste fast kotzen. Nach alldem drückte Ada einen Knopf, und das Fenster senkte sich mit einem Surren.

»Komm bitte zu mir!«, sagte sie.

Bruno betrat einen kleinen Kontrollraum voller Schaltpulte und Bildschirme. Ada nahm ihm ganz vorsichtig alle Sensoren ab. Sie wollte ihm nicht wehtun.

»Gut. Es sieht so aus, als seien deine Kräfte und dein Widerstandsvermögen deutlich gestiegen. Deine Sinne sind gleichfalls schärfer als die von normalen Vampiren deines Alters. Du kannst dich jetzt mit jedem von ihnen zu einem Wettrennen verabreden – du wirst immer gewinnen«, sagte Ada mit einem Lächeln.

Jano grübelte.

»Kannst du noch irgendetwas anderes?«, fragte er Bruno und starrte ihm dabei in die Augen.

Dieser ruppige, wortkarge Vampir beunruhigte Bruno.

»Nun ja«, sagte er. »In der ersten Nacht, nachdem … nachdem mich Kraan in einen Vampir verwandeln wollte … Nun ja, das ist schwer zu erklären. Da gab es eine Maus, und ich befahl ihr, etwas für mich zu tun. Aus welchem Grund auch immer tat sie es. Und dann, Quincey, erinnerst du dich an die Schlange, die diesen Idioten von Polizisten in deinem Büro gebissen hat? Ich glaube, das war auch ich. Vielleicht war es ja auch nur Zufall«, fügte er schnell hinzu.

Bruno schaute Jano an, doch im Augenwinkel glaubte er, ein zufriedenes Grinsen auf dem Gesicht seiner Großmutter zu sehen.

»Kein Zufall«, sagte sie.

»Viele Vampire können das Verhalten kleiner Tiere beeinflussen«, sagte Ada und schrieb dabei etwas in ihr Notizbuch. »Das können zwar auch einige Menschen, doch diese Gabe ist sehr selten und sehr schwer nachzuweisen. Das hättest du mir sagen müssen. Dann hätten wir ein paar Tiere herbeigeschafft, um deine Fähigkeiten zu messen.«

Bruno tat es leid, dass ihm das nicht eingefallen war.

»Deine Augen funktionieren normal«, sagte Ada. Sie studierte die Papiere mit den seltsamen Diagrammen, die in den vergangenen Minuten von einem Drucker ausgespuckt worden waren. »Bestimmt werden all deine Fähigkeiten mit der Zeit noch größer werden. Kein einziger Dhampir ist jemals wissenschaftlich untersucht worden. Deswegen müssen wir ganz genau im Auge behalten, wie dein Organismus auf all das reagiert. Bislang scheint alles normal zu sein, bis auf einige

Überempfindlichkeiten gegenüber Licht und Unverträglichkeiten bei einigen Nahrungsmitteln. Quincey hat mir davon erzählt.« – »Sie meint die Sache mit dem Knoblauch«, flüsterte der Direktor, als er Brunos fragendes Gesicht sah. – »Außerdem brauchst du mehr Eisen als die anderen Jungen deines Alters. Achte darauf, dass du genügend rotes Fleisch und Linsen isst. Das ist die einzige Medizin, die du benötigst.«

»Und bleib in Form!«, fügte Jano hinzu. »Ein Krieg steht vor der Tür.«

»Mache meinem Enkel keine Angst, Jano«, sagte Yasen. »Wenn es Krieg geben wird, werden wir Bruno in Sicherheit bringen.«

»Er wird in Gefahr kommen, so oder so«, erwiderte der riesenhafte Vampir. »Wenn er sich darauf nicht vorbereitet, wird er vernichtet werden. Ich könnte ihn trainieren.«

Bruno hatte den Eindruck, dass Yasen und Jano nicht zum ersten Mal über diese Sache stritten. Jano schaute Brunos Großmutter durchdringend an, die heftig den Kopf schüttelte.

»Yasen«, sagte nun Quincey voller Respekt, »ich glaube, Jano hat recht. Bruno muss seine Kräfte trainieren, schon zu seiner eigenen Sicherheit. Oder willst du, dass er so wie die anderen Vampirkinder wird? Er muss seine Kräfte kennen und kontrollieren können.«

»Bruno spürt ja auch nicht die Gier nach Blut, so wie wir«, sagte Jano.

Bruno erinnerte sich an die Worte von Damokles, als sie bei ihrem ersten Treffen auf Sabbat und ihre Freunde stießen: »Wenn sie klein sind, sind sie gefährlich«, hatte er gesagt.
»Bruno besitzt Kräfte, von denen er noch keine Ahnung hat«, wiederholte Quincey. »Er muss seine Grenzen kennen, um sich und den anderen keinen Schaden zuzufügen.«
»Was denkst du?«, fragte Ada und wandte sich zu Bruno.
Er hatte nicht erwartet, dass ihn die anderen nach seiner Meinung fragen würden. Doch er wusste genau, was er wollte.
»Ich würde gerne lernen, besser zu fliegen. Und ganz genau wissen, was ich alles kann«, sagte er wie aus der Pistole geschossen, ohne seine Großmutter anzuschauen.
Yasen verschränkte missbilligend die Arme.
»Also gut. Doch das wird noch Ärger geben.« Ohne ein weiteres Wort verließ sie den Raum.
Bruno hatte Gewissensbisse, weil er seiner Großmutter Kummer bereitete.
»Warum will sie nicht, dass ich lerne, Quincey?«
»Sie will das schon, Bruno. Sie würde es nur vorziehen, wenn du nicht zu mächtig und stark werden würdest.«
»Warum?«, fragte Bruno erstaunt.
»Wenn die Vampire glauben, dass du ihnen gefährlich

werden kannst, werden sie dich nicht so leicht akzeptieren. Außerdem wird Kraan umso unerbittlicher hinter dir her sein, je größer deine Kräfte sind. Und Yasen wäre es am liebsten, wenn er dich für immer vergessen würde.«

»Eine trügerische Hoffnung«, unterbrach sie Jano. »Auf jeden Fall haben wir Yasens Erlaubnis, Bruno zu trainieren. Wir fangen noch heute Nacht an.«

Und so begannen für Bruno anstrengende, aber auch sehr schöne Zeiten. Jedes Mal wenn es dunkel wurde, holte ihn Jano ab, und sie arbeiteten zwei oder drei Stunden lang. Er war ein strenger Lehrer, der kaum sprach. Doch Bruno merkte schnell, wie viel er von Jano lernen konnte.

Bald konnte Bruno schon problemlos geradeaus fliegen. Das war schwieriger, als es aussah, vor allem in großer Höhe. Und er konnte sich anhand der Landschaft beim Fliegen orientieren. Das Moos, die Sterne und die Sonnenblumen waren dafür entscheidend. Außerdem entdeckte er, dass er Holzbretter mit der bloßen Faust zertrümmern konnte, auch wenn ihm das ziemlich wehtat. Und er lernte, dass er umso schneller flog, je stärker er die Arme an den Körper presste – genauso wie in jener Nacht, als er vor Kraan geflohen war. Jano zeigte ihm, wie er unter Wasser fliegen konnte. Das war eine anstrengende, aber ungeheuer nützliche Methode, um sich vor Verfolgern zu verstecken. Was ihn am meisten Mühe kostete, war, unerkannt zu bleiben:

Jano trainierte ihn in einer Art Versteck und erriet immer sofort, wo Bruno gerade war. Da war nichts zu machen. Und er triezte ihn damit, dass er sagte, Bruno fliege wie eine fette Taube.
Eines Nachts sagte Jano, dass Bruno seinen Flug nun endlich besser kontrollieren müsse.
»Ihr Jungen seid alle gleich, viel zu unbekümmert«, grummelte er. »Ihr liebt die Geschwindigkeit und seid blöd genug, gegen einen einzelnen Baum auf einer großen Wiese zu prallen. Das müssen wir ändern.«
Ohne ein weiteres Wort zu sagen, flog er mit Bruno zum nördlichen Abhang der Berge hinter Noxdom.
»Siehst du das dahinten?«
Bruno blinzelte in die Dunkelheit hinein.
»Dahinten ist irgendetwas Weißes. So eine Art einstöckiges Haus«, sagte er.
»Das ist der alte Friedhof von Noxdom. Er stammt aus den Zeiten, als hier noch Menschen wohnten. Jetzt schaue genau auf die Bäume. Siehst du nicht irgendetwas Eigenartiges?«
Bruno suchte aufmerksam den Wald ab. Es fiel ihm noch schwer, in der Dunkelheit klar zu sehen. Trotzdem merkte er, dass aus der Silhouette der Baumwipfel in regelmäßigen Abständen etwas Höheres, Dunkleres herausragte.
»Dort hinten könnte eine Zypressenallee sein!«, rief er.
»Genau. Die Menschen pflanzen sie entlang der Wege,

die zu Friedhöfen führen. Ich will, dass du so schnell wie möglich im Zickzack durch die Bäume dieser Allee fliegst.«

Bruno kam beim ersten Versuch nicht sehr weit. Er prallte mit dem Kopf gegen den dritten Baum, den er umfliegen wollte. Jano landete neben ihm. Er war wütend.

»Bruno! Die Bäume treten nicht beiseite, um dich vorbeizulassen. Das liegt nicht in ihrer Natur. Wenn du dich mehr anstrengst, die Abstände genau zu berechnen …«

»Das ist unmöglich!«, sagte Bruno und hielt mit beiden Händen seinen Kopf fest, in dem sich alles drehte. »Die Zypressen stehen zu nahe beieinander.«

»Ach ja?«

Jano startete wie der Blitz und raste in einem Höllentempo durch die Zypressen, ohne ein einziges Mal in Verlegenheit zu kommen. Bruno schlug die Augen nieder. Dann entschied Jano, es für heute gut sein zu lassen.

Bruno verbrachte viele Nächte damit, zu lernen, die Zypressenallee so elegant zu durchfliegen wie Jano. Wenn er dann im Bett die Augen schloss, sah er die riesigen Baumstämme, die sich hin und her bewegten. Jano konnte seine Enttäuschung nicht verbergen, wenn Bruno wieder einmal gegen einen Baum geprallt war. Doch er verzweifelte nicht.

»Dein Körper braucht Zeit, um richtig zu reagieren,

Junge. Du musst dich Schritt für Schritt bewegen, als sei es ein Tanz. Der Abstand zwischen den Bäumen ist gleichmäßig, deswegen ist das gar nicht so schwer. Wir versuchen es noch einmal.«

Bruno biss die Zähne zusammen und unternahm einen neuen Versuch. Doch er konnte nur vier oder fünf Bäume umfliegen, ehe er die Kontrolle verlor. Jano zerbrach sich den Kopf, um eine Methode zu finden, die Bruno weiterhalf.

»Versuch's mal damit!«, sagte er nach ein paar weiteren Nächten, als Bruno vor lauter Frust schon den Tränen nahe war. »Du kennst doch diese Brillen, die manche Menschen benutzen und mit denen man sowohl in die Ferne sehen als auch lesen kann.«

Bruno nickte.

»Du musst es schaffen, dass dein Gehirn genauso funktioniert. Ein Teil deines Kopfes muss sich auf die Zypresse konzentrieren, die dir am nächsten ist. Der andere Teil hat währenddessen schon die nächsten Bäume im Blick. So weiß dein Körper, was er in dieser und was er in den nächsten Sekunden tun muss.«

Bruno nickte wieder.

»Sei ganz entspannt! Das muss ja nicht beim ersten Mal klappen.«

Dieser Hinweis munterte Bruno etwas auf. Er atmete tief durch und flog los. Er sagte sich Janos Anweisungen immer wieder leise vor sich hin.

»Nach rechts. Ein Blick auf den nächsten Baum. Nicht

zu weit abkommen, sonst kriegst du nicht mehr die Kurve. Die nächste Zypresse hat einen breiten Stamm, ich muss einen etwas weiteren Bogen fliegen.« Er war so konzentriert, dass er es gar nicht merkte, als keine Bäume zum Umfliegen mehr übrig waren. Verwirrt blieb er in der Luft stehen. Jano stand auf dem Hügel und machte ein Siegeszeichen.

»Noch einmal!«, schrie er.

Bruno fing an zu lachen. Ich habe es geschafft, sagte er sich. Jetzt hatte er Selbstvertrauen. Er flog den Weg zurück, ohne die Konzentration zu verlieren, und nach wenigen Sekunden landete er neben seinem Trainer.

»Ich werde dich in Grund und Boden fliegen«, rief Bruno begeistert, und bevor Jano auch nur antworten konnte, raste er schon wieder im Zickzack durch die Allee.

»Nein. Komm sofort hierher!«

Bruno lachte, als er Janos Schreie hörte. Sie verstummten allmählich hinter den Bäumen.

Wie leicht das war! Wie hatte es nur so lange dauern können, bis er es gelernt hatte!

Bruno erreichte den Friedhof und hielt nicht an. Er wollte weiterfliegen. Er drehte ein paar Pirouetten in der Luft und wollte schon die Richtung ändern, um am Hügel vorbei bis zum Fluss zu fliegen. Dort gab es eine Insel und …

Plötzlich erschien ein Lichtblitz genau vor ihm. Ein höllischer Lärm betäubte seine Ohren. Starr vor Schreck schaute er auf das ungeheuerliche Ding, das sich ihm mit voller Geschwindigkeit näherte und ihn in wenigen Sekunden überrollen würde. In diesem Moment stürzte sich jemand auf ihn und riss ihn aus der Flugbahn des Monstrums. Bruno fiel auf den Berghang, rollte zwischen den Steinen herunter und blieb kopfunter liegen. Er konnte kaum atmen.

»Ich habe dir gesagt, dass du hierbleiben sollst, du Blödmann!«, sagte eine keuchende Stimme.

»Jano, was war das?«

»Nur ein Zug. Nichts anderes als ein Zug. Aber er hätte dich töten können. Verflucht nochmal, Junge! Du musst lernen zu gehorchen. Dieses Ding hätte dich zerschmettern können.«

»Es tut mir leid«, sagte Bruno, der noch immer zitterte.

»Fliegen ist kein Spiel, Bruno. Du musst immer die Konzentration bewahren. Du musst immer wissen, was um dich herum geschieht. Du musst immer riechen, was gerade in der Luft ist. Du darfst dir keine Ablenkung erlauben. Bist du vor Kraan geflohen, um dann auf die blödsinnigste Art und Weise zu sterben? Wo hast du deinen Kopf?«

»Es tut mir leid«, wiederholte Bruno.

Jano trat mit einer solchen Wucht gegen einen Stein, dass Bruno zurückschreckte. Dann setzte er sich neben den Jungen und redete etwas freundlicher mit ihm.

»Weißt du, ich habe schon so viele Vampire sterben sehen.«
Bruno erinnerte sich daran, dass Damokles vom Tod von Janos Bruder gesprochen hatte. Er nickte stumm.
»Ich will nicht, dass du auch einer von ihnen wirst. Versuche, vorsichtiger zu sein!«
»Versprochen«, sagte Bruno kaum hörbar.
Jano atmete tief durch, um sich zu beruhigen.
»Ich glaube, für heute ist es genug«, sagte er.
Die beiden flogen stumm nach Noxdom zurück. Bruno war beschämt und zerknirscht. Er traute sich kaum, den Lichtgänger Jano anzuschauen.
»Noch eine Sache, Junge«, sagte der Vampir, bevor sie sich im Hof von Noxdom trennten.
Bruno schluckte tief, bereit für den nächsten Nackenschlag.
»Ich glaube, es ist besser für uns beide, wenn deine Großmutter nichts von dem Zwischenfall mit dem Zug erfährt.«
Bruno riss die Augen auf und nickte heftig. Er hätte schwören können, dass er für eine Sekunde ein Lächeln über Janos Gesicht huschen sah.

Kapitel 14
Der vergessene Freund

Jano erwähnte den Vorfall nicht mehr. Bruno dankte es ihm, indem er sich so sehr anstrengte, wie er nur konnte. Bald sah er hin und wieder Stolz in den Augen seines Trainers aufblitzen.

Der neue Alltag hatte Brunos früheres Leben vollständig ersetzt. Ihm kam es so vor, als sei er schon immer in Noxdom gewesen. Quincey und Ada hatten beschlossen, dass die Kinder um zwölf Uhr mittags aufstehen sollten. So hatten sie noch etwas vom Tageslicht, lebten aber gleichzeitig wie die Vampire in der Nacht. Nach dem Frühstück gingen sie in einen Raum im Erdgeschoss und wurden dort ein paar Stunden lang unterrichtet. »Wir können es nicht zulassen, dass ihr Gehirn schrumpft«, sagte Ada mit hochgezogenen Augenbrauen. Quincey stimmte ihr mit ernster Miene zu. Nachts kam dann immer Jano, um Bruno abzuholen.

Manchmal schaute sich auch Yasen die Trainingsstunde an. Wenn sie Jano für beendet erklärt hatte, nahm sie Bruno auf einen Spaziergang mit. Dann redeten sie miteinander, doch Yasen vermied heikle Themen wie Kraan, Brunos Eltern oder einen möglichen Krieg. Bruno fand ihr Verhalten etwas überraschend. Aber er war froh, dass sich seine Großmutter für ihn interessierte.

Er hätte sich gewünscht, dass ihn auch die anderen Vampire von Noxdom mit einer solchen Herzlichkeit behandelt hätten. Einige Male hatte er versucht, mit ihnen zu sprechen. Doch alle hatten ihn nur irritiert und überrascht angesehen und waren dann einfach weitergegangen. Einmal betrachtete ihn eine Frau mitfühlend, ohne aber ein Wort mit ihm zu wechseln. Bruno war ein bisschen verwirrt und versuchte dann nicht mehr, mit den Vampiren zu sprechen.
Währenddessen erforschte Ada die Beschaffenheit der Vampirkörper. Wenn wir hier schon leben müssen, sollten wir wenigstens die Zeit sinnvoll nutzen, hatte sie gesagt. Quincey verbrachte viel Zeit mit ihr und auch mit Yasen. Dann redeten sie oft über die Nachrichten, die die Lichtgänger über Kraans mögliches Versteck brachten.
Dan hatte Bruno ein paar Mal in den Wald begleitet. Doch Jano gefiel das nicht. Anfangs hatte der Vampir versucht, sein Missfallen zu verbergen und Dan sogar gesagt, er solle mit der Armbrust trainieren. Als Dan aber einmal Jano fast mit einem Pfeil traf, der seinen Umhang glatt durchschoss, nahm der Vampir dem Jungen die Waffe weg. Und er bat ihn ziemlich rüde, künftig Abstand von Bruno zu halten. Sonst würde es keine Fortschritte beim Training geben.
Von diesem Moment an verschwand Dan Nacht für Nacht, ohne dass Bruno wusste, wohin er ging. Anfangs bemerkte er noch nicht einmal Dans Abwesen-

heit, so sehr nahmen ihn seine Trainingsstunden in Beschlag. Eines Tages aber wachte Bruno auf und sah, dass sein Freund zwei tiefe Kratzer an der Wange hatte. Als er ihn fragte, wo sie herkämen, antwortete Dan vage, dass er gegen eine Tür gestoßen sei. Bruno sagte nichts. Doch ihm wurde klar, dass er keine Ahnung hatte, was Dan in den vergangenen Wochen getrieben hatte. Wenn er allerdings etwas wusste, dann eines: dass Dan bestimmt keine Kreuzworträtsel löste.

»Du kennst ihn doch«, sagte Quincey, als Bruno in den Kartenraum kam, in dem sich die anderen über Kraans Versteck den Kopf zerbrachen. »Er liest bestimmt sämtliche Bücher über Noxdom oder denkt darüber nach, wie man eine absolut ausbruchssichere Zelle für Leopold bauen könnte.«

»Er hätte es mir erzählt«, sagte Bruno beunruhigt. »Wenn es so wäre, wie du sagst, würden mir seine Geschichten schon längst aus den Ohren herauskommen. Stattdessen hat er kaum ein Wort mit mir geredet, seit ich mit dem Training begonnen habe.«

»Vielleicht hast du recht. Er könnte irgendein Geheimnis hüten«, sagte Quincey und schaute Bruno ernst an.

»Dieser Idiot! Ich habe niemals Geheimnisse vor ihm.«

»Nun ja. Vielleicht denkt er, du hättest kein Interesse mehr an seinen Angelegenheiten. Aber du hast ihn bestimmt ausgefragt, oder?«

»Man muss Dan niemals fragen. Er kommt immer angelaufen und redet dich schwindelig mit seinen Geschichten: ›Ich habe dieses gelesen, ich habe jenes im Fernsehen gesehen, ich habe eine tolle Idee für ein Videospiel, ich habe mir eine Maschine ausgedacht, mit der man …‹ Wenn es eine wirklich überflüssige Sache auf der Welt gibt, dann die, Dan irgendetwas zu fragen. Es gibt niemanden …«

Bruno verstummte. Er merkte, dass er schrie. Quincey nickte verständnisvoll.

»Ich weiß, was du meinst, Bruno. Doch manchmal brauchen die Menschen …«

Sie hörten ein Geräusch hinter sich und drehten sich um. Ada war gerade mit einem breiten Lächeln in den Raum getreten.

»Quincey, wir müssen reden. Ich habe herausgefunden, dass …« Sie sah Bruno an. Quincey räusperte sich.

»Nun gut, mein Freund. Ist es nicht Zeit für dein Training? Jano wartet nicht gerne, das weißt du ja.«

Bruno wurde wütend, als er merkte, dass ihn die Erwachsenen loswerden wollten. Als er aber den Raum verließ, kreisten alle seine Gedanken wieder um Dan – und er traf eine Entscheidung.

»Jano, ich kann doch heute Nacht freihaben, oder? Ich muss etwas erledigen«, sagte er zu dem Lichtgänger, der im Hof auf ihn wartete.

Natürlich glaubte Jano nicht, dass Bruno irgendeine Pause bräuchte. Er warnte ihn, dass er die Fortschritte der vergangenen Wochen aufs Spiel setzte, wenn er jetzt seinen Trainingsrhythmus unterbreche. Glücklicherweise kam in diesem Moment Quincey mit einem zufriedenen Gesichtsausdruck aus dem Kartenraum. Er schlug sich auf Brunos Seite und redete auf den Vampir in einem Ton ein, der Jano überhaupt nicht gefiel. Bruno verdrückte sich und ließ die beiden anderen zurück, die sich lautstark über die beste Art und Weise der körperlichen Erziehung von Kindern stritten.

Und wo suche ich jetzt?, fragte sich Bruno.

Er durchkämmte alle Winkel von Noxdom: den Trainingssaal, in dem ein halbes Dutzend Vampire auf Ada wartete, die ihre Körper untersuchen wollte; den Hof, ihr Zimmer, das leer war; den Unterrichtsraum, in dem Bruno nur ihre Bücher und Hefte vom Vortag fand; die Krankenstation. Dann fiel ihm etwas ein.

Er flog zum Hauptturm. Hatte Dan an diesem Morgen nicht zwei tiefe Kratzer auf der Wange gehabt? Bruno kam nur eines in Noxdom in den Sinn, das diese Kratzer verursacht haben konnte: die Fledermäuse, die unter dem Vordach schliefen und die Jano in jener Nacht aufgeweckt hatte, als sie in die Stadt zum Essen geflogen waren.

Damokles hielt Wache und spielte dabei allein mit Karten, die wie von Zauberhand am Dach kleben blieben. Er grüßte Bruno beiläufig, denn seine ganze Konzentration galt den Karten, die er eine nach der anderen vom

Stapel zog. Bruno flog ein Stück hinunter und hielt sich mit Händen und Füßen an der Wand unter der Regenrinne fest, die sich am Rand des Dachs befand. Dort, genau unter dem Dachvorsprung, waren sie: Dutzende von Fledermäusen, an den Hinterfüßen aufgehängt. Er schlüpfte zwischen ihnen hindurch, versuchte keinen Lärm zu machen und stupste eine Fledermaus mit der Fingerspitze an. Das Tier schlug mit einem spitzen Quieken der Missbilligung mit den Flügeln und verschwand in einem der Turmfenster. Bruno kroch ihm hinterher und versteckte sich einen Augenblick lang unter dem Fensterbrett. Schau an, dachte er und reckte sich ein paar Zentimeter in die Höhe, bis er mit der Nasenspitze ins Innere hineinlugen konnte.

Der Raum war klein und dunkel, hatte eine sehr hohe Decke und war von Holzbalken durchzogen. Ein paar Öllampen, die mit Tüchern bedeckt waren, warfen ein schwaches Licht auf ein halbes Dutzend eiserner Stangen. Mehr gab es nicht. Bruno konnte die Fledermäuse sehen und riechen, die ihn aus ihren Verstecken auf den Holzbalken beobachteten. Doch einen Menschen oder einen Vampir sah er nicht. Obwohl, war da hinten nicht …

»Aaaaaah!«

Die Gesichter von Dan und Sabbat waren gleichzeitig am oberen und unteren Ende des Fensters aufgetaucht. Bruno schreckte zurück und fiel Purzelbäume schlagend in die Tiefe. Sofort schoss Sabbat ihm hinterher, um ihm zu helfen. Sie erwischte Brunos Bein und hielt ihn so lange fest, bis er sich wieder gefangen hatte und in den kleinen Raum fliegen konnte. Drinnen überfiel Dan ein Lachanfall.

»Bist du verrückt geworden!«, schrie Bruno mehr wütend als erschreckt und schubste seinen Freund weg. »Ich hätte sterben können. Schlimmer noch, sie hätten uns sehen können!«

Auch Sabbat hatte einen Mordsspaß. Sie hatte sich ganz oben an der Decke vor Brunos Zorn in Sicherheit gebracht und schüttelte sich vor Lachen.

»Na und? Ich habe nichts zu verbergen«, sagte Dan herausfordernd.

Bruno schaute auf Dans rechte Hand. Sein Freund trug einen langen ledernen Handschuh, der ihm bis zum Ellenbogen reichte.

»Was treibst du hier, Dan?«

»Seit drei Wochen komme ich jede Nacht hierher. Und zum ersten Mal scheint dich das heute zu interessieren«, antwortete Dan mit leichtem Groll. Bruno fühlte sich schlecht.

»Wie ist das passiert?«, fragte er und zeigte auf Dans Wange.

»Das war eine Tür, habe ich dir doch schon gesagt«, antwortete Dan stolz.

»Es gibt keine Türen in Noxdom«, erwiderte Bruno.

Dan sperrte den Mund auf und schloss ihn wieder, ohne zu wissen, was er sagen sollte.

»Dannat lernt gerade, wie man sich in eine Fledermaus verwandelt«, rief Sabbat von oben. Sie löste sich von der Decke und flog mit einer Pirouette hinunter.

Kapitel 15

Die beiden Geheimnisse von Dan

»Was!?«, schrie Bruno.

»Sag so etwas nicht, Sabbat! Das ist nicht die Wahrheit«, meinte Dan.

»Doch, das ist wahr«, antwortete sie mit einem breiten Grinsen.

»Aber die Menschen nennen das nicht so …«

»Die ganze Welt nennt das so.«

»… und Bruno wird glauben, dass es um eine andere Sache geht.«

»Könnt ihr mir das jetzt mal bitte erklären?«, fragte Bruno.

»Also gut. In vielen Büchern steht geschrieben, dass sich Vampire in Fledermäuse verwandeln können. Weißt du das?«

»Ja. Und?«

»Nun. Es stimmt nicht«, sagte Dan begeistert.

Bruno schaute ihn verblüfft an.

»Die Wahrheit ist, dass Vampire hervorragend Fledermäuse dressieren können. Manche von ihnen können sogar mit den Augen der Fledermäuse sehen. Und das nennen sie: sich in eine Fledermaus verwandeln. Es ist eine Redensart, nichts weiter.«

»Wie!?«

»Ich habe mich hier so alleine ein bisschen gelangweilt. Quincey sagte mir, ich solle die Nächte mit ihm und Yasen im Kartenraum verbringen. Dort überlegen sie ständig, was der nächste Schritt von Kraan sein könnte. Und da sie keine Ahnung davon haben, waren diese Nächte ziemlich öde. Meine Mutter will, dass ich ihr bei ihren Untersuchungen helfe. Doch die Anatomie der Vampirkörper interessiert mich auch nicht besonders. Außerdem kommt Quincey andauernd hereingeschneit, um »privat« mit Ada zu reden. Eines Abends traf ich Sabbat. Sie sagte mir, ich solle mit ihr die Fledermäuse anschauen, die ihre Eltern züchten. Und ihre Mutter glaubte, die Fledermäuse würden mir guttun.«

»Dannat wird sich in eine Fledermaus verwandeln«, säuselte Sabbat beiläufig und drehte sich einen Zopf.

»Da ich nichts Besseres zu tun hatte, sagte ich ja. Sabbats Mutter zeigte mir, wie man die Fledermäuse dressiert. Und eines Nachts sagte sie mir, dass sie glaube, ich könnte mit Fledermausaugen sehen. Sie sagte mir, dass sowohl Vampire als auch Menschen diese Gabe hätten, nur würden sich die Menschen nie darum kümmern. Und dann erzählte sie mir noch einen Haufen andere Sachen. Sie bat mich nur, nichts ihrem Mann Roman zu sagen. ›Du weißt ja, dass er Menschen nicht besonders mag, das hast du ja während der Versammlung des Großen Rates gehört‹, warnte sie mich. Dann zeigte sie mir, wie es geht – und weißt du, was?«

»Was?«, fragte Bruno gespannt.

»Es klappte nicht.«

Bruno konnte ein enttäuschtes »Oh« nicht unterdrücken.

»Das ist nur eine Frage der Zeit«, sagte Sabbat verständnisvoll. »Mutter sagt, dass du die Gabe in dir trägst.«

»Das Problem ist, dass dir die Vampire dieses und jenes sagen und in Wahrheit keine Ahnung haben, was die Menschen können und was nicht«, erklärte Dan mit gezwungenem Lächeln. »Wie dem auch sei. Ein paar Sachen habe ich doch gelernt.«

Er formte die Lippen zu einem sehr leisen Pfiff. Sofort tauchte eine kleine Fledermaus aus der Dunkelheit auf und setzte sich auf Dans Faust.

»Er heißt Quiro und ist eine Fruchtfledermaus, eine der kleinsten Arten, die es gibt«, sagte Dan.

Das kleine Tier nagte an den Fingern von Dans Handschuh. Es schien etwas zu suchen. Dann schaute ihn die Fledermaus an und wackelte mit den Ohren.

»Etwas zu naschen? Ich würde sagen, das findest du in meiner Tasche.«

Sofort flatterte Quiro zu Dans Anoraktasche, hielt sich mit den Hinterbeinen am Reißverschluss fest, öffnete ihn gekonnt und verschwand dann kopfüber. Eine Sekunde später tauchte er wieder auf, mit einem Stück Apfel im Maul, drehte zwei Runden um Dans Kopf und verschwand dann in seinem Versteck.

»Das hast du ihm beigebracht?«, fragte Bruno beeindruckt.

»Ja«, sagte Dan voller Stolz.

»Und glaubst du diese Sache, dass die Vampire mit den Augen der Fledermäuse sehen können?« Bruno gab sich alle Mühe, damit seine Worte nicht verletzend klangen.

»Du musst mir das nicht glauben«, antwortete Dan und richtete sich schnell auf. »Ich habe es gesehen.«

»Tatsächlich? Bei wem hast du es gesehen?«

»Natürlich bei Sabbat.«

Bruno schaute das Mädchen an. Es gefiel ihm sehr, so viel Aufmerksamkeit zu erregen.

»Eigentlich ist es ganz einfach. Ich weiß nicht, warum das nicht alle Welt kann«, sagte sie und versuchte dabei, einigermaßen bescheiden zu wirken.

»Ihre Mutter hat mir Quiro geschenkt«, sagte Dan. »Ich habe ihn noch nicht in unser Zimmer gebracht, weil du … na ja, weil du von alldem noch nichts gewusst hast. Doch es wäre sehr schön, wenn er mit uns kommen könnte.«

»Klar«, sagte Bruno.

Jetzt, da er Dans Geheimnis kannte, fühlte er sich viel besser.

»Das Tier ist überhaupt nicht aufdringlich«, sagte Dan. »Und es kann Botschaften transportieren. Ich habe Quiro zum Beispiel gezeigt, wie er Quincey benachrichtigen kann, wenn irgendetwas Seltsames geschieht.«

»Quincey weiß von alldem hier?«, fragte Bruno verwundert.

»Ich habe ihm nichts gesagt«, antwortete Dan schnell. »Doch eines Nachts kam er hierher. Er sagte mir, dass ihm mein Zeitvertreib sehr sinnvoll vorkomme, weil er meinen Charakter formen und mein Verantwortungsgefühl stärken würde. Das nahm mir natürlich ein bisschen den Spaß an allem, aber ...«

»Ich frage mich, warum er mir nichts davon gesagt hat.«

»Vermutlich hat er gehofft, dass du ihn fragen würdest, wo ich stecke.«

»Nun, dieses Training ist schuld ...«, sagte Bruno, der sich wieder schämte.

»Natürlich, das verstehe ich«, sagte Dan sofort.

Eine seltsame Stille trat ein. Nur Sabbat schien die Bedrückung nicht zu spüren, die Dan und Bruno fühlten. Sie trällerte munter vor sich hin und drehte sich weiter Zöpfe mit den Fingern.

»Ich habe noch eine zweite Sache entdeckt. Willst du sie sehen?«, fragte Dan.

»Klar«, antwortete Bruno sofort.
Sabbat hob den Kopf. Jetzt wurde es wieder interessant.
»Wir müssen aber sehr vorsichtig sein. Wenn sie uns erwischen, haben wir ein echtes Problem«, sagte Dan.
Brunos Augen begannen zu leuchten, und Sabbat flatterte nervös herum, genauso wie ihre Fledermäuse.
»Wo müssen wir hin?«, fragte Bruno.
»Nicht sehr weit.«
»Wir können durch die Geheimgänge gehen«, sagte Sabbat.
»Und was gibt es da?«
»Das ist eine Überraschung. Ich kann dir nur so viel sagen: Die Vampire sind mir viel sympathischer, seit Sabbat mir das gezeigt hat.«
»Gehen wir endlich?«, fragte Sabbat, die von einem Bein aufs andere hüpfte. »Es ist fast schon wieder Zeit, die Fledermäuse zu füttern. Mein Vater kann jeden Moment auftauchen.«
»Glaubst du, er hat einen Verdacht?«, fragte Bruno.
»O ja«, antwortete Sabbat stolz. »Er ist sehr schlau. Doch wenn er mich nicht erwischt, kann er mich auch nicht bestrafen. Lasst uns gehen!«
Sabbat kniete sich in einer Ecke des Zimmers nieder und hob ganz vorsichtig eine der Fliesen hoch. Sie drückte irgendetwas, dann war ein Quietschen zu hören. Genau wie im Zimmer der Jungen öffnete sich ein Stück der Wand zu einer Tür.

»Los geht's!«, zischte sie.
Sabbat ging voran. Sie krabbelte so gekonnt durch den Gang, wie es nur Vampirkinder können. Bruno ließ sich mit den Füßen voraus in den Tunnel fallen. Und plötzlich merkte er, dass er weder vorwärts noch rückwärts konnte. Er hatte zu spät bemerkt, dass er seinen Rucksack hätte absetzen müssen. Jetzt steckte er im Eingang des Tunnels fest, mit dem Kopf und den Schultern im Zimmer der Fledermäuse, mit dem Rest des Körpers im Geheimgang.
»Soll ich dich schubsen?«, fragte Dan.
»Nein«, schrie Bruno. Er hatte Angst, dass ihm Dan wehtun könnte.
»Versuche zuerst mit einer Schulter durchzukommen«, schlug Sabbat vor.
Etwas griff nach Brunos Fuß und zog ihn herunter. Es musste Sabbat sein, die fest entschlossen war, ihn zu befreien.
»Lass das!«, rief Bruno voller Angst.
»Das war jetzt kein Geniestreich von dir«, sagte Dan. »Warte mal, ich werde …«
In diesem Moment hörten sie ein Trällern, das von draußen kam.
»Mein Vater!«, sagte Sabbat starr vor Schreck.
Dan reagierte blitzschnell. Er nahm Anlauf und warf sich mit aller Kraft auf Brunos Schultern. Beide fielen in den Tunnel hinein. Bruno hatte nicht einmal Zeit, seinen Freund am Kragen zu packen. Sabbat raste

mit höchster Geschwindigkeit hinauf und schloss die Geheimtür genau in dem Moment, in dem ihr Vater an der Fensterbank erschien. Ein paar Sekunden lang waren sie mucksmäuschenstill. Als Sabbat dann hörte, dass das Trällern einfach so weiterging, hob sie den Daumen zum Zeichen, dass alles in Ordnung sei.

Sehr vorsichtig, um ja keinen Lärm zu machen, kam sie zu den beiden Jungen. Sie nahm Dan auf den Rücken. Bruno musste sich auf die Lippen beißen, um angesichts dieses Bildes nicht zu lachen – so riesenhaft wirkte Dan auf dem Rücken der winzigen Sabbat. Ohne ein Wort zu sagen, erreichten sie den Boden des Turms. Dort holte Dan eine Taschenlampe aus dem Rucksack, sehr zu Brunos Erleichterung. Denn obwohl er dank seiner Vampirfähigkeiten ohne Probleme Sabbat in der Dunkelheit folgen konnte, freute er sich über das Licht.

Ihr Weg war nicht so kurvenreich wie jener, den sie damals zu der Versammlung des Großen Rates genommen hatten. Dafür war er viel länger. Mit der Zeit gab es in dem Tunnel immer weniger Abzweigungen. Bruno vermutete, dass sie schon nicht mehr im Herrenhaus waren. Von diesem Moment an zeigte sich Sabbat gesprächiger.

»Hier fuhr der alte unterirdische Zug ab«, sagte sie und zeigte auf einen Tunnel, der mit lauter Felsen versperrt war. »Doch er störte jemanden …« – Dan hielt ihr den Mund zu, und Sabbat lächelte wie eine Komplizin – »... nun ja, er störte. Deswegen ist die Zugstation heute in der Stadt, und wir müssen jedes Mal dorthin fliegen, um verreisen zu können. Und dieser andere Geheimgang hier führt zum Flussbett. Das ist ein Notausgang für die Zeiten des Krieges.«

Der Tunnel wurde immer weiter, bis er schließlich in einer Höhle mündete. Kurz darauf kamen sie zu einer Treppe, die zu einer hölzernen Tür hinunterführte. Sabbat drückte ihr Ohr dagegen.

»Wir sind alleine.«

»Was werden wir sehen, Dan?«, fragte Bruno, der vor Neugier fast platzte.

»Also. Erinnerst du dich, wie ich Quincey fragte, wovon sich die Vampire ernähren, und er wollte es mir nicht sagen. Genau dasselbe habe ich Sabbat gefragt, und sie brachte mich hierher. Sie halten das geheim. Ich glaube, sie schämen sich ein bisschen dafür. Für die Vampire muss das ungefähr so sein, als wären sie zu Vegetariern geworden.«

Sabbat öffnete die Tür und machte ihnen ein Zeichen, näher zu kommen. Man hörte dumpfe Laute, und es roch unangenehm nach Dung und feuchter Erde.

Bruno beugte sich nach vorne. Er sah einen riesigen Stall mit Dutzenden Kühen in hölzernen Unterständen. Einige hatten Kälber, andere waren alleine. Alle kauten genügsam Gras. Im Rücken jedes Tieres steckte eine Nadel, die über einen Schlauch mit einem Plastiksack verbunden war. In ihn tropfte eine rote Flüssigkeit hinein. Es war klar, was das sein musste.

»Das darf nicht wahr sein!«, rief Bruno aus.

»Herzlich willkommen auf der Vampirfarm der Blutkühe«, sagte Dan strahlend.

Und dann krümmten sich die beiden Jungen vor Lachen.

Kapitel 16

Eine unerwartete Rückkehr

Als sie in ihr Zimmer zurückkamen, wurde Bruno immer noch von Lachanfällen geschüttelt. Dass sich die Vampire vom Blut der Kühe ernährten, war schon eine sehr ungewöhnliche Entdeckung – ausgerechnet die Vampire. So stolz und hochmütig waren sie, dass sie die armen Kühe vor lauter Scham tief unten im Keller versteckten.

Sabbat teilte weder das Lachen der Jungen noch die Scham der älteren Vampire. Sie erzählte Bruno und Dan, dass die Vampire schon seit ein paar Jahrzehnten Kühe hielten. Und da sie erst dreißig Jahre alt war, kannte sie keine andere Art, sich zu ernähren.

»Ich dachte, die Vampire hätten schon vor einem Jahrhundert aufgehört, Menschenblut zu trinken«, sagte Bruno mit hochgezogener Stirn.

»Das schon. Danach ernährten sie sich eine Zeit lang von allem, was sie jagten, Vögel, Füchse, Mäuse, solche Sachen«, sagte Sabbat.

»Und warum haben sie das bleiben lassen?«, fragte Bruno. »Das scheint mir eine viel interessantere Ernährungsmethode zu sein als die Kühe.«

»Weil die Zahl der Vampire innerhalb weniger Jahre stark stieg und die Jagd nicht mehr ausreichte, um alle zu ernähren«, unterbrach sie eine Stimme, die aus der Richtung des Kamins kam.

Die drei drehten sich erschreckt um. Neben dem Kamin stand Jano, der dank seines schwarzen Umhangs im Halbdunkel kaum zu erkennen war. Auch Quincey trat aus der Dunkelheit. Bruno wunderte sich, dass sie die beiden nicht bemerkt hatten.

»Nach dem Ende des Krieges wurden sehr viele Vampire geboren«, erklärte Quincey den Kindern. »So etwas geschieht manchmal auch bei den Menschen nach einem großen Kampf. Da die Vampire aber ein sehr langes Leben haben, verdoppelte sich die Zahl der Bewohner der Nacht innerhalb weniger Jahre. Deswegen mussten sie sich entscheiden: entweder ihr Jagdrevier immer weiter ausplündern, bis nichts mehr zum Jagen übrig war; oder ihre eigenen Nahrungsmittel produzieren. Ich habe euch ja schon gesagt, dass man ihnen das nicht vorwerfen kann.«

»Dagegen ist es gar nicht fein, in den Geheimnissen anderer herumzuschnüffeln«, sagte Jano mit funkeln-

den Augen, die seinen Ärger nicht verbargen. Sabbat zitterte vor Schreck.
»Ich fürchte, dieses Mal seid ihr zu weit gegangen«, sagte Quincey und schaute die Kinder streng an.
Bruno schämte sich sehr. Vielleicht waren die Vampire nicht besonders liebenswürdig, doch sie hatten ihn in Noxdom aufgenommen und waren bereit, ihn gegen Kraan zu verteidigen. Und jetzt dankte er es ihnen, indem er sich über ihre intimsten Geheimnisse lustig machte.
Er war bereit, seine Strafe zu akzeptieren. Sie würde sogar dafür sorgen, dass er sich besser fühlte. Als ihm aber Jano sagte, dass er und Dan an den Nachmittagen der zehn folgenden Tage die Ställe der Kühe ausmisten müssten, fühlte er sich plötzlich gar nicht mehr gut.
Noch viel schlimmer war die Unterhaltung mit seiner Großmutter – wenn man es überhaupt eine Unterhaltung nennen konnte. Denn sie redete in einem fort, während er mit gesenktem Kopf schweigend dastand. Yasen erwähnte verschiedene Male die Begriffe »Ehre«, »Respekt« und »Diskretion«. Dann schickte sie Bruno mit den Worten weg, wie schade es sei, dass er seinem Vater so wenig ähnele. Mit gesenkten Schultern schlich Bruno zu den Ställen. Er war sich sicher, in Ungnade gefallen zu sein.
Dan war schon da, ausgestattet mit Gummistiefeln, Gummihandschuhen, Bürsten, Seife, heißem Wasser und Mistgabeln. In der Tasche seines Anoraks schlief

Quiro. Dan war fast genauso niedergeschlagen wie Bruno.
»Und Sabbat?«, fragte Bruno. Er gab sich selbst die Antwort. Dabei schaute er auf die blasse Wintersonne hinter den offenen Fenstern.
»Ja, ja, sie ist davongekommen, die Glückliche.«
»Von wegen Glückliche«, erwiderte Dan. »Sie muss die ganze Nacht lang den Raum der Fledermäuse reinigen. Und ihr Vater hat ihr verboten, jemals wieder mit uns zu sprechen. Er sagt, dass solche Dinge eben geschehen, wenn Vampire nicht unter sich bleiben, sondern ...« Er hielt inne und biss sich auf die Lippen.
»Sag es nur: wenn sie sich mit einem Dhampir einlassen«, sagte Bruno und trat gegen einen Erdklumpen.
»Das heißt, du hast mit ihr gesprochen?«
»Nein. Sie hat mir mit Quiro eine Nachricht geschickt«, antwortete Dan und schaute seinen Freund besorgt an. »Nimm es dir nicht so zu Herzen, Bruno. Die Erwachsenen tun immer so, als seien sie schrecklich wütend, um uns Kinder zu erschrecken. Sie hoffen, dass wir ihnen dadurch nicht mehr auf die Nerven gehen. In ein paar Tagen ist das alles bestimmt wieder vergessen. Glaub mir. Wir werden jede Nacht so stinken, dass die Erwachsenen Mitleid mit uns bekommen – und wenn nicht, haben sie einfach kein Herz.«
Bruno versuchte das zu befolgen, was Dan ihm gesagt hatte. Doch nach ein paar Stunden Arbeit fühlte er sich

so müde und gelangweilt, dass ihm das Gute an der ganzen Situation beim besten Willen nicht mehr einleuchten wollte. Ihm tat der Rücken weh, seine Hände waren eiskalt und voller Holzsplitter. Und eine Kuh hatte ihn angesabbert, als er sie aus ihrem Stall holte, um ihn zu säubern.

»Das alles ist deine Schuld, Dan!«, grummelte er schlecht gelaunt, während sie Schubkarren voller schwarzem Dung zu einer Grube am Ende eines Pfades fuhren. »›Ich habe da etwas entdeckt. Ich hab da etwas entdeckt!‹ Wenn du nicht so ein Schlauberger wärst, dann müssten wir jetzt nicht den Kuhdreck wegkratzen wie Sklaven.«

Dan versuchte halbherzig sich zu verteidigen.

»Mich alleine hätten sie nie entdeckt. Aber du musstest ja einfach so das Training schwänzen. Sicher hat Jano Verdacht geschöpft und ist hinter dir hergekommen.«

Bruno senkte den Kopf. Dieser Dan war wirklich nicht blöd.

An diesem Nachmittag redeten sie nicht viel. Um Mitternacht holte sie Jano ab und sagte ihnen, dass sie jetzt ins Bett gehen könnten. Sie sollten sich aber gründlich duschen, bevor sie sich wieder unter die Leute mischten, das sei besser für alle. Wie ein Stein fielen die beiden ins Bett. Sie hatten noch nicht einmal Lust, sich weiter zu streiten.

Die nächsten Tag verliefen genauso wie der erste.

Quincey schien fest entschlossen, ihnen keine Atempause zu gönnen. Außerdem war er der Meinung, dass Bruno und Dan im Unterricht hinterherhingen. Deswegen war er während der Schulstunden besonders streng. Und als sei das alles noch nicht genug, verloren nun auch noch die Vampire ihre vornehme Zurückhaltung: Jedes Mal wenn die Jungen um Mitternacht todmüde in den Hof kamen, machten sie sich über die beiden lustig. Die Vampirkinder folgten ihnen, drehten Pirouetten in der Luft und riefen ihnen beleidigende Reime hinterher. Die Erwachsenen schüttelten mit einem abschätzigen Grinsen die Köpfe und hielten sich die Nase zu. Am dritten Tag erzählte Dan seinem Freund, dass auch er eine »Unterhaltung« mit seiner Mutter gehabt hatte.

»Mir sind fast die Ohren abgefallen, das kann ich dir sagen. Obendrein war auch noch Quincey dabei, der meiner Mutter in allem recht gab. Ein perfektes Team, bah!«

Bruno schaute Dan verständnisvoll an. Ihm erging es nicht besser. Seine Großmutter hatte seit ihrer Standpauke kein einziges Wort mit ihm gewechselt.

Einen Lichtblick in dieser Nacht verschaffte ihnen Damokles. Als die Jungen in ihr Zimmer kamen, genauso gerädert wie am Tag zuvor, saß er seelenruhig auf einem der Stühle. Auf dem Tisch vor ihm lag ein Berg von Süßigkeiten und ein Glasgefäß mit einer grauen Salbe.

»Den Vampiren gefallen Strafen, von denen man Muskelkater bekommt. Fragt mich nicht, warum«, sagte er mit einem schüchternen Lächeln. »Aber mit etwas Zucker und dieser Salbe werdet ihr morgen wie neu sein. Das wird zwar nicht lange so bleiben. Schließlich habt ihr morgen einen weiteren Tag voller harter Arbeit, aber …«

Bruno und Dan schauten ihn mit offenem Mund an. Das Lächeln von Damokles verschwand.

»Ist ja gut. Ich dachte, euch gefällt das. Aber wenn ihr nicht wollt …«

»Natürlich wollen wir«, sagte Dan und stürzte sich auf eine Tüte Karamellbonbons.

»Vielen Dank, Damokles«, rief Bruno jetzt wie aus der Pistole geschossen.

»Wir sind eben nur total überrascht. Ganz Noxdom scheint uns doch zu hassen«, meinte Dan.

»O nein. Das stimmt nicht«, beschwichtigte Damokles. »Ihr seid in ein Fettnäpfchen getreten. Andererseits ist es normal, dass ihr neugierig seid. Quincey dachte, dass …«

»Quincey ist wütend«, sagte Bruno.

»Quincey will, dass die Vampire euch akzeptieren – als ersten Schritt, um danach alle Menschen zu akzeptieren. Deswegen hat er es euch so übel genommen, dass ihr euch wie gerissene Schnüffler verhalten habt. Doch er wird euch das schneller als alle anderen verzeihen.«

»Und unsere Großmutter?«
»Unsere Großmutter ist ein harter Brocken, das schon. Doch auch sie weiß, dass junge Leute Fehler machen. Ich selbst war darin ein richtiger Spezialist, und man hat mich nicht verstoßen. Glaubt mir, in ein paar Jahren wird Yasen über diese Geschichte lachen ... nun ja, sie wird zumindest daran denken können, ohne rot vor Wut anzulaufen. Jetzt muss ich aber gehen, bevor mich jemand vermisst. Esst nicht alles auf einmal auf! Ich weiß nicht, wann ich das nächste Mal in die Stadt komme, um Nachschub zu besorgen.« Er schaute verwundert Dan an, der an der ungeheuren Menge Süßigkeiten in seinem Mund fast erstickte. »Kopf hoch! Es sind ja nur noch sieben Tage Schwerstarbeit im Kuhstall.«
Aber schon kurze Zeit später geschah etwas, das alle Bewohner des Herrenhauses – Menschen wie Vampire – die Strafe der Jungen vollkommen vergessen ließ. Damit war die Schufterei im Kuhstall mit einem Schlag beendet.
Es war Bruno, der Alarm schlug. Er war gerade dabei, im Kuhstall die Tränke vom Schlamm zu befreien, und stützte sich einen Moment lang auf seine Schaufel. Er strich sich eine Haarsträhne aus dem Gesicht, und als er den Blick hob, da sah er es: Eine Gestalt, die aus dem Wald trat und den gewundenen Weg hinauf zum Herrenhaus kam. Zuerst dachte er, es sei ein Wanderer. Er wollte Quincey benachrichtigen, der Direktor sollte

dafür sorgen, dass alle Zugänge nach Noxdom verriegelt waren. Außerdem dachte er, dass sie der Wanderer nicht sehen könnte, wenn sie sofort in den Stall zurückgingen. Denn die Sonne stand schon tief und musste den Fremden blenden.

Doch dann bemerkte er zwei seltsame Dinge: Zum einen kam ihm die Gestalt bekannt vor; und zum anderen schien sie es sehr eilig zu haben. Sie stolperte voran, fiel ständig hin, schaute sich um, als fürchte sie, verfolgt zu werden, und schien völlig aufgelöst zu sein.

»Wer ist das?«, fragte Dan und kniff die Augen zusammen, um besser sehen zu können.

Die Gestalt verschwand hinter einem Hügel. Als sie wieder auftauchte, erkannten sie Bruno und Dan sofort. Es war Maula.

»O nein!«, rief Dan entsetzt. »Lass uns schnell hineingehen! Ich glaube, sie hat uns noch nicht gesehen.«

Bruno rührte sich nicht. Doch er behielt Maula fest im Blick, die schwankend den Hügel hinaufstieg. Dan blinzelte besorgt zur Sonne, die gerade am Horizont verschwand.

»Es ist möglich, dass Kraan in der Nähe ist. Und dass Leopold mit ihm auftaucht«, sagte er mit zitternder Stimme. »Quiro, hol Quincey her, schnell!« Die kleine Fledermaus in seiner Anoraktasche war jetzt hellwach.

Bruno rührte sich noch immer nicht.
»Was ist mit dir los?«, fragte Dan. »Mit ihr könntest du es vielleicht aufnehmen. Aber sie kommt bestimmt nicht allein.«
»Das ist es nicht. Sie scheint krank zu sein«, sagte Bruno.
»Umso besser für uns, dann erwischt sie uns nicht. Lass uns endlich gehen!«, sagte Dan und zerrte Bruno am Ärmel.
Doch sein Freund hatte schon eine Entscheidung getroffen. Er zog seine schlammverschmierten Gummistiefel aus, um besser fliegen zu können.
»Geh du hinein! Ich werde Maula holen.«
»Bruno, mach das nicht! Was ist, wenn Kraan auftaucht?«, flehte Dan.
Doch Bruno zuckte nur mit den Achseln und flog los. Er hörte noch die Rufe seines Freundes. »Das ist bestimmt eine Falle!«, schrie er. Doch sie waren ihm egal. Er flog den Hügel herunter, schaute sich nach allen Seiten um und versuchte herauszufinden, wo sich Kraan und Leopold versteckt halten könnten. Als er schließlich neben Maula landete, war er sich sicher, dass sein Adoptivvater nicht in der Nähe war.
Die Frau war vollkommen erschöpft. Sie kauerte auf dem Boden und versuchte vergeblich, sich aufzurichten. Ihr rötliches Haar war zerzaust und voller Blätter und ihr schweres Kleid nur noch ein Fetzen. Gesicht und Arme waren von Kratzern übersät, ganz so, als

habe sie sich durchs Dickicht geschlagen, ohne auf die Äste zu achten. Sie zitterte am ganzen Leib.

»Maula?«, sagte Bruno vorsichtig.

Sie schaute ihn an, und Bruno machte einen Satz zurück – so beeindruckt war er von dem, was er sah: Maula war jetzt alles andere als die leblose, kränkliche Frau, die während fünf langer Tage seine Adoptivmutter gewesen war. In ihren gelblichen Augen war plötzlich Leben, und ihr zuvor so ausdrucksloses Gesicht war jetzt gerötet von einem fiebrigen Schrecken.

»Bruno«, sagte sie schwach, »ich dachte, er sei es …«

»Ich bin es nur. Was ist geschehen? Warum siehst du so aus?«

Maula versuchte, sich ein wenig zu beruhigen, und kniete sich ins Gras.

»Bruno … alles wird weitergehen … genau dort, wo wir damals aufgehört haben. Er wird dich sehr bald holen kommen. Es gibt …« Sie schlug die Hände vor den Mund, als erschrecke sie sich vor dem, was sie gleich sagen würde. »… es gibt einen Verräter.«

»Was bedeutet das, Maula? Was heißt das: Es gibt einen Verräter?«

Tränen rannen Maula jetzt über die Wangen. Sie schüttelte traurig den Kopf.

»Er wird sehr bald kommen«, wiederholte sie kaum hörbar.

Bruno hörte einen Lärm hinter sich und drehte sich um, bereit zum Kampf. Doch es waren nur Quincey und Dan, die aus dem Herrenhaus gerannt kamen. Damokles flog mit vollem Tempo hinter ihnen her und war als Erster bei Bruno.

»Geh weg von ihr!«, sagte er. In seiner Stimme lag Angst.

Quincey und Dan waren jetzt fast bei Bruno. Deswegen konnten sie ganz genau das Wort verstehen, das Maula mit fester Stimme sagte, als sie mit zitterndem Finger auf Damokles zeigte:

»Verräter!«

Kapitel 17
Ein nächtlicher Hinterhalt

Alle Bewohner von Noxdom hatten sich vor der Krankenstation versammelt. Auch Bruno und Dan waren da, schlammverschmiert bis unters Kinn, und schauten angstvoll auf die Tür der Station. Vor einer Stunde schon hatte Damokles die bewusstlose Maula hineingetragen, gefolgt von Yasen, Quincey und Ada. Die Vampire rund um die beiden Jungen sprachen leise miteinander. Bruno verstand nur Fetzen. Er war zu nervös, um den Worten einen Sinn geben zu können.

»… der Dhampir hat nur Unheil über uns gebracht. Seit er hier aufgetaucht ist …«
»… die Frau ist völlig verrückt, das hat man mir gesagt. Und außerdem hat sie Damokles beschuldigt …«
»… wenn diese Maula auch noch hierbleibt, nehme ich die Kinder und ziehe zu meiner Schwester nach Selenia …«
Der Türknauf knarzte. Alle verstummten. Ada kam heraus. Sie trocknete sich die Hände mit einem kleinen Handtuch ab. Hinter ihr erschien Yasen. Sie war so ernst, dass ihre Lippen nur noch aus zwei dünnen Linien bestanden.
»Wie geht es ihr, Mama?«, fragte Dan.
»Sehr schlecht. Sie leidet unter Erschöpfung, Mangelernährung, Austrocknung und einem starken Nervenschock. Sie wird sich lange ausruhen müssen, bevor wir sie befragen können. Und solange sie das Bewusstsein nicht wiedererlangt, können wir nicht einmal sicher sein, ob sie noch bei Verstand ist.«
»Das hat gerade noch gefehlt«, sagte Roman, der Vater von Sabbat, der als einer der Ersten an der Krankenstation erschienen war.
Ada schaute ihn gleichgültig an.
»Doch eine Sache macht mich stutzig. Die Verletzungen von den Bisswunden an ihrem Hals beginnen zu vernarben. Das heißt, dass Kraan sich in den vergangenen Tagen nicht von ihrem Blut ernährt hat. Vielleicht sogar in den vergangenen Wochen.«

»Und was bedeutet das?«, fragte Dan.

»Das wissen wir nicht«, sagte Yasen. »Das kann bedeuten, dass Kraan andere Sklaven gefunden hat, deren Blut er trinkt. Es kann aber auch bedeuten, dass er Maula in Ruhe gelassen hat, weil ihre Gesundheit zerrüttet ist.«

»Oder aber, dass sie Kraan entkommen ist und seit Tagen, wenn nicht Wochen keinen Kontakt mehr mit ihm gehabt hat«, sagte Roman.

Yasen überlegte lange, bevor sie antwortete.

»Ich halte es für wenig wahrscheinlich, dass sich ein Mensch so lange Zeit vor einem Vampir verbergen kann; vor allem, wenn es zwischen ihnen Blutsbande gibt. Aber gut, es ist eine Möglichkeit.«

Bruno verstand sofort, was das bedeutete: Wenn sich Maula aus den Fängen von Kraan befreit hatte, dann mussten die wenigen Worte, die sie Bruno gesagt hatte, die Wahrheit sein – und das war gar nicht gut für Damokles.

»Das ist doch vollkommener Quatsch. Wer wird denn glauben, dass Damokles ein Verräter ist?«, sagte Bruno fassungslos, als er und Dan in ihrem Zimmer auf den Betten lagen.

»Roman zum Beispiel. Du hast ihn doch gerade gehört«, sagte Dan.

Doch die beiden Jungen konnten nicht weiter darüber sprechen. Quincey tauchte zusammen mit Damokles auf, der sehr blass war. Der Direktor sagte ihnen, dass er kein weiteres Wort hören wolle. Er war so wütend, dass die beiden Jungen sofort verstummten und sich nicht trauten, den Mund wieder aufzumachen. Kurz darauf hörte Bruno den tiefen Atem Dans, der wie ein Stein schlief, mit offenem Mund und der Brille auf der Nase.

Bruno hingegen konnte nicht schlafen. Trotz allem glaubte er Maula. Er hatte in ihrem Blick nicht Wahnsinn gesehen, sondern nur Schrecken, Gewissensbisse und eine tiefe Traurigkeit. Während ihrer ganzen kurzen Unterhaltung hatte er den Eindruck gehabt, dass Maula die Befehle von Kraan missachtete. Doch ihr zu glauben bedeutete gleichzeitig, sich einzugestehen, dass Damokles ein Verräter war. Und dass …

Bruno drehte den Kopf zur Wand. Er glaubte, ein Geräusch gehört zu haben, einen ganz zarten Hinweis darauf, dass irgendetwas vorbeiglitt. Er spitzte die Ohren und rührte sich nicht. Eine Minute später hörte er wieder das Geräusch. Es kam aus dem Geheimgang hinter dem Teppich.

Ohne einen Laut, genauso, wie es ihn Jano gelehrt hatte, schlüpfte er aus dem Bett. Er blickte sich um und suchte irgendetwas, mit dem er sich verteidigen konnte. Er entschied sich für die Bettdecke. Vielleicht war es ja nur Sabbat oder eines der anderen Vampirkinder, das sich auf seine Kosten einen üblen Scherz erlauben wollte.

Bruno erinnerte sich daran, dass die Geheimtür nach

rechts aufging. Also musste derjenige, der hinter ihr war, auf der linken Seite des Teppichs herauskommen. Seine Schläfen pochten, sein ganzer Körper stand unter Hochspannung. Das Geräusch des Gleitens war wieder zu hören, jetzt aber viel näher. Dann hörte er das Quietschen der Feder, die die Geheimtür öffnete. Er griff seine Bettdecke ganz fest.

Im Teppich erschien eine Wölbung. Wer auch immer es war: Jetzt war er in Brunos Zimmer. Eine Hand griff nach dem schweren Stoff, um ihn beiseitezuschieben. Bruno entschloss sich, noch eine Sekunde zu warten, bis er wusste, wer der Unbekannte war. Er bemerkte eine rosafarbene Narbe auf der Hand, die wie eine Verbrennung aussah. Jetzt erinnerte er sich an jenes unangenehme Zischen und an diesen Schmerzensschrei vor ein paar Wochen in der Kirche – und warf sich in genau dem Moment auf die Wölbung, als sie gerade den Rand des Teppichs erreichte. Ganz kurz sah Bruno Leopolds erstauntes Gesicht, warf dann die Decke über ihn, drückte ihn auf den Boden und versuchte, den Vampir festzuhalten.

»Dan, wach auf, Leopold ist hier!«, schrie er, so laut er konnte.

Dan sprang aus dem Bett, noch halb im Schlaf. Leopold schlug um sich. Bruno war klar, dass er ihn nicht mehr lange festhalten konnte. Verzweifelt schaute er seinen Freund an. In diesem Augenblick versetzte ihm Leopold einen derart heftigen Tritt in den Magen, dass

Bruno zur gegenüberliegenden Wand geschleudert wurde.
Bruno konnte nicht atmen, so brutal war der Tritt gewesen. Doch er zwang sich, seine Lunge mit Luft zu füllen. Dann warf er sich auf den Vampir, der gerade wieder auf die Beine gekommen war. Leopold hatte diese schnelle Reaktion nicht erwartet. Er wurde durch Brunos Schlag gegen den Teppich geschleudert. Bruno sprang hinterher und drückte dem Vampir die Kehle zu. Er war sehr, sehr wütend.
Im Augenwinkel sah er Dan, der wie angewurzelt neben dem Bett stand. Bruno wurde plötzlich klar, dass sein Freund ohne fremde Hilfe hier nicht heil herauskam. Wie dumm waren sie gewesen! Warum hatten sie nicht gemerkt, wie leicht sich ihr Zimmer in eine tödliche Falle verwandeln konnte.
Leopold ruderte wie wild mit den Armen. Er erstickte fast. Bruno wollte ihm gerade einen Faustschlag versetzen, doch Leopold war schneller und hielt Brunos Hand fest. Er drückte sie mit aller Kraft zusammen. Es kümmerte ihn jetzt nicht mehr, dass er keine Luft bekam. Vor lauter Schmerz schloss Bruno einen Moment lang die Augen. Das nutzte Leopold aus, um ihm mit dem Knie in die Magengrube zu treten. Bruno stürzte auf den Boden. In seinem Kopf drehte sich alles. Leopold massierte sich schnell den Hals und kam rasend vor Wut auf Bruno zu. Doch Dan reagierte überraschend schnell. Er warf sich zwischen die beiden, mit

dem Feuerhaken des Kamins in der einen Hand und die andere zur Faust geballt.

»Vergiss es, Leopold!«, sagte er mit fester Stimme. »Noch einen Schritt weiter, und du wirst die Prügel deines Lebens beziehen.«

Leopold lachte.

»Heute habe ich nicht vor, mich um dich zu kümmern, du Würmchen«, sagte er mit honigsüßer Stimme. »Das ist vielleicht auch besser so, denn wenn ich hier erst einmal fertig bin ...«

Leopold kam einen Schritt auf ihn zu. Dan holte mit dem Feuerhaken zum Schlag aus. Und als Leopold instinktiv die Arme schützend vor seinen Körper hielt, drehte sich Dan schnell um sich selbst und versetzte dem Vampir einen Schlag auf den Rücken. Leopold schrie vor Schmerz. Auch Dan schrie – aus Überraschung, dass seine Finte geglückt war.

»Du Dreckskerl!«, presste der Vampir hervor. Er war beeindruckt, ohne es sein zu wollen.

Bevor Leopold irgendetwas tun konnte, warf sich Bruno schon wieder auf ihn. Die beiden rollten durch das Zimmer, und jeder versuchte, die Oberhand zu gewinnen. Dan verfolgte gebannt den Kampf. Schließlich rannte er zur Falltür, die noch immer keinen Griff hatte, und versuchte sie mit aller Kraft zu öffnen.

Leopold war viel größer als Bruno. Und er hatte auch viel größere Lust, ihm wehzutun. Mit einer schallenden Ohrfeige schleuderte er ihn wieder durch den Raum.

Doch dieses Mal behielt Bruno einen kühlen Kopf. Als er gegen die Wand prallte, blieb er an ihr kleben wie eine Spinne. Er war so wütend, dass er die Zähne fletschte und ein unheilvolles Grummeln ausstieß. Leopold warf den Tisch um, damit er Bruno schneller erreichen konnte.

Plötzlich hörten sie ein anderes Grummeln. Es kam aus dem Geheimgang. Leopold machte einen Satz nach vorne, als sei er von irgendetwas getroffen worden. Sabbat hatte sich auf seinen Rücken geworfen wie eine kleine Kanonenkugel. Auch sie fletschte mit den Zähnen und war rasend vor Wut. Inzwischen war es Dan gelungen, die Falltür zu öffnen, indem er den Feuerhaken als Brechstange benutzte.

»Quiro, bring das zu Quincey!«, rief er und fuchtelte wieder mit seiner Waffe, bereit für die nächste Runde des Kampfes.

Sabbat und Bruno waren jetzt im Begriff, wieder anzugreifen. Doch mehrere Widersacher waren zu viel für Leopold. Er wich in Richtung Geheimgang zurück.

»Mein Herr will dich lebend, Dhampir«, sagte er hochmütig. »Doch strapaziere dein Glück nicht zu sehr. Und vor allem, gehe mir nicht auf die Nerven.«

Wie ein Blitz verschwand Leopold im Geheimgang. Bruno wollte hinter ihm herfliegen, doch Dan hielt ihn zurück.

»Da drinnen hast du keine Chance gegen ihn«, sagte Dan ruhig.

Bruno nickte. Sein Herz schlug immer noch wie verrückt. Sabbat stand neben ihnen, auch sie fand langsam ihre Fassung wieder. Das war gar nicht so leicht. Der Kampf war vorbei, und der Schreck saß tief. Bruno und Sabbat waren sehr bleich, ihre Gesichtshaut war zum Zerreißen gespannt. In ihren Augen lag ein Schimmern des Wahnsinns. Dann schlug Sabbat vor, den Erwachsenen nichts von dem Kampf zu erzählen.

»Das ist die Gier. Dieser Wahnsinn in unseren Augen ist die Gier nach Blut«, erklärte Sabbat den beiden Jungen. »Man sagt, dass wir sie mit den Jahren verlieren werden. Wenn die Erwachsenen herausfinden, dass wir unsere Gier nicht kontrollieren konnten, werden sie uns bestrafen.«

»Was hast du im Geheimgang gemacht?«, fragte Dan.

»Ich wollte euch sehen. Mein Vater hat mich seit der Sache mit den Kühen nicht eine Sekunde lang aus den Augen gelassen. Doch heute hat er Wachdienst, und ich habe die Gelegenheit genutzt, mich davonzustehlen. Als ich Leopold sah, wurde ich so wütend, dass ich vollkommen den Kopf verlor.«

Bruno versuchte, sich zu beherrschen und wieder ganz normal zu sein. Und er hatte es fast geschafft, als Quiro zusammen mit Quincey, Ada, Yasen und einem Dutzend Vampiren auftauchte.

Quincey war bleich wie ein Leichentuch. Er beruhigte sich ein bisschen, als er sah, dass keines der Kinder

Schaden erlitten hatte. Ada hatte zum ersten Mal, seit Bruno sie kennengelernt hatte, die Nerven verloren. Sie zitterte fürchterlich und war nicht in der Lage, auch nur ein Wort zu sagen. Quincey musste sie in den Arm nehmen und ihr ein paar Worte zuflüstern, damit sie ihre Beherrschung wiederfand. Dan schaute die beiden wütend an und zog seine Mutter am Ärmel, um sie vom Direktor loszureißen.

»Bruno, wie ist Leopold hier hereingekommen?«, fragte Yasen.

»Durch die Geheimgänge.«

»Wie konnte er sie kennen?«, fragte Ada mit schwacher Stimme. »Und woher wusste er, welcher Gang direkt zu den Jungen führt?«

Eine beklemmende Stille trat ein. Damokles räusperte sich. Er fühlte sich nicht wohl in seiner Haut.

»Es ist ganz offensichtlich: Jemand aus unserer Gemeinschaft hat Leopold den Weg gezeigt«, sagte er.

In diesem Moment kam Jano ins Zimmer. Das war gar nicht so leicht, denn es gab dort fast keinen Platz mehr. Er schien sehr beunruhigt zu sein.

»Jemand ist in das Büro von Ada eingebrochen. Sie haben alles mitgenommen«, sagte er.

»Wie?«, fragte Yasen, starr vor Schreck.

»Den Computer, die Aktenordner, alles. Das bedeutet, dass …«

»… dass Kraan die Liste der Kinder mit Vampirblut hat«, sagte Quincey.

Kapitel 18
Damokles unter Verdacht

Ada bestand darauf, dass sich alle drei Kinder in der Krankenstation untersuchen ließen. Deswegen erschienen sie zu spät zur Versammlung im Großen Dreieckigen Saal. Yasen stand auf dem Podium, krallte ihre Hände in das Geländer und schien in wenigen Minuten um Jahre gealtert zu sein. Roman, der in Wahrheit eine Glatze hatte, war mit einer weißen Perücke zur Versammlung erschienen. Alle drehten sich um, als Bruno mit Dan auf dem Rücken in den Saal schwebte.

»Komm her, mein Sohn!«, sagte Yasen und machte ihm ein Zeichen mit der Hand.

Bruno setzte seinen Freund auf dem Boden ab und flog zu seiner Großmutter. Wenigstens schien sie vergessen zu haben, dass sie böse auf ihn war.

»Bruno, erzähle uns, was diese Frau dir gesagt hat«.

»Sie sagte, dass Kraan sehr bald kommen wird, um mich zu holen.«

»Und so ist es auch geschehen«, sagte Ada mit Grabesstimme.

»Sie sagte außerdem, dass alles genau dort weitergehen wird, wo es aufgehört hat«, fuhr Bruno fort.

»Hast du irgendeine Vorstellung davon, was das zu

bedeuten hat?«, fragte ein Vampir mit buschigen Augenbrauen und einem roten Spitzbart.
»Das bedeutet vermutlich, dass sich Kraans Pläne nicht im Geringsten geändert haben. Das hat auch Leopold gemeint. Er sagte: ›Mein Gebieter will dich lebend‹«, antwortete Bruno.
Ein Murmeln erfüllte den Saal.
»Verzeihung«, sagte Dan, der versuchte, sich in dem Lärm Gehör zu verschaffen. »Das alles bedeutet doch, dass Maula Kraan verraten hat und dass sie jetzt wirklich auf unserer Seite steht.«
»Pah!«, rief Jano verächtlich aus. »Wie kannst du auch nur einen Cent darauf geben, was dieser Spitzel gesagt hat.«
»Also, ich hatte geglaubt, dass Maula unter gar keinen Umständen jemals ungehorsam gegenüber ihrem Gebieter sein könnte«, sagte Dan beharrlich. Er gab niemals auf, bevor seine Fragen beantwortet waren.
»Theoretisch nein«, sagte der Vampir mit dem Spitzbart. »Doch wenn ein menschlicher Sklave keine direkten Befehle von seinem Gebieter bekommt, kann er sich nach seinem eigenen Willen verhalten. Meistens aber sind die Sklaven so eingeschüchtert, dass sie niemals etwas machen würden, was ihrem Herren missfällt. Und es gibt noch eine andere Möglichkeit …«
Der Vampir mit dem Spitzbart hielt inne. Er war sich unsicher. Yasen ermunterte ihn fortzufahren.

»Mach weiter, Eric! Wir müssen alle Möglichkeiten durchspielen.«

»Wenn ein Vampir mehrere Tage lang seinen Sklaven links liegen lässt und sich nicht von seinem Blut ernährt, kann dieser Sklave seine frühere geistige Unabhängigkeit teilweise zurückerlangen. Das ist schon ein paar Mal geschehen.«

»Das würde mit den Ergebnissen von Adas Untersuchung übereinstimmen«, sagte Yasen.

Damokles, der neben seiner Großmutter schwebte, starrte ins Leere. Sein Gesicht war ausdruckslos. Doch Bruno bemerkte, dass seine Hände zitterten.

»Wie dem auch sei«, sagte Yasen. »Fest steht, dass wir uns zu sicher gefühlt haben. Unsere Gemeinschaft befindet sich im Alarmzustand. Jano, verstärke die Wachen. Sechs Vampire sollen die ganze Nacht lang auf der Außenmauer patrouillieren. Sämtliche Zugänge müssen bewacht werden, einschließlich der Geheimgänge. Ab sofort muss man mindestens zu viert sein, um das Herrenhaus verlassen zu dürfen. Die Jungen haben Ausgangssperre, bis wir ihre Sicherheit wieder garantieren können.«

Alle schwiegen. Bruno bemerkte, wie die Vampire erwartungsvoll Yasen anschauten.

»Ist das alles?«, fragte Roman schließlich.

»Nein. Ein Verräter ist unter uns. Ein Mitglied unserer Gemeinschaft hat geheime Informationen an Kraan weitergegeben. Da wir keine anderen Hinweise haben,

müssen wir bis auf weiteres Maulas Worte ernst nehmen. Deswegen wird mein Enkel Damokles eingesperrt, bis wir sicher sein können, dass er unschuldig ist. Ich persönlich werde das jetzt sofort übernehmen.«
Damokles schien nicht überrascht zu sein. Als Yasen ihre Hand auf seine Schulter legte, senkte er den Kopf und verließ mit seiner Großmutter den Saal. Viele der Anwesenden waren aufgewühlt. Ein alter Vampir mit langem weißem Schnurrbart sagte, dass es besser sei, Noxdom anzuzünden und sich in alle Welt zu zerstreuen, wenn sie jetzt schon anfingen, einander zu misstrauen. Sehr zu seinem Missfallen bemerkte Bruno, dass manche Vampire diese Meinung teilten. Und Roman schien zum ersten Mal zufrieden zu sein mit dem Verlauf, den die Dinge nun nahmen.
»Die Dhampire bringen immer nur Unheil«, sagte eine Frau mit braunen Haaren und großen, traurigen Augen, die neben Bruno schwebte. »Jetzt begreifen das sogar ihre eigenen Familien.«
Bruno war zu wütend, um zu schweigen.
»Wie könnt ihr nur all diese Dummheiten glauben! Damokles ist kein Verräter! Quincey, sag es ihnen!«
»Bruno«, antwortete Quincey mit stockender Stimme. »Yasen ist die Anführerin dieser Gemeinschaft, nicht du. Und wenn sie diesen Schritt für notwendig hält, hat niemand das Recht, ihr zu widersprechen.«
Dann schwieg er und bat Jano, Bruno hinauszuführen. Der Junge sah ganz deutlich, dass der Direktor Trä-

nen in den Augen hatte. Warum nur ließ er es zu, dass sie Damokles einsperrten? Warum nur? Quincey war doch auch nicht von seiner Schuld überzeugt.
Dan hatte natürlich eine Antwort. Er gab sie Bruno ein paar Minuten später, als sie beide im Hof standen.
»Sei kein Dummkopf, Bruno. Deine Großmutter hatte keine andere Wahl. Sie musste so entscheiden.«
»Sie hätte Damokles auch für unschuldig halten können«, sagte Bruno starrköpfig.
»Das tut sie ja auch. Aber sie kann nicht leugnen, dass es hier einen Verräter gibt, oder?«
»Damokles kann es aber nicht sein«, sagte Bruno trotzig.
»Natürlich nicht. Doch auch der wahre Verräter hat Freunde und Verwandte in Noxdom. Und wenn er erst einmal entdeckt ist, wird ihn Yasen nur deswegen hart bestrafen können, weil sie gegenüber ihrem eigenen Enkel genauso unerbittlich gewesen ist. Außerdem solltest du die gute Seite von alldem sehen.«
»Welche gute Seite kann es denn hier schon geben?«, fragte Bruno.
»Wenn der wahre Verräter wieder zuschlägt, während Damokles eingesperrt ist, wird unser Freund von jedem Verdacht freigesprochen werden.«
»Das wird ein schöner Trost sein, wenn Leopold mich das nächste Mal erwischt und mir seine Zähne in den Hals schlägt.«
Dan sagte nichts. Bruno kam das alles vollkommen

verrückt vor. Kraan war im Besitz einer Liste mit den Namen sämtlicher Kinder, die er in Vampire verwandeln konnte. Und die ganze Geschichte traf sie wieder einmal völlig unvorbereitet. Bruno hatte es satt, dass Kraan immer den ersten Schritt machte. Haargenau so fühlte sich auch Dan. Er stand auf und gab seinem Freund ein Zeichen, ihm zu folgen.

»Lass uns zur Krankenstation gehen!«, sagte er.

»Warum?«

»Ich habe da eine Idee.«

Es war nicht einfach, die Wache an der Tür der Krankenstation zu überzeugen. Dan breitete alle denkbaren Gründe vor dem Wächter aus, warum er ihn hineinlassen solle. Und als er schließlich keine Lust mehr zum Weiterreden hatte, schlüpfte er einfach unter dem Arm des Vampirs durch, lief in die Station und rief nach seiner Mutter. Als Ada hinter dem Vorhang hervorkam, der Maulas Bett abtrennte, sah sie ihren Sohn durch die Krankenstation rennen, verfolgt von einem riesenhaften Vampir, der gerade ein Schränkchen mit Medikamenten krachend umstieß.

»Schluss jetzt!«, rief sie ärgerlich, »Dan, was machst du denn hier? Die Patientin braucht Ruhe.«

Dan und der Vampir waren beide beschämt. Diesen Moment nutzte Bruno aus, um unbemerkt in die Krankenstation zu huschen.

»Der Vampir wollte uns nicht hineinlassen. Dabei

haben wir keine bösen Absichten. Wir wollten dich nur fragen, ob wir dir bei der Pflege von Maula helfen dürfen«, sagte Dan.

Ada glaubte ihrem Sohn kein Wort. Sie zog misstrauisch die Augenbrauen hoch.

»Du und Quincey, ihr müsst doch auch einmal schlafen«, sagte Bruno und versuchte dabei, den Unschuldigen zu spielen. »Wir können euch ablösen, setzen uns neben Maulas Bett, und wenn irgendetwas Eigenartiges passiert, geben wir euch sofort Bescheid.«

»Wenn es einen Notfall gibt, müsst ihr doch ausgeruht sein«, fügte Dan hinzu. Er klang jetzt ziemlich überzeugend.

»Vielleicht ist das gar keine schlechte Idee«, sagte Ada zögerlich. »Es gefällt mir nicht, Maula mit den Vampiren alleinzulassen. Sie kennen den menschlichen Körper nicht. Und während des Tages können wir sowieso nicht auf die Vampire zählen. Denn die Krankenstation ist der einzige Raum in Noxdom, der nicht vor dem Tageslicht geschützt ist.«

»Wir können ja das Walkie-Talkie benutzen«, schlug Dan vor. »Wenn etwas passiert, verständigen wir euch sofort.«

»Wir wollen doch nur helfen«, sagte Bruno.

Ada schaute ihn streng an. Bruno versuchte, wie ein Unschuldslamm auszusehen – und hoffte, dass er es dabei nicht übertrieb.

»Gut. Geht jetzt schlafen!«, entschied Ada. »Ich werde

diese Nacht bei Maula verbringen. Am Morgen seid ihr dann dran. Ich werde euch benachrichtigen und euch dann zeigen, worauf ihr achten müsst.«

Sie lächelte die Jungen sanft an. Dann sagte sie: »Ich bin sehr stolz auf euch.«

Dan wurde rot. Er und Bruno verließen die Krankenstation. Sie versuchten, dabei ganz natürlich zu wirken.

»Das wäre geschafft«, sagte Bruno, während er sich den Schlafanzug anzog. »Wenn Maula etwas sagt, werden wir die Ersten sein, die es hören. Wir werden das Walkie-Talkie angeschaltet lassen, falls wir einmal aus irgendeinem Grund wegmüssen. Wir brauchen mehr Batterien, vielleicht hat ja Quincey …«

Bruno schaute Dan an, der schon im Bett lag.

»Was ist mit dir? Warum bist du so still?«

Dan zog die Decke über den Kopf und drehte sich auf die Seite.

»Es würde mir besser gefallen, wenn meine Mutter wegen etwas anderem auf mich stolz wäre. Und nicht wegen dieser üblen Tricks, mit denen wir Maula ausspionieren wollen.«

Bruno wusste nicht, was er antworten sollte. Ihn plagten Gewissensbisse, als er einschlief.

Kapitel 19

Wache halten in der Krankenstation

Der Plan von Bruno und Dan klang sehr aufregend: neben Maula Wache zu halten, um herauszufinden, was sie wusste. Doch stundenlang auf die Monitore zu schauen und ständig den Tropf zu überprüfen, war nicht wirklich wahnsinnig spannend. Nach zwei Tagen Wachdienst sagte Bruno zu Dan, dass er sich nach ihrem Strafdienst sehnte – die Kühe bewegten sich wenigstens ab und zu. Dan sagte ihm, er solle nicht so schnell das Handtuch werfen. Doch auch er war der Verzweiflung nahe. Zum Glück betrat Ada am dritten Tag die Krankenstation und verkündete, dass sie nun Maulas Beruhigungsmittel absetzen werde.

»Wie? Sie war die ganze Zeit betäubt?«, fragte Dan fassungslos.

»Ja. Doch von jetzt an wird sie langsam das Bewusstsein wiedererlangen. Es ist besser, wenn ihr nicht in ihrer Reichweite seid. Sie wird sehr schwach sein. Trotzdem kann sie versuchen, euch anzugreifen. Ich will nicht, dass ihr in Gefahr kommt. Einverstanden?«

Bruno warf Dan einen bitterbösen Blick zu. Dan beharrte allerdings darauf, auch bei dieser Sache die positive Seite zu sehen.

»Jetzt vertraut uns meine Mutter. Wenn wir unsere

Hilfsdienste genau in dem Moment angeboten hätten, in dem Maula aufgewacht wäre und etwas hätte sagen können, wäre Ada doch sofort misstrauisch geworden. Manchmal erfordern die besten Pläne eben ein bisschen Zeitverschwendung, Bruno. Das ist eine Grundregel der Strategielehre.«

Bruno erklärte Dan, was er von seiner Strategielehre hielt, und benutzte dabei Worte, bei denen selbst die Erwachsenen rot geworden wären.

Quincey und Ada verbrachten viel Zeit im Kartensaal. Sie verfolgten gebannt die Nachrichtensendungen und lasen alle Zeitungen, immer auf der Suche nach Berichten über verschwundene Kinder. Bald fanden sie die ersten Beweise dafür, dass Kraan die gestohlenen Informationen benutzte: Mehr als zehn Jungen und Mädchen waren in verschiedenen Ländern unter mysteriösen Umständen verschwunden. In den Berichten wurden immer nur die Anfangsbuchstaben ihrer Namen genannt – und jedes Mal stimmten sie mit einem Namen auf der Liste überein, von der Ada glücklicherweise eine Kopie gemacht hatte. Die beiden Erwachsenen zerbrachen sich den Kopf, starrten auf die Karten und versuchten herauszufinden, wo Kraan als Nächstes zuschlagen würde. Doch der Vampir schien keinem logischen Muster zu folgen, um die Kinder zu entführen. Yasen vermutete, dass er nach dem Zufallsprinzip vorging, damit man ihm nicht auf die Spur kam.

Dan bemühte sich, Sabbat mit Hilfe seines Fledermausfreundes Quiro immer auf dem Laufenden zu halten; Sabbat durfte immer noch nicht mit den Jungen reden. Bruno wusste zwar nicht, wofür das gut sein sollte. Doch da man mit Dan über Sabbat nicht diskutieren konnte, ließ er seinen Freund gewähren.

»Sabbat steht auf unserer Seite«, sagte Dan, der Bruno ständig mit Erklärungen bombardierte, »je mehr sie weiß, umso mehr kann sie für uns tun. Sie versorgt mich auch mit allen ihren Informationen.«

»Ach ja. Und was sagt sie?«

»Dass es einen richtigen Aufruhr unter den Vampiren gibt, weil Yasen Damokles eingesperrt hat. Manche Vampire sind entsetzt, andere aber freuen sich.«

»Wie ist das möglich?«, fragte Bruno erstaunt.

»Weil deine Familie immer dafür gewesen ist, Frieden mit den Menschen zu schließen und die Lebensweise der Vampire zu ändern. Und diejenigen, die anderer Meinung sind, freuen sich nun, dass Yasen und Damokles bei manchen Bewohnern von Noxdom in Ungnade gefallen sind.«

»Aber das alles ist doch schon so lange her«, sagte Bruno.

»Nicht für einen Vampir«, klärte ihn Dan auf. »Wenn du dich nicht in sie hineinversetzt, wirst du sie nie verstehen. Der Fall liegt so: Die Befürworter des alten Vampirlebens, die sich bisher nicht laut geäußert haben, erheben jetzt ihre Stimme und sagen, dass all das die Schuld von Yasens Politik sei, eine Politik, die ganz offensichtlich nichts Gutes gebracht habe. Zuerst die Weiße Pest, die – so glauben viele – genau in dem Moment die Vampire heimsuchte, als sie aufhörten, sich von Menschenblut zu ernähren; dann fingen die Vampire an, sich gegenseitig zu bekämpfen; und zu allem Übel taucht auch noch ein Dhampir auf, der in die Gemeinschaft von Noxdom einen Keil treibt und einen schlechten Einfluss auf den Charakter der jungen Vampire hat.«

»Jetzt verstehe ich«, sagte Bruno bitter.

»So denken allerdings nur ein paar Vampire«, sagte Dan. Jetzt tat es ihm leid, dass er so viel geredet hatte.

Maula wachte langsam auf. Dan und Bruno, die schrecklich gelangweilt waren und sehnsüchtig auf Neuigkeiten warteten, vergaßen jetzt all ihre Klagen und setzten sich erwartungsfroh neben Maulas Bett. Zu Beginn stammelte sie nur unverständliches Zeug und stöhnte dauernd. Immer wieder hatte sie Panikattacken, nach denen sie – zum Unglück der Jungen – jedes Mal in einen tiefen Schlaf fiel. Als die Sonne unterging, beschloss Bruno, dass er dringend an die frische Luft musste.

»Ich drehe eine Runde. Ich glaube, du bist sowieso an der Reihe mit Wachehalten. Und deine Mutter wird auch in jedem Moment auftauchen«, sagte er zu Dan.

In diesem Moment kam Maulas Hand unter der Decke hervor und umklammerte Brunos Arm. Er versuchte, sich zu befreien. Doch trotz ihrer Schwäche, war Maulas Griff immer noch so fest wie eine eiserne Klaue. Ihre Augen waren weit aufgerissen. In ihnen lag ein unheimliches Blinzeln.

»Bruno … endlich.«

»Lass mich los!«

»Nein! Nein! Wir haben keine Zeit! Er kommt zurück. Er sammelt sie schon ein, einen nach dem anderen. Und er hat schon beschlossen, wann er es machen wird!«

Dan war zur Tür gelaufen, um Alarm zu schlagen. Doch dann hielt er inne und drehte sich um. Er machte Bruno ein Zeichen, damit er irgendetwas sage. Brunos Mund war staubtrocken.

»Was willst du mir sagen, Maula?«

»Ich kann nicht reden. Er verbietet es mir. Nimm das und verstecke es! Mich wird er finden, und dann werde ich verloren sein. Vertraue niemandem, es gibt einen Verräter!«, sagte sie mit verdrehten Augen.

Sie zog Bruno näher zu sich und blickte dabei Dan misstrauisch aus den Augenwinkeln an. Dann drückte sie Bruno einen kleinen, harten Gegenstand in die Hand.

»Wenn der Mond aufgeht, stelle das hier auf den markierten Stein. Dann gehe zu der Stelle, wohin der Strahl fällt. Er wird es beim nächsten Vollmond tun. Du hast nicht viel Zeit.«

»Aber wo, Maula, wo?«
Die Frau schaute ihn zitternd an.
»An der vorbestimmten Stelle. Suche die vorbestimmte Stelle!«
»Was geht hier vor!«, rief Jano, der in die Krankenstation gestürmt war.
Niemand hatte eine Antwort parat. Maulas Kopf fiel zurück auf das Kissen. Sie hatte wieder das Bewusstsein verloren.
»Ich habe Stimmen gehört. Was ist hier geschehen?«, fragte der Vampir von neuem. Er war in heller Aufregung.
»Sie … sie hat gesagt, dass Kraan mich holen kommt. Und dass alles vor dem nächsten Vollmond geschehen wird«, sagte Bruno, der vollkommen verwirrt war.
»Ist das dein Ernst? Das hat uns gerade noch gefehlt«, sagte Jano. Er schien Bruno nicht zu trauen.
»Wir müssen Yasen benachrichtigen«, meinte Bruno.
»Das sehe ich auch so. Wenigstens müssen wir dieses Mal niemanden wegen ihrer unsinnigen Beschuldigungen einsperren. Hat sie noch etwas gesagt?«
Bruno wollte Jano gerade den kleinen Gegenstand zeigen, den ihm Maula gegeben hatte. Doch plötzlich schossen ihm ihre Worte durch den Kopf: »Vertraue niemandem!«
»Nein. Das war alles«, sagte Bruno und steckte die Hände in die Taschen.

»Gut. Ich werde Ada vorschlagen, die Dosis an Beruhigungsmitteln zu erhöhen. Wenn Maula weiterhin wirres Zeug erzählt, wird sie uns alle noch verrückt machen. Traut ihr es euch zu, eine Minute lang mit ihr allein zu bleiben?«, fragte Jano.
»Natürlich«, sagte Dan beleidigt.
Jano flog zur Tür hinaus. Dan schaute Bruno neugierig an.
»Was hat sie dir gegeben?«
Bruno holte den Gegenstand hervor, und beide steckten die Köpfe zusammen, um ihn zu untersuchen. Es war eine Art dreieckige Linse in einem Rahmen aus Bronze, der sich mit den Jahren grün verfärbt hatte. Das gelbliche Glas war ebenfalls sehr alt, sehr dick und wiederum in drei Dreiecke unterteilt. Im Zentrum der Linse, dort, wo sie am dicksten war, befand sich ein kleiner silberner Spiegel in Form eines Dreiecks. Die Schenkel des Bronzerahmens waren nummeriert. Die Ziffern »Eins«, »Zwei« und »Drei« standen in geschnörkelter römischer Schrift darauf. Außerdem war in eines der Dreiecke ein Symbol aus schwarzem Email eingraviert: eine Sonne mit einem düsteren Gesicht, ein Totenkopf und ein Labyrinth.
»Was ist das?«, fragte Dan.
»Ich habe keine Ahnung.«
Draußen waren Schritte zu hören. Bruno versteckte die Linse hastig in seiner Tasche, gerade noch rechtzeitig, damit Yasen, Quincey und Ada sie nicht sahen.

»Was hat Maula gesagt?«, fragten die drei gleichzeitig.
Bruno erzählte ihnen dieselbe Geschichte wie Jano. Die drei Erwachsenen schienen sehr beunruhigt zu sein, und Bruno fühlte sich schlecht, weil er ihnen nicht die ganze Wahrheit sagte. Quincey ließ ihn die Worte von Maula ein paar Mal wiederholen, bis er überzeugt war, dass er die Botschaft richtig verstanden hatte und dass sich hinter den Worten nicht noch ein anderer Hinweis verbarg.
»Jano meint, dass du Maula wieder Beruhigungsmittel geben musst, damit sie kein wirres Zeug erzählt«, sagte Dan seiner Mutter. Er hatte das dringende Gefühl, das Thema wechseln zu müssen.
Ada presste die Lippen zusammen.
»Unmöglich. Das Wichtigste für uns ist, dass sie so schnell wie möglich ihr Bewusstsein wiedererlangt – und sei es auch nur, damit wir feststellen können, dass sie uns nichts zu sagen hat.«
»Wie lange ist es noch bis Vollmond?«, fragte Dan und versuchte dabei, so arglos wie möglich zu wirken.
»Fünf Tage, und schon zweiundzwanzig Kinder sind verschwunden«, antwortete Yasen bitter.
»Eines ist klar: Kraan will seinen Krieg so schnell wie möglich beginnen«, sagte Quincey. Er klang sehr besorgt.
»Wo nur? Wo steckt er nur?«, sagte Ada so leise, als spreche sie mit sich selbst.

In diesem Augenblick wurde Bruno klar, wo sich Kraan versteckte. Und was noch schlimmer war: Er wusste genau, was er zu tun hatte, um ihn zu fassen.

Kapitel 20
Die Verschwörer

Als die Erwachsenen sie endlich gehen ließen, packte Bruno Dan am Arm und sagte ihm, dass er dringend mit ihm und Sabbat reden müsse.

»Nur wir drei. An einem Ort, an dem uns niemand hören kann.«

Dan war überrascht.

»Wir können zu Sabbat gehen. Ihr Vater ist gerade nicht da.«

Die Wohnung von Sabbats Familie lag im zentralen Turm, drei Stockwerke über dem Zimmer der Jungen. Als sie durch eines der klobigen Vordächer eintraten, das die Vampire seltsamerweise für elegant hielten, räusperte sich Dan höflich.

»Guten Abend, Lilith. Können wir mit Sabbat reden?«

»Hallo, mein Junge«, sagte eine warme Stimme von drinnen. »Nun, Roman wird das nicht gefallen. Da er aber gerade nicht da ist, soll uns das egal sein. Kommt herein!«

Dan winkte Bruno in die Wohnung. Das Zimmer war viel größer als ihres und mit schweren Vorhängen unterteilt. Sabbats Mutter war die Frau mit den großen, traurigen Augen, die sie vor ein paar Tagen bei der Versammlung gesehen hatten. Sie schwebte mitten im Raum, ordnete Bücher in ein Regal ein und hatte gerade einen Staubwedel an einen Haken an der Decke gehängt. Sie trug ein blaues Seidenkleid mit tiefem Dekolleté und hatte ihr Haar zu einem komplizierten Knoten hochgesteckt. Freundlich lächelte sie die Jungen an. Bruno wurde rot, ohne zu wissen, warum.

»Guten Abend«, sagte Bruno, bevor er Dan hinter einen Vorhang folgte. Dort saß Sabbat und schaute in einem altersschwachen Fernseher einen Vampirfilm an.

»Die Menschen haben eine Riesenangst davor, so zu werden wie wir«, sagte Sabbat und drehte sich zu den Jungen um. »Niemals machen sie sich die Mühe, die guten Seiten des Vampirlebens zu sehen. Das ist jetzt der dritte Vampirfilm, den ich mir anschaue, und noch kein einziges Mal habe ich irgendjemanden sagen hören: ›Ah, es wäre toll, fliegen zu können und stark und unsterblich zu sein und sich in eine Fledermaus zu verwandeln.‹ In diesen Filmen ist es immer eine Strafe, sich in eine Fledermaus zu verwandeln und unsterblich zu sein. Das ist doch unglaublich. Und außerdem …«

»Sabbat, komm mit! Bruno will dir etwas sagen.

Du weißt ja, wie gerne er geheimnisvoll tut«, sagte Dan.
Das Mädchen schaltete den Fernseher aus. Sie folgte den Jungen durch die Geheimgänge, ging dabei immer an der Decke entlang und hörte nicht auf, die Engstirnigkeit der Menschen zu beklagen. Dann kamen sie zu jenem Gang, der zu den Kuhställen führte. Bruno war sicher, dass sie dort niemand hören konnte.
»Also los, raus mit der Sprache«, sagte Dan, der vor Neugier platzte.
»Ich weiß, wo Kraan ist.«
»Waaaaas?«
»Es ist so: Seit mir klar geworden ist, dass Maula gegen Kraans Anweisungen handelt ...«
»Unmöglich!«, warf Sabbat ein.
»... seither also zerbreche ich mir den Kopf. Und plötzlich haben sich alle Puzzlestücke zusammengefügt. Ich glaube, dass Kraan ganz und gar mit der Vorbereitung seines Plans beschäftigt ist; er musste Leopold zeigen, wie er nach Noxdom hineinkommt; er musste sich die Berichte des Verräters anhören, wer auch immer das sein mag. Und bei all dem Durcheinander hat er Maula einfach vergessen. Wie meinte doch dieser Vampir mit dem roten Spitzbart ...«
»... Eric«, sagte Sabbat.
»Dadurch konnte Maula ihren gesunden Menschenverstand wenigstens zum Teil wiedererlangen. Und als ihr bewusst wurde, was geschehen war, floh sie zu uns.

Doch Kraan hat ihr verboten, seinen Plan zu verraten. Und er hat immer noch so viel Macht über Maula, dass sie ihm gehorchen muss. Deswegen kann sie uns nur ein paar Hinweise geben.«

»Und wer ist der Verräter?«

Bruno zuckte mit den Achseln.

»Wenn wir mehr Zeit hätten, könnten wir abwarten, bis sie es uns sagt. Sie hat uns aber auch so schon sehr geholfen. Maula hat uns Kraans Versteck gezeigt.«

»Bist du sicher?«, fragte Dan skeptisch.

»Sie hat es so oft gesagt, bis sie nur noch röchelte: ›An der vorbestimmten Stelle.‹ Kommt dir dieser Satz nicht bekannt vor?«

Dan schaute seinen Freund völlig ahnungslos an.

»Das war der Satz, den mir Kraan damals in der alten Markthalle der Fischer sagte, in jener Nacht, als er mich verwandeln wollte. Und als Maula draußen beim Hügel auftauchte, sagte sie mir, dass alles genau dort weitergehen werde, ›wo es aufgehört hat‹. Das stand auch auf dem Zettel, den Leopold im Waisenhaus zurückließ, als er dich entführte, Dan. Ich glaube, mehr kann uns Maula nicht sagen, noch ungehorsamer kann sie gegenüber ihrem Gebieter nicht sein.«

»Das heißt also …«, sagte Dan, der sofort verstand.

»… dass Kraan die Kinder in Mistyville versammelt hat«, sagte Bruno mit einem zufriedenen Lächeln.

»In den Höhlen!«, rief Dan voller Begeisterung. »Der perfekte Ort! Kein Mensch lässt sich dort jemals blicken. Dank der Steilküste sieht man nicht, wer in den Höhlen ein- und ausgeht. Und der Lärm der Brandung übertönt jedes andere Geräusch.«

»Und noch etwas«, fuhr Bruno fort. »Ich bin davon überzeugt, dass die Höhlen alte Wohnstätten von Vampiren sind.«

»Warum glaubst du das?«, fragte Sabbat.

»Meine Großmutter hat mir gesagt, dass die Vampirjäger ihren ersten großen Sieg in Mistyville errungen haben. Wahrscheinlich fand die Schlacht bei den Höhlen statt, weil dort die Vampire wohnten, die bekämpft wurden. Die Höhlen der Steilküste sind tief und dunkel. Sie sind ideale Schlupfwinkel für Vampire.«

»Und das Loch, in das mich Kraan damals steckte, hatte vollkommen glatte Wände«, erinnerte sich Dan jetzt. »Das ist nicht natürlich. Jemand muss die Wände geglättet haben. Das alles klingt sehr logisch.«

»Und das hier« – Bruno zog das seltsame Geschenk von Maula aus der Tasche – »das sieht mir auch sehr danach aus, als stamme es von Vampiren. Die Zeichnung der Sonne macht einem Angst. Sie sieht aus wie ein Dämon. Und für die Vampire ist sie ja auch bedrohlich.«

»Ich weiß nicht. Was meinst du, Sabbat?«, fragte Dan.

Sabbat hatte die ganze Zeit an der Decke geschwebt. Jetzt beugte sie sich herunter und nahm die eigenartige Linse in die Hand.

»Sie hat dieselbe Form wie unser großer Saal. Ich weiß, dass das Dreieck eine Art Symbol der Vampire ist. Yasen wird uns das genauer erklären können«, sagte sie.

Bruno schluckte.

»Aber wir können sie nicht fragen«, sagte er bestimmt. »Diese Sache müssen wir erledigen, wir ganz alleine. Und wir müssen es im Geheimen tun. Wir dürfen niemandem sagen, was wir entdeckt haben.«

»Warum?«, fragte Dan verdutzt.

Bruno nahm die Linse wieder an sich, bevor er fortfuhr.

»Weil es einen Verräter gibt. Das wissen wir mit Sicherheit. Keiner von uns ist es. Und auch nicht Yasen oder Jano oder Damokles oder Quincey oder Ada …«

»… und auch nicht mein Vater«, fügte Sabbat schnell hinzu.

Bruno hatte eine Sekunde lang Zweifel. Dann sagte er: »… auch nicht dein Vater. Doch das ist egal. Wenn wir unser Geheimnis preisgeben, werden die Vampire eine Expedition losschicken, um die Kinder zu befreien. Der Verräter wird es Kraan sagen, und Kraan wird über alle Berge sein, bevor sie ihn schnappen können. Die Erwachsenen sind nicht in der Lage, irgendetwas unauffällig und geräuschlos zu tun. Wenn aber wir die Rettung der Kinder übernehmen, erwischen wir Kraan völlig unvorbereitet. Das ist unsere einzige Chance.«

»Wir haben nur fünf Tage«, sagte Dan schnell. »Beim nächsten Vollmond wird Kraan die Kinder in Vampire verwandeln. Dann wird es keine Möglichkeit mehr geben, ihn aufzuhalten.«

»Doch, eine Möglichkeit gibt es dann noch«, sagte Bruno, »eine kleine Möglichkeit. Wir werden dann aber nichts mehr für die Kinder tun können. Es sind mehr als zwanzig. Wir dürfen nicht zulassen, dass Kraan sie in seine Sklaven verwandelt.«

Dan schaute Bruno an. Sein Freund war plötzlich sehr ernst.

»Bruno, was ist, wenn Maula doch nur Kraans Befehle ausführt? Wenn das alles eine Falle ist, damit du Noxdom verlässt und ihnen direkt in die Arme läufst?«

Bruno zuckte mit den Achseln.

»Das müssen wir riskieren.«

Die drei schauten sich mit großem Ernst an. Die Entscheidung war getroffen.

»Gut«, sagte Bruno und verschränkte die Arme. »Was haben wir?«

»Da bist zunächst einmal du. Du bist unsere stärkste Waffe«, sagte Dan.

»Aber nicht die Einzige. Du wirst deinen Kopf benutzen müssen, Dan, du bist unser Stratege. Und Sabbat wird eine große Hilfe sein, vorausgesetzt, sie will mitmachen.«

»Natürlich will ich. Und Quiro auch«, sagte sie und

streichelte der Fledermaus zärtlich über den Kopf. »Wir beide werden euch durch die Höhlen leiten.«
»Wir haben das Walkie-Talkie, um miteinander zu sprechen. Und wir müssen als Erstes in einer Kirche Weihwasser besorgen«, schlug Bruno vor.
»Und Knoblauch brauchen wir«, fügte Dan hinzu.
»Knoblauch hilft nicht viel, den musst du schon direkt in Kraans Gesicht spucken«, sagte Bruno. »Ich hätte lieber ein paar Taschenlampen.«
»Gut«, sagte Dan nachdenklich. »Unser erstes Problem lautet: Wie kommen wir zu den Höhlen?«
Alle schwiegen. Sabbat schwebte in der Luft. Ihr Kopf hing nach unten, ihre Hände waren im Nacken verschränkt.
»Natürlich mit dem Zug«, sagte sie ganz nebenbei.
Bruno schnaubte.
»Wir können nicht im Zug bis nach Mistyville fahren, du Hohlkopf. Sie würden uns erwischen.«
»Nein, warte, Bruno«, sagte Dan. »Sabbat hat recht. Es ist möglich. Doch ich sage jetzt lieber nichts, ich muss erst gut darüber nachdenken. Ich muss jetzt nach Hause, weil ich ein paar Bücher brauche. Sabbat, bringst du mich hin?«
»Klar!«
Sabbat schlug einen Purzelbaum und glitt zwischen die Beine von Dan. Innerhalb einer Sekunde waren die beiden verschwunden. Quiro sauste ihnen mit einem Kreischen hinterher.

Kapitel 21

Eine Unterredung mit Yasen

Dan tauchte während der ganzen Nacht nicht auf. Als sich Bruno am Morgen anzog, hörte er ihn die Strickleiter hinaufkeuchen, die Quincey nach Leopolds Angriff in ihrem Zimmer installiert hatte. Er beugte sich hinunter, um seinem Freund zu helfen. Dan war erschöpft. Er hatte tiefe Augenringe und ein paar dicke Bücher unter dem Arm.

»Ich bin todmüde, doch ich glaube, ich habe es«, sagte er und ließ sich auf den Boden plumpsen.

Mehr konnte er nicht sagen, denn in diesem Augenblick erschien Quincey unten im Hof. Er kam gerade aus der Krankenstation und sah besorgt aus. Den Jungen sagte er, dass es höchste Zeit sei, wieder mit dem Unterricht zu beginnen.

»Jano hat sich bereit erklärt, persönlich Maulas Schutz zu übernehmen. Ihr könnt also nichts mehr tun. Das Beste ist, wenn ihr euch sinnvoll beschäftigt. Aus Erfahrung weiß ich, dass das Nichtstun in solchen Situationen fürchterlich sein kann.«

»Nichtstun«, murmelte Dan schlaftrunken, »ich würde gerne wissen, was das ist.«

Die beiden Freunde folgten Quincey in den Unterrichtsraum. Dan konnte kaum noch gehen. Er fiel fast über seine eigenen Füße.

»Was ist mit dir?«, fragte Quincey, »du siehst schlecht aus. Vielleicht solltest du besser im Bett bleiben.«
»Nein, es geht schon. Es ist nur … ich habe schlecht geschlafen«, antwortete Dan schnell.
»Was hast du denn da?«
»Nichts, das ist nichts, nur ein paar Landkarten«, sagte Dan und versuchte, die Bücher hinter seinem Rücken zu verstecken.
Quincey schaute ihn misstrauisch an. Bruno wusste, dass er sie gleich fragen würde, was sie da mit sich herumtragen.
»Das ist doch mein Atlas«, rief er mit gespieltem Ärger und riss Dan eines der Bücher aus der Hand. »Warum hast du ihn dir genommen, ohne mich um Erlaubnis zu fragen?«
Quincey versuchte, Bruno zu beruhigen.
»Bruno!«
»So eine Frechheit!«, sagte Bruno, immer noch scheinbar wütend, und steckte das Buch in seinen Rucksack. »Du hast schon wieder Flecken in meinen Atlas gemacht. Wie du die Sachen behandelst! Niemals fragst du mich um Erlaubnis!«
Dan starrte Bruno mit offenem Mund an. Zum Glück bemerkte Quincey das nicht.
»Bruno, jetzt reicht es! Es fehlt nur noch, dass ihr beiden euch jetzt prügelt«, sagte er.
»Hat Maula irgendetwas gesagt?«, fragte Bruno. Sein Ärger war plötzlich wie verflogen.

»Nein«, antwortete Quincey. »Ada und ich waren die ganze Nacht bei ihr, doch sie ist noch nicht einmal aufgewacht. Ada macht sich große Sorgen. Wenn sich Maulas Zustand nicht bald verbessert, ist ihr Leben in Gefahr.«
Die Jungen schwiegen betreten. Quincey versuchte zu lächeln.
»Ihr müsst nicht so ein Gesicht machen. In ein paar Tagen wird alles gut sein. Deine Mutter ist eine fabelhafte Ärztin, Dan.«
»Das weiß ich längst«, antwortete Dan. In seiner Stimme lag eine eigenartige Feindseligkeit gegenüber Quincey.
»Und Damokles?«, fragte Bruno, der in der Zwischenzeit geschickt das zweite Buch von Dan in seinem Rucksack verschwinden ließ.
»Ihm geht es ganz gut. Man behandelt ihn anständig.«
»Können wir ihn sehen?«
»Natürlich. Er ist nicht weggeschlossen. Dahinten ist er.«
Bruno schaute auf den Punkt, auf den Quincey deutete. Es war ein Wasserspeier im obersten Stockwerk eines der seitlichen Türme. Dieser Ort kam Bruno plötzlich viel unheilvoller vor als alle anderen.
»Er freut sich bestimmt, euch zu sehen. Er ist ein bisschen niedergeschlagen«, sagte Quincey.
In Quinceys Gesicht konnte Bruno lesen, dass Damo-

kles viel mehr als nur ein bisschen niedergeschlagen war. Durch ein klappriges Rohr aus Weißblech betraten sie das Klassenzimmer. Alle drei schwiegen.

»Es ist eine Schande, dass er eingesperrt ist«, sagte Bruno.

Quincey hob die Hände.

»Bruno, fange du nicht auch noch damit an. Gestern hat mir Jano eine geschlagene Stunde lang in aller Ausführlichkeit erklärt, warum es weder sinnvoll noch richtig ist, Damokles einzusperren. Du weißt doch, dass …«

»Das ist mir egal. Jeder weiß, dass Damokles kein Verräter ist, und trotzdem behandelt ihn alle Welt wie ein Stück Dreck.«

»Bruno!«, sagte Quincey, der kurz davor war, die Geduld zu verlieren. »Ich kenne Damokles seit meiner Geburt, und ich weiß mit hundertprozentiger Sicherheit, dass er nichts Böses getan hat. Wenn ich dir jetzt aber zum hundertsten Mal erklären muss, warum Yasen das alles macht, dann …«

»… dann fängst du an zu schreien«, sagte eine Stimme hinter ihnen, »und ich kann das sehr gut verstehen.«

Yasen erschien wie aus dem Nichts. Doch Bruno sah gerade noch, wie sie eine Geheimtür in einer der Säulen mit dem Fuß zustieß. Die Kinder waren offensichtlich nicht die Einzigen, die sich in den Geheimgängen bewegten.

»Yasen, ich dachte, du würdest schon schlafen«, sagte Quincey mit seiner sanften Stimme.

Brunos Großmutter trug ein dunkelgrünes Kleid und silberne Armreifen. Sie wirkte sehr ruhig und gelassen.

»In letzter Zeit schlafe ich wenig«, sagte sie, ohne Bruno aus den Augen zu lassen. »Ich war im Kartenraum. Es sind schon wieder zwei Kinder verschwunden, eines in Italien und eines in Schweden. Kraan bewegt sich sehr schnell.«

»Wir sind alle sehr besorgt«, sagte Quincey. »Doch wir müssen uns auch ausruhen, um bereit zu sein für den großen Moment.«

»Das Ausruhen kann warten«, sagte sie, immer noch vollkommen ruhig. »Ich würde gerne Bruno für ein paar Minuten entführen.«

»Natürlich. Gibt es ein Problem?«, fragte Quincey.

»Sagen wir es so: Jetzt, da einer meiner Enkel eingesperrt ist, bedauere ich es, meinem anderen Enkel gegenüber nicht ganz aufrichtig gewesen zu sein.«

Quincey war von diesen Worten sofort alarmiert.

»Übereile nichts, Yasen, Bruno ist ein Kind.«

»Ganz ruhig, Quincey. Es wird gut sein für Bruno, wenn er Bescheid weiß. Gehen wir?«, sagte sie und drückte eine Feder in der Mauer, um die Geheimtür zu öffnen.

Dan schaute ihnen verzweifelt hinterher und deutete auf Brunos Rucksack. Bruno gab ihm zu verstehen,

dass er nichts machen könne. Sie mussten abwarten, was ihm seine Großmutter sagen würde.
Yasen schloss die Tür hinter ihnen und führte sie durch die engen Gänge. Sie bewegte sich nicht wie Sabbat, flatterte nicht herum und spielte nicht mit allem, was auf dem Weg lag. Yasen bewegte sich auch ganz anders als Damokles, der jedes Mal etwas umzuwerfen schien, wenn er sich umdrehte. Ihre Bewegungen waren geschmeidig und präzise. Das fiel Bruno zum ersten Mal auf. Er war sich sicher, dass er noch nie jemanden gesehen hatte, der sich so bewegte.
Nach ein paar Minuten weitete sich der Geheimgang zu einer kleinen Höhle. Ein erwachsener Vampir mit einem violetten Umhang aus Samt hielt dort Wache.
»Keine Neuigkeiten, Herrin«, sagte er und nahm Haltung an, als Yasen und Bruno eintraten.
»Entspanne dich, Raven«, sagte Yasen. »Wann wirst du abgelöst?«
»Das ist nicht wichtig, Herrin. Ich werde den ganzen Tag lang auf meinem Posten bleiben, wenn es erforderlich ist.«
»Das wird sicher nicht nötig sein. Aber es ist schön, dass du das sagst.«
Bevor Raven antworten konnte, schubste Yasen ihren Enkel durch ein Loch in der Wand, das sich plötzlich geöffnet hatte.
Das Erste, das Bruno hinter der Tür spürte, war die angenehme Wärme eines Kamins. Sie befanden sich in

einem kleinen Raum, der mit einem Dutzend Teppichen geschmückt war. Vor ihnen lag eine Tür. Sie war mit einem schwarzen Vorhang bedeckt.

»Wo sind wir?«, fragte Bruno.

»In meinem Vorzimmer. Meine Wohnung liegt genau über dem Großen Dreieckigen Saal. Ich hätte nie gedacht, dass das jemals wichtig sein könnte. Aber bei so vielen dringenden Versammlungen, die wir in jüngster Zeit einberufen müssen, kommt mir das sehr gelegen.«

Sie lächelte. Bruno merkte, dass seine Großmutter nervös war.

»Diese Teppiche sind sehr alt«, fuhr sie fort. »Hast du sie angeschaut? Früher waren sie nicht hier. Nach deiner Geburt habe ich sie herbringen lassen.«

»Warum?«

»Weil mich all das, was damals vorgefallen ist, sehr nachdenklich gemacht hat. Ich wäre dir dankbar, wenn du die Teppiche genau anschauen würdest.«

Bruno trat an den Teppich heran, der ihm am nächsten war. Die Fäden waren verfilzt und abgescheuert, doch die Zeichnungen waren noch klar zu erkennen. Sie zeigten eine Art mittelalterliche Schlacht, genau wie die Teppiche in seinem Zimmer. Doch hier gab es nur eine Armee, eine Armee von fliegenden Vampiren, die einen Berggipfel umkreisten. Dort oben befand sich ihr Widersacher: ein dünner Mann mit einem schrecklichen Gesicht und glühenden Augen, die nicht die eines Menschen waren. Er streckte die Arme aus, um die Armee der Vampire auf Distanz zu halten. Dieses einsame Wesen trug Fetzen, während die Vampire in glänzenden, schwarzweißen Rüstungen steckten. Sie sahen aus wie Lichtgänger. Trotzdem beherrschte der dünne Mann die Szene, um ihn drehte sich alles. Obwohl er so bösartig aussah, konnte Bruno seine Bewunderung für ihn nicht ganz unterdrücken.

»Beeindruckend, nicht wahr?«, sagte Yasen, die hinter ihm stand.

»Wer ist das?«

»Das ist Darkholm. Er ist einer der berühmtesten Dhampire unserer Geschichte.«

»Was hat er getan?« Bruno drehte sich um und sah, dass seine Großmutter den Teppich anstarrte.

»Er versuchte, die Vampire zu einen und eine große Allianz zu schmieden – unter seinem Kommando natürlich –, um dann die ganze Welt zu erobern. Und als er dabei auf Widerstand stieß, zettelte er den schrecklichsten Bruderkrieg an, den das Volk der Nacht jemals erlebt hat.«

Bruno drehte sich wieder zum Teppich und betrachtete schweigend die Szene.

»Doch dann«, fuhr seine Großmutter fort, »als er kurz vor dem endgültigen Sieg stand, verriet ihn einer seiner engsten Vertrauten und brachte ihn um.«

Yasen deutete auf eine Figur, die Bruno bisher nicht bemerkt hatte: ein sehr junger, unauffälliger Vampir,

der sich mit letzter Kraft an einen Felsen klammerte. Er schien schreckliche Angst zu haben, dass ihn Darkholm in jedem Moment in die Tiefe stoßen könnte.
»Er war sein Stiefbruder. Er war sich nie darüber im Klaren, was er von Darkholm halten und wie er sich verhalten sollte. Was ist schlimmer: die Seinen zu verraten oder ihnen zu folgen, obwohl man weiß, dass es falsch ist?«
Yasen wurde plötzlich sehr nachdenklich. Dann fuhr sie fort: »All diese Wandteppiche erzählen ähnliche Geschichten. Hast du das bemerkt?«
Bruno schaute sich alle Szenen an. Eine zeigte ein Schiffsdeck. Dort war eine Gruppe Vampire gerade dabei, einen Mann mit dem Aussehen eines Wilden und dem Blick eines Verrückten ins Wasser zu werfen, während eine Frau einen Sack voller Steine um seine Beine band. Der Mann fletschte herausfordernd die Zähne. Bruno wurde rot, als er daran dachte, dass er vor ein paar Tagen genau dasselbe gemacht hatte, damals beim Kampf mit Leopold in ihrem Zimmer. Auf einem anderen Teppich saß eine Frau mit langen schwarzen Haaren auf einer Art Thron und verdrehte die Augen. Zu ihren Füßen flehte eine Gruppe gefesselter Frauen um Gnade. »Das ist die Gräfin Bathory«, sagte Brunos Großmutter. »Sie hat mehr als sechshundert junge Menschen umgebracht, um in ihrem Blut zu baden.« Ein dritter Teppich zeigte ein Schlachtfeld. Der einzige Überlebende war ein alter, zahnloser

Mann, der umringt war von Leichen und seinen Mund zu einem hysterischen Lachen aufriss.
»Sind das alles Dhampire?«, fragte Bruno.
»Ja. Vermutlich verstehst du jetzt, warum so viele von uns dagegen sind, dass du bei uns bleibst. In der Geschichte sind die Dhampire immer eine Gefahr für die Vampire und die Menschen gewesen. Deswegen sollten sie ausgelöscht werden.«
»Warum denn? Was ist denn so Schlechtes an ihnen?«
Yasen schritt schweigend an den Wandteppichen auf und ab. Nach einer langen Pause antwortete sie.
»Das ist schwer zu erklären. Zunächst einmal sind sie sehr mächtig, mächtiger als die Vampire und natürlich auch mächtiger als die Menschen. Es gab nie sehr viele von ihnen. Sie leben in der Einsamkeit. Sie kennen die Verbitterung von Kindesbeinen an, dieses Gefühl, all jenen wehtun zu wollen, die sie meiden und schneiden. Deswegen wurden sie ...«
»Aber ich fühle mich gar nicht einsam. Ich bin nie geschnitten worden«, unterbrach sie Bruno.
»Nein, doch du bist noch sehr jung. Das alles kann sich eines Tages ändern. Die Welt müsste eine ganz andere sein, damit sich die Dhampire in ihr wohlfühlen können. Deswegen ...«
Yasen hielt inne. Sie rang um ihre Worte.
»Mein Kind. Du musst wissen, dass ich alles, was ich tue, nur für dich tue. Verstehst du das? Manchmal

mag es dir schwerfallen, meine Entscheidungen zu verstehen. Doch dein Glück bedeutet mir mehr als alles andere auf dieser Welt. Als du geboren wurdest, wollte ich dir helfen, so, wie ich es für richtig hielt. Man ließ mich nicht. Deswegen werde ich in Zukunft niemanden mehr um Erlaubnis fragen, wenn ich so handeln werde, wie ich es für angemessen halte. Du musst mir vertrauen. Glaubst du, das schaffst du?«

Bruno wusste nicht, was er antworten sollte. Yasen schien auch keine Antwort zu erwarten.

»In Kürze werden einige Dinge geschehen«, sagte sie. »Dann wirst du dich daran erinnern müssen, was ich dir gerade gesagt habe. Nichts anderes verlange ich von dir. Einverstanden?«

»Einverstanden«, antwortete Bruno.

Yasen lächelte, doch in ihrem Lächeln lag etwas Trauriges.

»Gut. Und jetzt gehst du besser zurück zum Unterricht.«

Als Bruno zu Quincey ging, schossen ihm tausend Gedanken durch den Kopf. Und seine Großmutter spielte bei allem alles andere als eine gute Rolle.

Kapitel 22

Dans meisterhafter Plan

Bruno trottete in den Unterrichtsraum. Er hatte Angst vor Quinceys Fragen. Doch der Direktor schaute ihn nur forschend an und forderte ihn auf, sich zu setzen.

Bruno verbrachte die nächsten Stunden im Wesentlichen damit, aus dem Fenster zu schauen. Er hörte Quincey kaum zu und erwiderte auch nicht Dans fragende Blicke. Wenn er eine Lehre aus der Unterhaltung mit seiner Großmutter gezogen hatte, dann diese: Es war absolut notwendig, seinen Plan im Geheimen zu vollbringen. Denn seit der Unterredung im Vorzimmer hatte Bruno den schrecklichen Verdacht, dass Yasen auf Kraans Seite stand, um gemeinsam mit ihm eine Welt zu schaffen, in der ihr Enkel leben und herrschen konnte. Es war besser, gar nicht daran zu denken. Bruno hatte auch nicht vor, mit irgendjemandem darüber zu sprechen. Er würde seinen Verdacht für sich behalten und das tun, was er tun musste.

Als Quincey ihnen sagte, dass sie gehen könnten, schreckte Bruno aus seinen Gedanken auf. Dan packte schnell seine Sachen zusammen und verließ den Raum. Bruno ließ sich Zeit. Alle seine Gedanken kreisten um das, was er im Vorzimmer seiner Großmutter gesehen und gehört hatte. Im Augenwinkel sah er, dass Quin-

cey auf ihn zukam. Er schien unschlüssig zu sein. Ohne ihn zu beachten, stopfte Bruno schnell seine Sachen in den Rucksack und verschwand.
Draußen erwartete ihn ein mürrischer Dan.
»... eine ausgezeichnete Ärztin. Was weiß denn Quincey überhaupt? Du wirst schon sehen, was für ein Gesicht er machen wird, wenn wir erst einmal die Kinder befreit haben. Lass uns in den Geheimgang gehen. Ich muss dir meinen Plan erzählen.«
Dan hatte es wahnsinnig eilig. Wie ein Verrückter hetzte er zu Fuß durch die Dunkelheit. Ein paar Mal wäre er fast hingefallen. Bruno packte ihn schließlich am Gürtel und schleppte ihn wie ein Paket durch den Gang. Alle Proteste Dans halfen nichts. Als sie an die Stelle gelangten, an der sich der Tunnel zu einer kleinen Höhle weitete, erschien Sabbat im Licht der Taschenlampe. Sie erwartete die Jungen lächelnd.
»Wenn du willst, zeige ich dir das nächste Mal einen einfacheren Weg für die Menschen. Ich bin gar nicht auf die Idee gekommen, dass du gerne laufen würdest«, sagte sie.
Bruno war erstaunt. »Wie konntest du das wissen?«
»Dank Quiro natürlich. Er ist mit euch gekommen«, unterbrach sie ihn.
Es war das erste Mal, dass Bruno erlebte, wie gut Sabbat mit Fledermäusen umgehen konnte. Das Mädchen lächelte ihn an und hockte sich dann mit gekreuzten Beinen an die Decke der Höhle.

»Sabbat«, sagte Dan, der die Bücher aus Brunos Rucksack geholt und aufgeschlagen hatte, »warum kommst du nicht herunter? Von dort oben siehst du doch nichts.«

Sie stieß sich von der Decke ab und setzte sich zwischen die Jungen, wobei sie ein paar Zentimeter über dem Boden schwebte.

»Gut«, sagte Dan, der einen bestimmten Punkt auf einer Landkarte suchte, »das ist der Plan: Wir fahren mit dem Vampirzug nach Mistyville.«

Er lächelte seine Freunde an, als sei das die Idee des Jahrhunderts. Und er war ein bisschen enttäuscht, als er nur ein ungläubiges Staunen in Brunos Gesicht sah. Er räusperte sich, bevor er fortfuhr.

»Das ist das schnellste Transportmittel. Es gibt zwar keine Vampire mehr in Mistyville, doch der alte Bahnhof existiert noch. Wir werden schnell sein müssen, das ist die einzige …«

»Es wird nicht funktionieren, Dan«, unterbrach ihn Bruno.

»Natürlich wird es das. Warum sagst du solche Sachen?«

»Weil du kein Vampir bist und alle anderen Passagiere des Zuges das merken werden; weil wir Noxdom verlassen müssen, um den Zug zu erreichen, und alle Ausgänge bewacht werden; weil sie die Bahnhofsvorsteher benachrichtigen werden, wenn sie merken, dass wir abgehauen sind, und …«

Sabbat war eingeschnappt.
»Ich finde deinen Plan toll, Dannat«, sagte sie.
»Warum lässt du mich nicht ausreden«, sagte Dan. »Natürlich können wir nicht die normalen Ausgänge von Noxdom benutzen. Wir werden einen anderen Weg zur Bahnstation nehmen.«
»Ach ja. Und welchen?«, fragte Bruno.
»Diesen«, antwortete Dan. Er stand auf und legte seine Hand auf einen Haufen aufgeschichteter Steine, die an einer Wand in der Höhle lagen.
Bruno verstand sofort.
»Ist das der Tunnel, der ...?«
»... der Tunnel, den man nicht mehr benutzt, weil er die Kühe stört«, rief Sabbat begeistert.
»Genau der«, sagte Dan zufrieden. »Er ist nur mit Steinen versperrt. Und wir werden ihn wieder öffnen. Ich habe diese alten Pläne studiert, seht ihr? Wir müssen nur diesem nicht mehr genutzten Gang bis zur Station folgen. Einfacher könnte es nicht sein.«
»Dan, du bist ein Genie! Lasst uns gleich anfangen!«, sagte Bruno gerührt.
Die drei Freunde verbrachten die nächsten Stunden damit, Unmengen von Steinen vor dem Geheimgang wegzuschaffen. Sie wollten schon aufgeben, als sich endlich ein kleines Loch in dem Steinhaufen öffnete. Dan schickte Quiro los, um die andere Seite der Öffnung zu untersuchen, und Sabbat sorgte dafür, dass die kleine Fledermaus wohlbehalten durch das Loch schlüpfte.

»Was glaubst du, wie lange brauchen wir noch, um das Loch groß genug für uns zu machen?«, fragte Sabbat, die schon ein bisschen genervt war.

»Nicht mehr lange«, antwortete Dan und gähnte, »vielleicht schaffen wir es bis morgen.«

»Das heißt, wir haben nur noch zwei Tage, um Kraan zu besiegen und die Kinder zu retten«, sagte Bruno. Er war sehr besorgt. »Außerdem müssen wir noch Besorgungen machen. Uns fehlen Batterien für die Taschenlampen, und wir brauchen Weihwasser. Und Quincey wird uns ohne einen guten Grund nicht aus Noxdom herauslassen.«

»Wir müssen nachdenken«, sagte Dan, der vor lauter Erschöpfung fast umfiel. »Kein Problem, überhaupt kein Problem, irgendetwas wird mir schon einfallen.«

»Keine Sorge, Dan, ich habe einen Plan«, sagte Sabbat mit leuchtenden Augen.

Ohne ein weiteres Wort zu sagen, schnappte sie sich Dans Brille, warf sie auf den Boden und trat sie kaputt.

Über die Feinheiten von Sabbats Plan konnte man diskutieren, doch er funktionierte perfekt. Dan ging zu Quincey in den Kartensaal und spielte völlig überzeugend den Beleidigten; Bruno musste ihm den Mund zuhalten, denn Dan übertrieb es mal wieder. Er sah gar nichts ohne Brille. Deswegen versprach ihm Quincey, am nächsten Tag mit ihm in die Stadt zu gehen, um eine neue Brille zu kaufen. Diese Gelegenheit nutzte Bruno.

»Quincey, wenn du willst, bringe ich Dan in die Stadt.«

»Ihr zwei alleine? Nicht im Traum, Freundchen.«

»Wir werden am Morgen gehen, bei Tageslicht«, sagte Bruno und versuchte, so ernst und besonnen wie möglich zu klingen. »Es ist nicht mehr lang bis Vollmond. Du kannst deine Zeit nicht mit solchen Nebensächlichkeiten verschwenden.«

»Lass sie gehen, Quincey!«, sagte Ada. Überraschenderweise schlug sie sich auf die Seite der Jungen. »Tagsüber besteht keine Gefahr, und Kraan ist ohne Zweifel vollauf mit seiner Jagd nach den Kindern beschäftigt.«

Als wollte sie es beweisen, steckte sie ein weiteres schwarzes Fähnchen in die Landkarte – genau dort, wo das nächste Kind von der Liste entführt worden war.

»Aber Ada. Wir wissen nicht, ob Kraan Helfer hat, die sich im Tageslicht bewegen können. Vielleicht hat er noch andere Menschen wie Maula versklavt, vielleicht ...«

»Ich bin sicher, dass Bruno und Dan in der Lage sind, in ein Optikergeschäft zu gehen und eine neue Brille machen zu lassen. Außerdem musst du dich heute hier um alles kümmern.«

»Und warum das?«, fragte Quincey.
»Ich muss Maula noch einmal gründlich untersuchen. Ich verstehe nicht, warum sie das Bewusstsein nicht wiedererlangt. Bis vor ein paar Tagen hat sie sich noch gut erholt, und dann plötzlich …«
»Lass die Jungen gehen, Quincey!«, sagte Jano, der in die Krankenstation gekommen war. »Wenn sich ihnen ein Vampir nähert, werden sie ihn sofort erkennen. Nicht wahr, Bruno?«
Dan lachte.
»Vor allem, weil er von Kopf bis Fuß bedeckt sein wird«, sagte er.
»Wir werden nicht lange brauchen, Quincey. Und wir werden sehr vorsichtig sein, das verspreche ich«, sagte Bruno.
Quincey drehte sich um und schaute auf die Karte.
»Ist gut. Geht schlafen. Ich werde euch morgen früh wecken.«
Bruno und Dan verließen den Raum. Sie konnten ein triumphales Grinsen kaum unterdrücken.
Der nächste Tag war ein einziges Gehetze. Während der Optiker Dans neue Brille anfertigte, eilten die Jungen von Geschäft zu Geschäft, um alles Notwendige zu besorgen. Dan kaufte Knoblauch und ein Dutzend kleiner Spiegel. Was er mit ihnen machen wollte, sagte er Bruno nicht. So wie sie es Quincey versprochen hatten, kamen sie bald wieder zurück. Sie sahen keinen Vampir und waren nie in Gefahr – außer der, aus der

Kirche hinausgeworfen zu werden, in der sie ihre Feldflaschen mit Weihwasser füllten. In der Kirche fand gerade eine Hochzeit statt, und Bruno schlug vor, in ein anderes Gotteshaus zu gehen. Doch Dan hielt das nicht für nötig.

Der Rest des Tages verging ohne besondere Vorkommnisse. Sie aßen im Kartensaal. Das Essen war deutlich besser geworden, seit Quincey für die menschlichen Bewohner von Noxdom kochte. Sie hörten sich die Neuigkeiten über die Jagd auf Kraan an. Jano war der Meinung, dass sich Kraan wahrscheinlich in Rumänien versteckt hielt. Dort gab es noch viele Vampirgemeinschaften, die den alten Idealen anhingen und in denen er Anhänger finden konnte. Quincey hingegen hielt es für denkbar, dass sich Kraan auf einer Insel im Meer vor Griechenland befand. Dort konnte er seine kleinen Sklaven unbemerkt trainieren. Dan kniff während des Essens die Augen zusammen und sagte, dass ihm mit der neuen Brille schwindelig werde. Doch das kümmerte niemanden. Beim zweiten Gang kam Ada in den Kartenraum. Sie war wütend und fragte, ob jemand die Krankenstation betreten habe.

Dan richtete sich in seinem Stuhl auf. »Weder Bruno noch ich haben irgendetwas Schlimmes getan.«

»Niemand beschuldigt euch, mein Sohn«, sagte Ada. »Doch seid ihr sicher, dass ihr nach eurer Rückkehr aus der Stadt nicht in die Krankenstation gegangen seid?«

Dan schüttelte so heftig den Kopf, dass es sogar Bruno verdächtig vorkam.
»Was ist geschehen, Ada?«, fragte Quincey.
»Jemand hat mein Mikroskop kaputt gemacht. Ich habe ein paar Blutproben von Maula genommen, und jetzt werde ich sie nicht so schnell untersuchen können. Ich glaube, auch ich muss in die Stadt. Jano hat angeboten, mich hinzubringen.«
»Schläft denn dieser Mann nie?«, fragte Quincey. Er versuchte, aufmunternd zu klingen. »Ich begleite dich, wenn du willst.«
Ada antwortete nicht. Sie hatte so schlechte Laune bekommen, dass die Jungen lieber still ihre Teller leer aßen. Quincey versuchte noch ein paar Mal, eine Unterhaltung in Gang zu bringen, gab sich dann aber geschlagen und beeilte sich auch, schnell aufzuessen.
Der Nachmittagsunterricht zog sich so endlos lange hin wie noch nie. Zum Glück war auch Quincey nicht bei der Sache. Er gab den Jungen auf, ein Kapitel aus einem Geschichtsbuch zu lesen, das sie schon vor Wochen durchgenommen hatten. Dann sahen sie, wie Quincey zur Krankenstation ging. Hinter der Milchglasscheibe war Adas Silhouette zu sehen. Dan zögerte eine Sekunde lang. Doch Bruno zog ihn am Ärmel. Dann rannten beide zu den Geheimgängen.
Um Mitternacht war es Bruno, Dan und Sabbat gelungen, das Loch im Geheimgang groß genug zu machen, um hindurchzuschlüpfen. Die drei schauten sich

schweigend an. Bruno fragte sich, ob sich die anderen genauso fühlten wie er. Natürlich wollte er den Plan unbedingt weiterverfolgen; schließlich brauchten die entführten Kinder Hilfe, und Kraan war eine große Bedrohung. Doch eine Stimme tief in seinem Inneren wünschte sich, dass der Steinhaufen niemals ein Ende nehmen sollte, dass der Tunnel für immer verschlossen blieb und dass sie jetzt sofort entdeckt würden. So könnten sie sicher und gesund in Noxdom bleiben.

Doch es hatte keinen Zweck, daran zu denken. Es gab zu viel zu tun.

»Das war es. Wann immer wir wollen, können wir los«, sagte Bruno.

»Am besten gehen wir morgen sehr früh«, sagte Dan. Er studierte einen Fahrplan, den ihm Sabbat gebracht hatte. »So kommen wir in der Abenddämmerung an, und Sabbat kann ohne Schwierigkeiten mit uns an die Oberfläche kommen.«

»Und so werden sie uns in Noxdom nicht sofort suchen, sondern erst, wenn wir nicht zum Essen erscheinen«, sagte Bruno.

Sabbat schien zum ersten Mal beunruhigt zu sein.

»Mich werden sie schon viel früher vermissen. Und mein Vater wird mich umbringen, wenn wir zurückkommen«, sagte sie. »Er mag es nicht, wenn ich mich mit Menschen herumtreibe, und schon gar nicht mit Dhampiren.«

Dan zog eine Grimasse.

»Wir sollten übrigens auch nicht vergessen, dass wir es mit einem verrückten Vampir aufnehmen müssen, der die Welt beherrschen will«, sagte er.

Sie gingen früh zu Bett in dieser Nacht. Dan hatte Angst, dass die Erwachsenen sie entdecken könnten. Doch Quincey, Ada und die anderen waren kurz davor, die Nerven zu verlieren, weil ihnen die Zeit davonlief und sie noch immer keine Ahnung hatten, wo Kraan war. Ada versuchte die ganze Nacht lang, ihr Mikroskop zu reparieren. Sie streichelte Dan zärtlich über die Schulter, als er ihr eine gute Nacht wünschte. Und als er ihr zu erklären versuchte, warum sie so früh schlafen gingen, sagte sie nur: »Sehr schön, mein Schatz, mach, was du willst.«

Bruno legte sich ins Bett. Er hörte in der Dunkelheit ihres Zimmers, dass Dan keinen Schlaf fand. Sein Freund warf sich unter der Decke hin und her, stöhnte ständig und schien nur einzuschlafen, um nach ein paar Minuten wieder aufzuschrecken. Irgendwann bewegte er sich dann nicht mehr, und sein Atem wurde ruhig.

Bruno aber konnte nicht schlafen. Die ganze Nacht lang grübelte er über den Verräter. War es möglich, dass seine Großmutter, diese ernste und aufrechte Frau, ihre eigene Gemeinschaft verriet? Hatte sie ihm das nicht in jener Nacht im Vorzimmer angedeutet? Hatte sie sich nicht halb dafür entschuldigt, einen Pakt mit Kraan geschlossen zu haben?

Und wenn Yasen als Verräterin entdeckt würde – das Herz stockte Bruno allein schon bei dem Gedanken –, müsste er dann Noxdom verlassen und ins Waisenhaus zurückkehren? Er glaubte nicht, dass sie ihn dort wieder aufnehmen würden. Schließlich war er ja adoptiert worden. Und Quincey? Könnte er überhaupt ins Waisenhaus zurück? Soweit Bruno wusste, hatte er sich ohne Erklärung und Entschuldigung von seinem Arbeitsplatz entfernt, während gleichzeitig zwei seiner Zöglinge ...
Wenn sich also seine Großmutter mit Kraan verbündet hätte, dann hätte Bruno kein Zuhause mehr. Was sollte er dann machen? In der Welt herumstreunen und verzweifelt seinen Platz auf dieser Erde suchen? Jetzt verstand er besser, was Yasen über die Einsamkeit der Dhampire gesagt hatte. Würde auch er bösartig werden, sobald ihn alle ausgrenzten und schnitten? Würde er diese Verbitterung spüren, von der seine Großmutter gesprochen hatte?
Doch da gab es noch etwas anderes. Seit sie den Geheimgang zur Bahnstation geöffnet hatten, spürte Bruno eine seltsame Unruhe. Es gab so viele Dinge, die schiefgehen konnten. Was, wenn sie scheiterten? Schließlich waren sie nur drei Kinder. Wenn Kraan sie besiegte, dann gäbe es niemanden mehr, der sein Versteck kannte – und der Krieg zwischen Vampiren und Menschen wäre unvermeidlich.
Vielleicht hätte er doch alles Quincey sagen sollen.

Doch der Direktor selbst konnte nicht viel ausrichten, er war ja nur ein Mensch. Als Erstes hätte er ihnen verboten, Noxdom zu verlassen. Als Zweites hätte er Yasen eingeweiht – vorausgesetzt, Bruno hätte ihm seinen schrecklichen Verdacht verschwiegen. Und Bruno war fest entschlossen, niemandem etwas davon zu erzählen.

Plötzlich schoss ihm eine Idee durch den Kopf. Es gab jemanden, der mit absoluter Sicherheit kein Verräter war. Ihm konnte er sich anvertrauen. Er fasste einen Entschluss, schlüpfte leise aus dem Bett und öffnete die Falltür. Draußen verschwanden die letzten Vampire in ihren Zimmern. Die Nacht neigte sich ihrem Ende zu. So unauffällig wie möglich flog Bruno zu einem der seitlichen Türme, zögerte noch eine Sekunde und trat dann durch den trockenen Wasserspeier in das Zimmer.

Es war groß und roch nach Feuchtigkeit. Ein Gitter teilte es in zwei Hälften. Hinter dem Gitter lag, ausgestreckt auf einem Stoffbündel, die Augen gedankenverloren an die Decke geheftet: Damokles.

»Hallo«, sagte Bruno und näherte sich dem Gitter.

»Bruno!«, antwortete Damokles. Überrascht und erfreut stand er auf. »Wie schön, dass du mich besuchen kommst.«

»Hallo, Damokles«, wiederholte Bruno. Er schämte sich bei dem Gedanken, dass er schon viel früher seinen Cousin hätte besuchen können. Doch er war einfach zu beschäftigt gewesen.

»Was machst du denn für ein ernstes Gesicht«, sagte Damokles, der auch an das Gitter getreten war und sich das Haar aus dem Gesicht strich. In diesem Gefängnis sah er so wehrlos aus. »Ist irgendetwas passiert? Außer dem, was wir alle wissen, meine ich.«

»Damokles, ich muss dir etwas erzählen«, sagte Bruno.

Mit wenigen Worten schilderte er all das, was er, Dan und Sabbat herausgefunden hatten und nun unternehmen wollten. Er traute sich nicht, Damokles in die Augen zu schauen. Erst als er zu Ende war, tat er es. Sein Cousin starrte ihn mit offenem Mund an.

»Bist du vollkommen verrückt geworden, Bruno? Du wirst nur eine Sache erreichen: Kraan wird deine Freunde töten und dich zu seinem Sklaven machen.«

»Es ist das Einzige, das ich machen kann«, gab Bruno zurück. »Maula hat nur mit mir gesprochen, mit niemandem sonst. Die Erwachsenen sind vollkommen verloren. Sie reden davon, Kraan in Rumänien zu suchen. Das wissen Kraan und der Verräter. Deswegen schöpfen sie keinen Verdacht und fühlen sich ganz sicher. Das werden wir ausnutzen, um die Kinder zu befreien.«

Brunos Kinn zitterte. Jetzt erst, nachdem er alles Damokles erzählt hatte, wurde ihm bewusst, was für eine gigantische Aufgabe sie sich vorgenommen hatten. Damokles strich sich nachdenklich durch den Bart.

»Und warum erzählst du mir das alles?«

»Weil ich weiß, dass du nicht der Verräter bist.«

»Quincey ist es auch nicht.«

»Aber er kann verhindern, dass wir Noxdom verlassen. Du nicht.«

»Ich verstehe«, sagte Damokles mutlos.

Bruno tat er so leid.

»Da wäre noch etwas. Wenn sie den Verräter entdecken oder wenn wir nach Vollmond nicht zurückkommen, kannst du es allen sagen.«

»Und woher weißt du, dass ich es nicht jetzt sofort allen sage?«

Einen Moment lang war Bruno fest davon überzeugt, dass genau das nun geschehen würde. Damokles würde Alarm schlagen, sein Plan würde scheitern, Kraan würde triumphieren. Doch der Vampir überraschte ihn.

»Weißt du, was, Bruno. Vielleicht liegst du richtiger, als du es ahnst. Sehr wenige, nur diejenigen, die unserer Großmutter am nächsten stehen, wussten, wo Ada die Liste mit den Vampirkindern aufbewahrt. Ihr Büro war nicht durchwühlt. Leopold wusste genau, wo er suchen musste. Quincey ist davon überzeugt, dass der Verräter eine herausragende Stellung in der Gemeinschaft hat. Vielleicht tust du gut daran, niemandem zu trauen.«

»Du wirst unseren Plan also nicht aufdecken?«

Damokles streckte seine Hand durch das Gitter.

»Es ist Wahnsinn, doch es bleibt keine Zeit mehr.« Er griff Bruno bei den Schultern. »Ihr müsst sehr vorsichtig sein. Wenn euch etwas passiert, werde ich bis an mein Lebensende Gewissensbisse haben. Und das Leben eines Vampirs ist sehr lang – nun ja, meines nicht, denn unsere Großmutter wird mir den Hals umdrehen, wenn sie erfährt, dass ich euch habe ziehen lassen.«

»Danke, Damokles«, sagte Bruno erleichtert.

»Ich danke dir dafür, dass du mich nicht für den Verräter hältst. Das macht mich glücklicher, als du es dir vorstellen kannst. Und jetzt geh. Viel Glück!«

Als Bruno in ihr Zimmer zurückkam, erwartete ihn Dan schon. Er war angezogen, zum Abmarsch bereit und leicht verärgert über Brunos Verschwinden. Während sie zum Geheimgang flogen, erzählte ihm Bruno, was er getan hatte.

»Du hättest dich mit mir beraten müssen«, sagte Dan ärgerlich. »Na, immerhin war es keine schlechte Idee.«

Sabbat erwartete sie ungeduldig am Geheimtunnel.

»Na endlich!«, sagte sie, als die beiden auftauchten. »Mein Vater ahnt etwas. Er hat mich die ganze Nacht mit Fragen gelöchert. Hier, ich habe euch das mitgebracht.«

Sie hielt ihnen schwarze Umhänge mit Kapuzen hin.

»So sieht Dannat fast wie ein richtiger Vampir aus, was? Auf geht's!«

Die drei kletterten vorsichtig durch die Öffnung. Als sie auf der anderen Seite waren, verschloss Sabbat das

Loch mit einem großen Stein. Sie war zufrieden mit dem Ergebnis und lächelte. Der Zorn Kraans schien sie weit weniger zu beunruhigen als die Wut ihres Vaters.

Dan knipste seine Taschenlampe an. Vor ihnen lag ein riesiger Tunnel. Er war so vollkommen rund, als hätte ihn ein Monsterwurm gegraben. Nur die Rillen, die in regelmäßigen Abständen zu sehen waren, deuteten darauf hin, dass hier intelligentere Wesen als Würmer am Werk gewesen waren.

»Los jetzt!«, sagte Bruno. Und sie gingen los.

Kapitel 23
An Bord des Vampirzuges

Wir müssen in den letzten Waggon«, sagte Dan leise.

Bruno und Sabbat nickten stumm. Die drei saßen in der Cafeteria des Bahnhofs, dem einzigen Ort, an dem sie sich einigermaßen unauffällig aufhalten konnten.

Der Bahnhof war eine riesige Höhle, deren Wände mit gelben und blauen Kacheln verkleidet waren. In ihr mündeten verschiedene Tunnel, die so aussahen wie jener, durch den sie gekommen waren. Überall waren Züge. Bruno wusste jetzt, wozu die Rillen dienten, die sie vorhin gesehen hatten: Die Vampirzüge waren lange Zylinder, die wie Würmer aussahen. Und sie fuhren auf acht Schienen, die rund um die Tunnelröhre in diesen Rillen befestigt waren. Wenn ein Zug aus dem Tunnel kam, bremste er ab und blieb auf den beiden unteren Rillen auf dem Bahnsteig stehen.

Die Züge hielten nur sehr kurz. Vielleicht waren deshalb die Vampire im Bahnhof so hektisch. Sie schubsten sich vor den Fahrkartenschaltern gegenseitig weg, verabschiedeten sich hastig von ihren Verwandten und flogen kreuz und quer durch die Station. Ihre Kinder hatten sie mit speziellen Gurten an ihre Bäuche gebunden und ihre Koffer auf ihre Rücken geschnallt. Und alle hatten schlechte Laune oder waren zumindest nervös. Ein Bahnangestellter brüllte jedes Mal die Vampire an, wenn sie über die Gleise flogen: »Durch den unterirdischen Gang! Nehmen Sie bitte den unterirdischen Gang! Der Zug kann jeden Augenblick eintreffen und Sie überfahren.« Doch das war allen egal.

In der Cafeteria war es ein bisschen ruhiger. Dan hatte darauf bestanden, Säfte aus Blut zu bestellen, um nicht aufzufallen, und Sabbat hatte dafür ihr letztes Geld ausgegeben. Dafür trank sie auch die Gläser von Dan und Bruno aus.

Zum Glück gab es beim Tresen Stühle und Tische, die genauso aussahen wie bei den Menschen. Dort konnten sie sich hinsetzen, ohne dass sie jemand fragte, was drei Kinder ohne Begleitung im Bahnhof machten –

und vor allem, warum sie auf ihrem Po saßen und nicht schwebten.
Sabbat studierte zum tausendsten Mal die Fahrpläne.
»Wir haben nur noch fünf Minuten«, sagte sie und setzte sich auf die Lehne ihres Stuhls.
»Hey, runter da, du machst den Stuhl schmutzig!«, schimpfte der Kellner.
»Komm schon, Sabbat, du hast den Herrn gehört«, sagte Dan. Er versuchte, streng zu klingen, und versteckte sein Gesicht noch tiefer unter der Kapuze, damit ihn der Kellner nicht sah.
Sabbat streckte dem Kellner die Zunge heraus, der das zum Glück nicht sah.
»Sei endlich still!«, sagte Bruno und packte ihren Arm. »Was wir jetzt am wenigsten wollen, ist Aufmerksamkeit – und dass sie uns fragen, wo unsere Eltern sind.«
Der Kellner schaute misstrauisch zu ihnen herüber. Bruno beugte sich beunruhigt zu Dan.
»Lasst uns gehen!«, sagte er und pfiff Quiro herbei.
Die Fledermaus hatte die ganze Zeit lang die dunklen Ecken des Daches untersucht und kam jetzt sofort herbei. Der Kellner flog über die Bar zu den Kindern, die in aller Eile ihre Sachen zusammensuchten und versuchten, dabei nicht allzu nervös zu wirken.
»Kinder, reist ihr alleine?«, fragte er.
Dan gefror das Blut in den Adern. Bruno schluckte tief

und suchte verzweifelt nach einer passenden Antwort. Glücklicherweise kündigte genau in diesem Moment ein Pfiff die Ankunft eines Zuges an. Eine Lautsprecherstimme verkündete seine Herkunft und sein Ziel. Einige Vampire mittleren Alters, die am Nebentisch Karten gespielt hatten, schreckten auf und rasten zum Bahnsteig, genau zwischen dem Kellner und den Kindern hindurch. Diese Gelegenheit nutzten die drei, um schleunigst zu verschwinden.

»Das ist unserer«, sagte Dan keuchend. »Wir müssen in den Zug hinein, solange hier noch alles drunter und drüber geht.«

Sabbat brauchte keine weiteren Erklärungen. Sie schnappte sich Dan und flog wie ein Pfeil zum Ende des Zuges. Bruno warf einen schnellen Blick auf die Massen, die sich vor den Türen der anderen Waggons gegenseitig wegschubsten. Als er sicher war, dass ihn niemand beachtete, folgte er rasch seinen Freunden.

»Schnell, hinein in den Zug, bevor sie uns sehen!«, rief Dan.

Aus dem Inneren des Waggons hörte Bruno Geräusche, die ihm vertraut waren. Und der Geruch kam ihm gleichfalls bekannt vor. Doch erst als er drinnen war, begriff er, wer ihre Reisegefährten sein würden: Kühe.

»Kühe!«, rief er voller Abscheu aus. »Dan, du hast uns in den Viehwaggon gebracht! Das glaube ich einfach nicht.«

»Aber Bruno, was hätte ich denn machen sollen«, antwortete Dan. Er war ein bisschen beleidigt. »In den anderen Waggons wären wir sofort aufgefallen. Dort befinden sich die Sitzplätze an den Wänden und man sitzt kopfunter auf ihnen. Und die Waggons sind durch Luken miteinander verbunden, durch die nur Vampire fliegen können. Alle hätten gemerkt, dass ich stur auf dem Boden hocken bleibe, und hätten Fragen gestellt. Hier aber, im Viehwaggon, können wir sicher sein.«

»Bestimmt«, sagte Bruno. Es klang nicht sehr überzeugt.

Sabbat hatte währenddessen in eine Kuh gebissen, die laut muhte.

»Lass das! Wenn die anderen das Muhen hören, kommen sie her, um nachzuschauen«, zischte Bruno.

»Und außerdem wirst du dir den Magen verderben. Du hast schon einen Liter Blut in der Cafeteria getrunken«, sagte Dan.

»Ihr seid Nervensägen«, sagte Sabbat gelangweilt und ließ die Kuh in Frieden, die sie vorwurfsvoll anstarrte.

Dan fand eine leere und einigermaßen saubere Nische. Dort machten es sich die drei auf dem Stroh bequem, so gut es ging. Bruno holte die Ausrüstung aus dem Rucksack und konnte es nicht verhindern, dass Dan einen großen Schluck Weihwasser aus der Feldflasche nahm. Abgesehen von diesem Zwischenfall verlief die

Reise ohne weitere Aufregungen. Nur einmal kam ein uniformierter Mann vorbei, um nach den Kühen zu schauen. Er tat es fast genauso gelangweilt, wie ihn die Kühe anglotzten.

Sabbat schlief bald ein. Sie schwebte ein paar Zentimeter über dem Boden und schlug jedes Mal mit dem Kopf gegen Dans Rucksack, wenn der Zug in eine Kurve fuhr. Dan und Bruno schauten sie gebannt an, denn sie hatten noch nie einen schlafenden Vampir gesehen. Nach einiger Zeit aber wurden auch sie müde. Das gleichmäßige Rattern ließ sie einschlafen, ohne dass sie es merkten. Plötzlich wachte Bruno auf. Er wusste nicht, wie viel Zeit vergangen war. Er wusste noch nicht einmal, wo er sich befand. Auch Dan schlug jetzt die Augen auf, schaute auf die Uhr und erhob sich schnell.

»Wir kommen gleich an. Zum Glück bist du aufgewacht«, sagte er. Er war so nervös wie selten zuvor in seinem Leben.

»Das wäre ja eine schöne Blamage gewesen. Da hätten wir ein paar gute Erklärungen gebraucht«, sagte Bruno und nahm seinen Rucksack. »Wir hätten sagen müssen: ›Schau, Quincey, wir hatten zwar entdeckt, wo sich Kraan versteckt hielt, und hatten auch einen Plan, wie wir ihn erwischen konnten. Doch dann haben wir die Haltestelle verpennt, und deswegen kann Kraan jetzt die Welt beherrschen.‹«

Dan lachte, während er Sabbat wach rüttelte.

»Deiner Großmutter würden alle Haare ausfallen vor Zorn«, sagte er.
Bruno überhörte das. Seit sie losgegangen waren, wollte er lieber nicht mehr an Yasen denken.
»Wir müssen raus«, sagte er stattdessen. »Sobald wir die Station von weitem sehen, springen wir aus dem Zug und halten uns dicht an der Wand des Tunnels. Dort bleiben wir so lange, bis der Zug weg ist und wir sicher sein können, dass uns niemand gesehen hat. Einverstanden?«
Dan nahm neben seinem eigenen auch Brunos Rucksack und stieg auf den Rücken seines Freundes. Bruno hatte Mühe, das Gleichgewicht zu halten. Er öffnete die Schiebetür des Waggons, schlüpfte aus dem Zug, hielt sich außen an der Wand des Waggons fest. Er drückte sich ganz fest an sie, damit der Fahrtwind sie nicht wegriss. Dann ging er ein wenig zur Seite, um Platz für Sabbat zu machen. Sie kam sofort aus dem Waggon und presste sich ebenfalls an die Waggonwand. Bruno stieß die Schiebetür zu. Jetzt gab es kein Zurück mehr.
Der Zug fuhr höllisch schnell. Sabbat hatte große Mühe, nicht weggerissen zu werden. Sie klammerte sich mit aller Kraft an den Waggon, doch der starke Fahrtwind zerrte an ihren Händen. In ihrem Blick aber lag eine wilde Entschlossenheit. Sie biss die Zähne zusammen und war bereit, so lange durchzuhalten wie nötig. Bruno konnte ihr nicht viel helfen. Er war voll-

auf damit beschäftigt, Dan nicht zu verlieren. Sein Freund stand die ganze Zeit kurz davor, unter den Zug zu fallen.
Zum Glück sahen sie bald ein schwaches Licht am Ende des Tunnels. Sabbat ließ vorsichtig los und landete an der Decke der Röhre. Auch Bruno ließ jetzt los und duckte sich in eine der Rillen. Keiner der drei sprach ein Wort, bis es still geworden und der Zug in der Dunkelheit verschwunden war. Dan, der die ganze Zeit die Augen zugekniffen hatte, öffnete sie jetzt und seufzte erleichtert. Sein Seufzer wurde vom Echo viele Male zurückgeworfen. Sabbat lächelte.
»Lasst uns den Ausgang suchen!«, rief Dan voller Tatendrang und lief dem Licht entgegen.
Die Haltestelle von Mistyville war ganz anders als der Bahnhof von Noxdom. Sie war eine kleine Höhle, kaum größer als der Tunnel. Das Licht, das sie gesehen hatten, kam von vier flackernden, altersschwachen Neonröhren. Es gab nur einen Bahnsteig, auf dem keine Menschenseele zu sehen war. Zwischen den Fliesen wuchs Moos, und die einzige Holzbank war voller Staub. Es sah so aus, als würde die Bank selbst bald zu Staub zerfallen. Die alten Kassenhäuschen hatten keine Scheiben mehr und waren mit Spinnweben bedeckt. Überall tropfte Wasser von der Decke. Als Bruno auf dem Bahnsteig landete, spürte er ein Kribbeln an seinen Füßen. Er schaute nach unten und sah ein halbes Dutzend Ratten. Ohne das geringste Anzeichen von

Angst umkreisten sie die Wesen, die in ihr Reich eingedrungen waren. Bruno machte einen Satz, und Dan krabbelte noch ein Stück weiter seinen Rücken herauf. Die Ratten liefen weg, blieben ein paar Meter weiter stehen und schauten die Eindringlinge frech an.

»Haut ab!«, sagte Sabbat mit fester Stimme, als sie neben den Jungen landete.

Die Ratten verschwanden in der Dunkelheit. Bruno war ganz schlecht vor Ekel.

»Gut, das war der erste Teil«, sagte er dann und rückte sich den Umhang zurecht. »Es ist halb acht. Draußen ist es schon dunkel. Wo werden wir herauskommen, Dan?«

»Ich weiß es nicht genau, ich glaube, irgendwo bei der Steilküste.«

»Lasst uns hier entlanggehen! Dieser Tunnel scheint nach oben zu führen«, sagte Bruno und knipste seine Taschenlampe an.

In den Gängen herrschte eine bedrückende Stille. Sie war ganz anders als die Ruhe in Noxdom. Bruno kam es so vor, als sei seit Jahrzehnten niemand mehr hier entlanggegangen. Die Dunkelheit schien in dieser Zeit noch dunkler geworden zu sein. Die Luft war stickig und roch nach Staub. Je weiter sie kamen, umso schlimmer wurde der Gestank. Bald wussten sie, warum: Der Tunnel mündete in einem Abwasserkanal. Ein stinkendes Rinnsal floss den Gang entlang, und Dan murmelte vor sich hin, was für einen schlechten

Geschmack die Vampire nur hätten, als Verbindungspunkt zur Welt der Menschen ausgerechnet so einen Ort zu wählen.

»So muss es eben sein«, sagte Sabbat. »Abwasserkanäle, unterirdische Gänge, Geheimzüge, Höhlen und Gruben. Wenn wir Vampire so etepetete wären wie du, hätten die Menschen uns längst entdeckt.«

Es war einfach, einen Ausgang zu finden. Alle paar Meter gab es eine Luke. Sie mussten nur aufs Geratewohl eine auswählen. Dan roch an einer der Luken und sagte dann, dass sie unter dem Fischerviertel von Mistyville seien. Beim Herausgehen sollten sie sich so natürlich wie möglich verhalten, denn dort oben würden sie bestimmt gesehen werden.

Die Leute oben wunderten sich, als sie drei Kinder mit schwarzen Umhängen aus einem Abwasserkanal kriechen sahen. Doch sie beließen es dabei, die Augen zu verdrehen und zu seufzen: »Diese Jugend von heute ...« Ein paar Kinder, die in der Straße spielten, fanden das lustig und folgten den drei Freunden eine Zeit lang – bis Sabbat sich umdrehte, sie anknurrte und dabei ihre spitzen Eckzähne zeigte. Da nahmen die anderen Kinder ihre Beine in die Hand.

Die drei brauchten eine Weile, bis sie die Steilküste erreichten. Denn Sabbat war es nicht gewohnt, zu gehen und schon gar nicht zu rennen. Bruno hatte sie gewarnt, unter keinen Umständen zu schweben oder zu fliegen, jedenfalls solange nicht, bis sie alleine waren. Als sie schließlich die Küste und tief unten den winzigen Strand von Mistyville sahen, zog sich Brunos Magen zusammen. Genau diesen Weg war er in jener Nacht gegangen, als ihn Kraan in seinen Sklaven verwandeln wollte. Und seither waren erst ein paar Wochen vergangen. Dieser Gedanke überraschte ihn selbst.

»Darf ich jetzt?«, fragte Sabbat, die zu flattern begonnen hatte. Sie hielt es einfach nicht mehr aus.

»Ist gut«, sagte Bruno. Er zögerte. »Wenn wir Maulas Worte ganz genau nehmen, müssen wir bis zur alten Markthalle der Fischer gehen. Das ist ›der vorbestimmte Ort‹.«

Sabbat flog schnell zu der Stelle, die Bruno ihr zeigte. Er folgte ihr mit Dan. Jetzt mussten sie noch den markierten Felsen finden, den Maula erwähnt hatte. Und sie mussten ihn schnell finden – bevor der Mond über der Steilküste aufging.

»Hier ist doch alles voll von Steinen«, protestierte Sabbat und blickte auf die große Fläche vor der Markthalle. »Wir wissen doch noch nicht einmal, was wir suchen.«

»Uns bleibt nichts anderes übrig, als es zu probieren«, sagte Bruno. Er klang fast verzweifelt. »Und was ist, wenn wir Maula falsch verstanden haben? Und wenn Kraan gar nicht in der Halle ist?«

Stumm suchten sie eine ganze Weile lang nach dem Felsen. Sie machten keine Pausen. Nur ab und zu hielten sie inne, um sich den Schweiß abzuwischen. Doch sie fanden nichts. Dan gab als Erster auf.

»Ich kann nicht mehr, Bruno«, sagte er keuchend, »ich muss mich hinsetzen. Aua!«

Er sprang wieder auf und rieb sich den Hintern.

»Du bist vielleicht ein Idiot«, sagte Bruno lachend, »dich auf den einzigen spitzen Stein zu setzen, den es an der gesamten Steilküste gibt.«

»Und es ist der einzige Felsen, der voller Vampirschrift ist«, sagte Sabbat, die sich ebenfalls vor Lachen schüttelte.

»Was?«, rief Dan und drehte sich um. »Schaut nur! Der Felsen hat die Form einer Pyramide, und er ist über und über mit Schriftzeichen bedeckt. Schaut doch nur!«

Bruno kam näher. Dan deutete auf eine Stelle am Fuß des Steins. Dort war ganz eindeutig der Umriss der Linse eingraviert, die Maula Bruno gegeben hatte.

»Dan, du bist ein Genie!«, rief Bruno.

»Ja, es ist fabelhaft, ein Radar im Hintern eingebaut zu haben«, lachte Dan und rieb sich wieder die schmerzende Stelle.

Bruno holte Maulas Amulett aus seiner Jackentasche und beugte sich über den Stein. An seiner Spitze war eine Kerbe und daneben die römische Zahl I. Bruno drehte die Linse so lange, bis die dort eingravierte Zahl I mit derjenigen auf dem Stein übereinstimmte. Dann legte er das Amulett in die Kerbe. Er ließ es ganz vorsichtig los, doch es gab nichts zu befürchten: Das Amulett passte perfekt. Nur ein paar Sekunden später stieg der Vollmond wie auf Bestellung über der Steilküste auf. Ein Lichtstrahl traf auf die Linse, wurde im Spiegel zurückgeworfen und zeigte dann wie ein Laserstrahl auf einen Punkt auf der anderen Seite des Strandes.

»Dort ist es«, murmelte Dan.

»Gut«, sagte Bruno, »jetzt sind ja wohl alle Zweifel ausgeräumt. Maula hat uns die Wahrheit gesagt. Kraan ist dort hinten, in den alten Vampirhöhlen. Und wir werden mit ihm kämpfen müssen. Wenn noch jemand abspringen will ...«

»Abspringen!«, rief Sabbat ungläubig aus.

Dan schluckte. Er bekam es mit der Angst zu tun.

»Nein. Wir gehen jetzt dorthin«, sagte er kaum hörbar.

Die drei flogen zu der Stelle, die ihnen der Lichtstrahl angezeigt hatte. So, wie sie es erwartet hatten, fanden sie dort den Eingang zu einer Höhle. Bruno wunderte sich, dass man ihn nicht schon früher entdeckt hatte, so auffällig war diese Öffnung. Er und Dan zum Beispiel hatten ihre halbe Kindheit an der Steilküste herumgetollt, ohne die Höhle zu bemerken. Allerdings befand sich der Eingang in einem der unzugänglichsten Abschnitte der Steilküste, in einer senkrechten Wand, die man unmöglich zu Fuß erkunden konnte. Vielleicht hatten sie deswegen niemals jene behauenen Felsen bemerkt, die wie ein offener Schlund aussahen. Links und rechts befanden sich vier spitze Felsen, die wie steinerne Eckzähne aussahen und sich zu zwei Säulen vereinigten. Ein großer, rundlicher Stein versperrte den Zugang zu dieser monströsen Höhle.

Unter ihnen donnerte die Brandung. Bruno sah einen kleinen Felsvorsprung hinter einer der beiden Säulen. Es war nur eine kleine, moosbedeckte Nische, doch groß genug, um Dan dort zurückzulassen.

»Sei vorsichtig, und bleib hier drin!«, sagte Bruno.

Sabbat presste sich neben Bruno an die Felswand wie eine kleine Spinne. Die unsichtbare Nähe von Kraan zeigte ihre Wirkung. Die drei bewegten sich jetzt mit größter Vorsicht. Und ganz automatisch flüsterten sie nur noch.

Bruno inspizierte eine der Säulen. Er fand sofort, was er suchte: ein kleines, dreieckiges Loch in der Form des Amuletts, an dessen Rand eine römische II eingraviert war.

»Das muss eine Art Schlüssel sein«, murmelte Dan, der sich aus seiner Nische herüberbeugte. »Ich glaube, du musst das ganze Loch mit dem Amulett drehen.«

Bruno entdeckte tatsächlich eine Fuge rund um die dreieckige Öffnung.

»Glaubst du, er ist drinnen?«, fragte Dan voller Angst.

Bruno antwortete nicht. Sein Amulett passte perfekt in das Loch, genau wie zuvor bei dem Stein. Er biss sich auf die Lippen, hoffte inständig, dass der Schließmechanismus nicht allzu viel Lärm machte, und drehte das steinerne Schloss. Doch nichts geschah.

»Was ist los?«, fragte Dan, der sich wieder nach vorne beugte.

»Es öffnet sich nicht«, sagte Bruno fassungslos. Er ging auf die andere Seite der Säule, um das Amulett zu untersuchen.

»Hast du es kaputt gemacht?«, fragte Sabbat, die sich auf den runden Stein vor dem Eingang setzte.

»Ich habe nichts gemacht, nur gedreht. Eigentlich müsste es aufgehen, aber ...«

Bruno verstummte. Aus der Höhle drang ein Geräusch.

»Versteckt euch!«, flüsterte er, während er schnell nach unten kroch.

Einen Augenblick später verschwand der große runde Stein in der Höhle, so als hätte sie ihn aufgefressen. Und Sabbat war auch verschwunden. Zwei Köpfe erschienen in der Öffnung. Einer hatte rote Haare, der andere fast weiße, die er als Bürstenhaarschnitt trug. Bruno erkannte die beiden sofort.

»Fünf Kinder, Leopold«, sagte Kraan ernst. Bruno wäre fast ins Meer gestürzt vor lauter Aufregung. Sein Adoptivvater war gerade einmal einen Meter von ihm entfernt.

»Ja, mein Gebieter«, sagte Leopold unterwürfig.

»Wenn du nicht so unfähig wärst, Freundchen, wären wir schon vor vielen Nächten mit unserer Jagd fertig geworden. Es ist allein deine Schuld. Jetzt mache deine Fehler endlich wieder gut!«

»Ja, mein Gebieter«, wiederholte Leopold in demselben unterwürfigen Ton.

»Fünf Kinder, nicht eines weniger. Und wenn es mehr werden, umso besser. Ich erwarte dich hier eine halbe Stunde vor Sonnenaufgang, keine Sekunde früher.«

»Aber …«, sagte Leopold mit zitternder Stimme.

Kraan packte ihn am Kragen und schmiss ihn gegen die Felswand.

»Hast du Angst vor dem Tageslicht, Freundchen? Natürlich hast du Angst. Deswegen wirst du genau das machen, was ich sage. Und weißt du, warum?«

Bruno sah, wie Leopold den Kopf schüttelte.

»Weil ich dich Punkt zwölf Uhr mittags aus der Höhle werfen werde, wenn du nicht gehorchst. Und glaube mir: Du wirst ganz langsam im Sonnenlicht verbrennen, Stück für Stück. Du wirst nichts dagegen machen können. War das deutlich genug?«

Leopold nickte wie wild mit dem Kopf.

»Hervorragend«, sagte Kraan und ließ Leopold los.

Der junge Vampir fiel auf den Boden und kam langsam wieder zu Atem. In diesem Augenblick sah Bruno die Hand von Dan, die hinter der Säule hervorkam und vorsichtig das Amulett wegnahm, das noch immer auf einem Felsvorsprung lag.

Kraan streifte sich schwarze Handschuhe über und rückte seinen Umhang zurecht.

»Ich habe eine Verabredung mit meinem Informanten. Alles deutet darauf hin, dass mich diese Trottel von Noxdom eher auf dem Mount Everest suchen als hier.«

Mit einem trockenen Lachen flog Kraan davon und verschwand am Horizont über dem Meer. Leopold stand auf, massierte sich seinen Hals und warf einen raschen Blick auf ein Blatt Papier, das er in der Hand hielt.

»Fünf«, sagte er zu sich, »ich muss sie hier in der Nähe suchen. Und dieses Mal wird es mir gelingen. Ihr werdet schon sehen.«

Leopold klang, als würde er weinen, und Bruno überraschte sich dabei, Mitleid mit ihm zu haben.

»Und mein Gebieter wird zufrieden sein, ich muss es nur gut machen«, fuhr Leopold fort. Er versuchte, sich selbst Mut zuzusprechen.

Er nahm etwas aus der Höhle und steckte es in seine Tasche. Der riesige runde Felsen verschloss mit einem dumpfen Grollen den Höhleneingang. Sabbat war immer noch verschwunden. Leopold hob ab und zögerte einen Moment lang. Dann verschwand er in Richtung Süden.

Kapitel 24
In der Höhle des Löwen

Zwei Minuten lang war es totenstill. Kein Laut war an der Steilküste zu hören. Dann streckte Dan seine Nase hinter der Säule hervor.

»Was ist mit Sabbat passiert?«, fragte er.

Bruno deutete mit dem Kopf zur Höhle.

»Wir müssen diesen Eingang öffnen«, sagte Dan nervös.

»Du hast doch schon gesehen, dass es nicht funktioniert. Vielleicht gibt es einen anderen Weg hinein.«

»Lass mich es mal versuchen. Mir ist etwas eingefallen«, sagte Dan.

Er legte das Amulett wieder in das Loch und drehte das Ganze mit voller Kraft. Und dieses Mal verschwand der Felsen, der den Eingang versperrte – genauso wie vor ein paar Minuten, als Leopold und Kraan herausgekommen waren.

»Das ist wie mit diesen Schlössern, die man nicht öffnen kann, wenn jemand von innen den Schlüssel stecken gelassen hat«, erklärte Dan. »Ich wette, dass sie von innen ein anderes Amulett in ein Loch gesteckt haben. Und das hat die Tür blockiert, als du es versucht hast. Ich bin sicher, dass Leopold dieses Amulett an sich nahm, bevor er weggeflogen ist.«

Dan balancierte um die Säule herum. Er war viel zu

aufgeregt, um daran zu denken, wie tief er fallen würde, wenn er jetzt auf dem Moos ausrutschte. Er streckte seinen Kopf in die Öffnung der Höhle und knipste seine Taschenlampe an. Vor ihm lag ein breiter Gang, der steil nach unten führte. Am Ende der Schräge, sehr viel weiter unten, lag ein großer Saal.

»Sabbat?«, flüsterte er.

»Ich bin hier«, antwortete eine fröhliche Stimme. »Das war beeindruckend, nicht wahr?«

»Lasst uns gehen!«, sagte Bruno, der es nicht erwarten konnte.

»Warte, ich hole noch das Amulett«, sagte Dan. »Wir müssen noch herausbekommen, was mit der Nummer III ist.«

Sobald Dan das Amulett aus der Felsöffnung genommen hatte, hörte man im ganzen Tunnel das Geräusch eines Seiles, das sich spannte. Bruno war klar, was passieren würde. Er packte Dan und warf ihn auf den Boden. Sein Freund rutschte aus und kullerte die Schräge hinunter. Glücklicherweise versuchte er nicht aufzustehen. Denn der riesige Stein rauschte pfeifend wie ein Pendel über ihren Köpfen vorbei. Dann krachte er gegen die Öffnung und versperrte sie von neuem.

»Diese Vampire sind nicht mehr ganz bei Trost«, sagte Bruno mit pochendem Herzen. »Und du hättest uns ruhig warnen können«, fügte er hinzu, als Sabbat wie verrückt zu lachen anfing. »Lass uns Dan suchen!«

Dan hockte in dem Saal am Ende der Schräge. Mit einer Hand hielt er sich die Brust, mit der anderen die Nase. Sein Gesicht war schmerzverzerrt. Er war ganz offensichtlich mit dem einzigen Gegenstand zusammengestoßen, den es in dem Saal gab: einer schmiedeeisernen Fußstütze.

»Geht's dir gut?«, fragte Bruno.

»Ich beiß nicht, ob ich jetzt einen Chädelpruch habe oder einen Cherzimpfarkt pekomme«, sagte Dan mit schwacher Stimme. Aus seiner Nase floss das Blut in Strömen.

»Keins von beiden. Wir haben nämlich keine Zeit für so etwas«, sagte Bruno.

»Wenigstens ist deine Brille noch heil«, fügte Sabbat aufmunternd hinzu.

Bruno nahm Dans Taschenlampe und untersuchte den Saal. Es war ein runder Raum mit glatten und seltsam phosphoreszierenden Wänden. Die Decke war so niedrig, dass die drei Freunde sie mit den Händen berühren konnten. Und in einer Wand befanden sich drei gleich aussehende Bronzetüren mit leuchtenden Türknöpfen.

»Welcher ist nun der richtige Weg?«, fragte Dan, der versuchte mit seinem Pullover die Blutung zu stillen.

Bruno ging zu der Fußstütze zurück, gegen die Dan geprallt war. Sie bestand aus eisernen Dreiecken, jedes mit einer eleganten Einfassung. Ihre Oberseite bildete ein sechseckiger Stern, der aus zwei Dreiecken geformt war. Und genau in seiner Mitte befand sich, ganz wie

Bruno vermutet hatte, eine leichte Vertiefung mit einer kaum sichtbaren römischen III an der Seite.

»Dan, gib mir das Amulett!«, sagte er.

Er legte es in die Vertiefung und hielt den Atem an. Doch nichts geschah.

»Na wunderbar. Was hast du dieses Mal falsch gemacht?«, fragte Sabbat.

»Nichts«, sagte Bruno gereizt. »Dieses blöde Ding geht mir auf die Nerven.«

Dan war unbemerkt zu der Fußstütze gekommen. Er tastete mit der Hand die Oberfläche ab und hielt genau an jener Spitze des Sterns inne, der in Richtung des Eingangstunnels zeigte. Bruno folgte seinem Blick. Diese Spitze hatte eine eigenartige Verzierung, die Bruno vorher nicht gesehen hatte: eine kreisförmige, etwa drei Zentimeter breite Kerbe mit einer einfachen Zeichnung darin. Dan fuhr mit seinem Finger darüber und blickte dann in die Kerbe, wobei er die Linse als Vergrößerungsglas benutzte.

»Eine Kerze«, sagte er.

»Was?«, fragte Bruno. Er hatte keine Ahnung, wovon sein Freund sprach.

»Hier sind Wachsreste. Und diese Zeichnung in der Kerbe, das ist eine Flamme. Ich vermute, wir müssen hier eine Kerze aufstellen. Ihr Licht wird dann durch die Linse fallen und uns zeigen, welches die richtige Tür ist.«

»Wir haben aber keine Kerze.«

»Das ist egal. Gib mir die Taschenlampe!«

Dan stellte die Taschenlampe genau auf die Kerbe und leuchtete das Amulett an. Sofort erschienen drei Symbole auf den drei Türen: Das Labyrinth, der Schädel und die dämonische Sonne, die in der Linse eingraviert waren, spiegelten sich messerscharf in den Türen wider.

»Du bist ein Genie!«, sagte Bruno voller Bewunderung.

Dan wurde rot.

»Quatsch. Das hätte doch jeder herausgefunden.«

»Was glaubst du? Was bedeuten diese Zeichnungen?«

»Ich vermute, dass die Sonne für den Ausgang steht. Und diese Tür hier in der Mitte, nun ja, es wird das Beste sein, wenn wir mal nachschauen.«

»Dan, vielleicht ist es keine so gute Idee, eine Tür mit einem Totenkopf darauf zu öffnen.«

»Warum?«, fragte Dan, stieß die Tür auf und beugte sich nach vorne. Seine Stimme hallte eigenartig. »Hier gibt es nur ein riesiges Loch, und da unten ist das Meer.«

»Ich schätze, dass die Vampire ihre Opfer hier hinuntergeworfen haben, nachdem sie sie ausgesaugt hatten«, sagte Sabbat und gähnte dabei gelangweilt.

Bruno und Dan schauten sich erschrocken an, doch das bemerkte Sabbat nicht einmal.

»Lasst uns gehen! Quiro wird uns helfen, den rich-

tigen Weg im Labyrinth zu finden. Nicht wahr, mein Schatz?«, sagte Sabbat.
Die winzige Fledermaus kroch aus der Kapuze von Dans Umhang und flatterte um ihre Köpfe. Sie war zufrieden, endlich ihre Flügel strecken zu können.
»Suche die Kinder, Quiro! Suche sie!«
Nach ein paar Minuten kam Quiro zurück. Er schien sehr zufrieden mit sich zu sein. Sabbat, die seine Rückkehr dösend erwartet hatte, streichelte ihn hinter seinen Ohren.
»Lasst uns gehen! Es ist ganz einfach«, sagte sie.
Die Tunnel der Höhle waren viel bequemer als die von Noxdom oder jene, die zur Steilküste von Mistyville führten. An den steilen Stellen gab es Treppen. Über den Löchern lagen dicke Bretter – eines brach allerdings, als Dan seinen Fuß darauf setzte. Wenn zu viel Schlamm auf dem Boden lag und es rutschig wurde, gab es immer ein Seil an der Wand, an dem man sich festhalten konnte. Bruno fragte sich, ob die alten Vampire menschliche Diener hatten. Vielleicht zwangen sie ja auch ihre Opfer, bis zu jenem Saal zu laufen, in dem sie schließlich den Tod fanden. Wie auch immer: Dan schätzte es sehr, sich wieder auf eigenen Füßen bewegen zu können. Er rutschte nur einmal aus, als er nach Quiro greifen wollte, der von einem Erkundungsflug zurückkam. Doch die drei Freunde waren so aufgeregt, dass sie nicht einmal darüber lachten.
Bruno versuchte sich den Weg einzuprägen, den sie

entlanggingen. Das Labyrinth konnte sich in eine tödliche Falle verwandeln, wenn sie hier nicht vor Kraans Rückkehr wieder herauskamen. Nach einiger Zeit mündete der Tunnel in einer steilen Wendeltreppe. Und nach vielen Umdrehungen fanden die drei sich in einem großen, beleuchteten Saal wieder. Bruno hatte eine Höhle erwartet. Vielleicht eine sehr große Höhle mit leuchtenden Stalaktiten, jedenfalls eine Höhle wie diejenige, in der sie gerade gewesen waren.
Doch das hier war etwas vollkommen anderes. Es war ein riesiger, runder Raum mit rötlichen Marmorwänden. Die Decke war so hoch wie bei einer Kathedrale, und an den Wänden standen in regelmäßigen Abständen kolossale Statuen, die ebenfalls aus rotem Marmor waren. Sie stellten männliche und weibliche Vampire mit furchterregenden Gesichtern dar, manche mit geballten Fäusten, andere mit verschränkten Armen. Das Licht stammte von Öllampen, die jemand in den Nischen des Saals angezündet hatte. Die steinernen Wände waren so glatt und poliert, als wären sie aus Metall. Doch über den Köpfen der Statuen und an der gesamten Decke des Saales war der Stein wieder uneben und rissig.
Die Decke hatte die Form einer Kuppel mit einer kleinen runden Öffnung in der Mitte. Sie war so feucht, dass Wasser auf den Boden tropfte. Bruno glaubte, dass sie ganz nahe an der Oberfläche sein mussten, und zwar genau an der Stelle der Küste, an der sich

die Wellen brachen. Vielleicht befanden sie sich auch unter dem Meeresspiegel. Diese Vorstellung gefiel ihm nicht besonders.

In der Mitte des Raumes stand ein Altar aus Marmor. Er hatte die Form eines Dreiecks, besaß spitze Ränder und war so groß wie ein kleines Zimmer. Er ruhte auf einem riesigen Stein und einem Gerüst aus Eisenstangen, die eine Art Käfig bildeten. In diesem Käfig waren die Kinder eingesperrt, die Kraan entführt hatte. Sie schauten die drei Freunde mit großen Augen an. In ihren Gesichtern stand die nackte Angst.

Bruno lief sofort zu ihnen und lächelte sie an, um ihr Vertrauen zu gewinnen. Doch die Kinder wichen erschreckt zurück.

»Was ist mit ihnen geschehen?«, murmelte er und wandte sich dabei an Dan.

»Ich glaube, sie haben deine spitzen Eckzähne gesehen.«

Bruno räusperte sich und sagte mit fester Stimme: »Habt keine Angst. Wir sind gekommen, um euch zu helfen.«

Eines der Kinder starrte ihn an, ohne Angst, aber auch ohne Vertrauen.

»Bist du einer von ihnen?«

Dan kam näher. Er war richtig sauer.

»Bruno ist hergekommen, um euch zu retten. Wir alle sind hergekommen, um das zu tun. Eine schöne Begrüßung ist das!«

»Und außerdem ist Bruno nicht wirklich einer von uns. Er ist nur ein Halbvampir«, sagte Sabbat sanft, die kopfunter über dem Boden schwebte.
Die Kinder schauten sie jetzt ein wenig vertrauensvoller an.
»Hört zu!«, sagte Bruno. »Nicht alle Vampire sind so wie diejenigen, die euch gefangen haben. Wir sind hier, um euch zu retten. Und je früher wir aus diesem Saal herauskommen, umso mehr Zeit haben wir für unsere Flucht. Also lasst uns mit dem Reden aufhören! Wo ist die Tür zu eurem Käfig?«
»Hier«, sagte ein Mädchen mit dunkler Haut, das etwa dreizehn Jahre alt war und die Älteste unter den Gefangenen zu sein schien. »Es gibt aber nur einen Schlüssel, und den hat Kraan.«
Bruno rüttelte mit aller Kraft an der Tür, doch sie bewegte sich nicht.
»Vielleicht gibt es ja einen Zweitschlüssel. Wir werden ihn suchen«, sagte er. Er fühlte sich wie ein Idiot.
Sabbat flog durch den Saal und suchte jeden Winkel ab. Dan schaute bei den Statuen nach. Aus dem Käfig war ein Murmeln zu hören. Die Kinder verfolgten erwartungsvoll jede Bewegung der drei Freunde.
»Bruno, schau mal hier«, sagte Dan. Er klang sehr beunruhigt.
Bruno ging zu Dan. Er stand neben der Statue einer Frau mit langen Haaren, die ihre Hände einladend ausstreckte. Zu ihren Füßen befand sich ein kleiner Kühl-

schrank, der mit einem Generator verbunden war. Er brummte leise vor sich hin. Dan machte ihn auf, und Bruno schaute hinein.

»O nein!«

Zwischen dem Eis lagen mehrere Reihen von Reagenzgläsern, gefüllt mit einer roten Flüssigkeit. Es war klar, worum es sich handelte.

»Kraan will seine Kraft nicht verlieren«, sagte Sabbat, die sich jetzt gleichfalls über den Kühlschrank beugte. »Die alten Vampire heben ihr eigenes Blut auf und trinken es, wenn sie spüren, dass ihre Kräfte für die Schlacht nachlassen.«

»Und warum gibt es ein Reagenzglas mit Leopolds Namen?«, fragte Dan. Er hob es aus dem Kühlschrank.

Bruno zuckte mit den Achseln. Er schaute zu den Kindern im Käfig hinüber, die ihnen stumm zuhörten. Er spürte, wie sich sein Magen umdrehte.

»Der Schlüssel ist nicht hier. Wir können sie nicht herausholen«, sagte er.

»Was machen wir jetzt?«, fragte Sabbat voller Tatendrang.

Dan kratzte sich am Kopf.

»Vielleicht sollten wir nach Noxdom zurückkehren und Alarm schlagen.«

Bruno dachte einen Augenblick lang darüber nach: Die Erwachsenen verständigen, die sich dann um alles kümmern konnten, das wäre nicht schlecht. Doch dann fiel ihm seine Großmutter ein, die sehr wahrscheinlich die Verräterin war – und er fand Dans Vorschlag gar nicht mehr gut.

»Nein«, sagte er bestimmt, »nein, dafür ist keine Zeit.«

»Aber …«

»Glaube mir bitte.« Plötzlich hatte er einen Einfall: »Haben wir irgendetwas, was wie Blut aussieht und das wir in den Kühlschrank tun könnten?«

Dan war verwirrt.

»Vielleicht Ketchup mit ein bisschen Wasser, oder Kirschsaft, mit Mehl angedickt.«

»Ihr beiden geht ins Dorf und besorgt so etwas, einverstanden?«, sagte Bruno. »Werft ein Schaufenster ein, wenn es sein muss. Und dann denken wir darüber nach, was wir machen können.«

Dan kniff die Lippen zusammen. Das gefiel ihm gar nicht.

»Sabbat, kannst du das alleine erledigen?«, fragte er und griff nach seinem Rucksack. »Ich will eine kleine Überraschung für die Vampire vorbereiten. Bring mich mal da oben hin!«, fügte er hinzu und zeigte auf einen Felsvorsprung an der Decke.

Sabbat verschwand, und Dan fing an, an der Decke herumzuwerkeln. Bruno traute sich nicht zu fragen, was er vorhatte. Bestimmt hätte sein Freund gerne gewusst, warum Bruno nicht die Erwachsenen verständigen wollte. Doch Bruno hatte nicht den Mut, Dan zu

sagen, dass sie ganz auf sich allein gestellt waren – viel mehr noch, als sein Freund das glaubte.
Die gefangenen Kinder starrten die beiden Jungen immer noch stumm an.
»Hat Kraan euch gesagt, was er mit euch vorhat?«, fragte Bruno.
Die Kinder schauten sich an. Manche fingen an zu weinen. Das große Mädchen, das zuvor gesprochen hatte, nickte stumm und traurig.
»Dafür braucht er also das Blut«, sagte Bruno und nahm eines der Röhrchen aus dem Kühlschrank. Er hielt es gegen das Licht und warf es dann auf den Boden.
Das Mädchen lächelte.
Bruno entleerte alle Reagenzgläschen, spülte sie mit Weihwasser aus und legte sie zurück an ihren Platz. Die Augen der Gefangenen glänzten, jetzt schöpften sie Hoffnung. Doch Bruno spürte noch keine Zuversicht. Er hatte den Eindruck, dass er in diesem Moment nichts anderes für die Kinder tun konnte, als die Röhrchen auszuleeren. Und was bedeutete das? Dass Kraan vielleicht nicht alle Kinder in dieser Nacht in Vampire verwandeln konnte; dass einige von ihnen bis zum nächsten Vollmond warten mussten, eingesperrt in dieser Höhle, mit dem Wissen, was sie erwartete.
Bruno schaute den Altar an. Hier waren bestimmt viele menschliche Wesen unter den Bissen der Vampire

gestorben. Er strich über den kalten, rauen Stein und dachte sich, dass sich ein Mensch dort oben sehr einsam fühlen musste, so kurz vor seinem Tod, umzingelt von gefräßigen Wesen, an deren Existenz er noch vor ein paar Stunden nicht geglaubt hatte.

Quiro hatte die ganze Zeit geschlafen, Jetzt wachte er auf und flog zu Dan an die Decke. Bruno fragte sich gedankenverloren, was die Fledermaus aufgeweckt haben könnte – in diesem Augenblick packten ihn von hinten zwei Arme und hielten ihn mit ungeheurer Kraft fest.

»Schau an, wen haben wir denn hier«, sagte eine spöttische Stimme in seinem Rücken.

»Wir haben gar nicht mehr mit dir gerechnet, mein Sohn«, sagte eine zweite Stimme. Bruno standen die Haare zu Berge. »Ich freue mich, dass du dich entschieden hast, an unserem kleinen Fest teilzunehmen.«

Bruno versuchte sich aus dem Griff zu befreien, doch es gelang ihm nicht. Dann hörte er ein Flattern und hob den Kopf. Vor ihm stand mit einem triumphalen Grinsen – Negroponte Kraan.

Kapitel 25

Brunos letzte Chance

Kraan trat einen Schritt zurück, um Bruno besser betrachten zu können.

»So, so, du hast geglaubt, dass du das Problem alleine lösen kannst«, sagte er belustigt. »Da hast du dir aber eine ganze Menge vorgenommen!«

Bruno schaute schnell nach oben. Von Dan war keine Spur zu sehen. Als hätte er Brunos Gedanken gelesen, fragte Kraan:

»Und deine kleinen Freunde? Ich weiß, dass sie mit dir gekommen sind.«

»Ich habe sie nach Hause geschickt. Ich habe ihnen gesagt, dass ich alleine mit dem Ganzen hier fertig werde«, sagte Bruno. Er konnte kaum atmen.

Kraan ging einen Schritt auf Bruno zu und gab ihm seelenruhig eine Ohrfeige.

»Bald wirst du mich nicht mehr anlügen können.«

Bruno versuchte, sich loszureißen. Doch derjenige, der ihn von hinten festhielt, drückte ihn noch fester an sich, sodass sich Bruno nicht mehr bewegen konnte. Als ihn sein Peiniger an der Schulter fasste, nutzte der Junge die Gelegenheit, um ihn in die Hand zu beißen. Das war ein großer Fehler. Denn die Hand war von einem dicken Handschuh geschützt, und Bruno verrenkte sich fast den Kiefer.

»Hör auf mit den Dummheiten, Bruno!«, sagte die Gestalt, die ihn festhielt.

Bruno gab seinen Widerstand auf – doch nicht, weil er sich nicht mehr wehren wollte, sondern weil er sofort wusste, wem diese Stimme gehörte.

Jetzt bemerkte er auch, dass die Handschuhe zur Uniform der Lichtgänger gehörten. Es war die Uniform, die der Verräter jedes Mal getragen hatte, als er sich mit Kraan traf. Und es war dieselbe Uniform, die Damokles anhatte, als sie Maula fanden – und deswegen glaubten sie, Damokles sei der Verräter.

»Jano«, sagte Bruno mit erstickter Stimme.

»Wie schön, dass du endlich entdeckt hast, wer mein Informant ist«, sagte Kraan mit einem teuflischen Lächeln. »Er hätte gar nicht so früh zu uns stoßen müssen. Doch einige unvorhergesehene Ereignisse haben es notwendig gemacht, dass er sich jetzt schon mit uns vereinigt.«

»Welche … welche Ereignisse?«, fragte Bruno. In seinem Kopf drehte sich alles.

»Aus irgendeinem Grund hat das Beruhigungsmittel, das ich heimlich Maula gegeben habe, nicht mehr gewirkt«, sagte Jano. »Du weißt nicht zufällig etwas davon?« Bruno schüttelte den Kopf. Jano schaute ihn misstrauisch an. »Nein, natürlich nicht. Die Sache ist die: Maula ist aufgewacht und hat mich verraten. Ich musste Noxdom ein wenig überstürzt verlassen.«

Bruno drehte den Kopf und schaute Jano an. Er wirkte

genauso wie in jener Nacht, als er ihn kennengelernt hatte. Sein Herz schnürte sich bei dem Gedanken zusammen, dass er der Verräter war.

»Sollen wir ihn zu den anderen stecken?«, fragte der Lichtgänger.

»Das wird das Beste sein«, sagte Kraan und zog einen Schlüssel aus seinem Umhang. Als er auf den Käfig zuging, schreckten alle Kinder zurück. Jano zerrte Bruno zum Käfig und stieß ihn hinein.

»Kraan und ich haben viel gemeinsam«, sagte er, als er die Käfigtür wieder zuschloss. »Wir beide haben unsere Liebsten wegen dieser dummen Gesetze verloren, die unserer Natur zuwiderlaufen: Kraan seine Frau und seinen ungeborenen Sohn und ich meinen Bruder. Wir beide sind zu demselben Schluss gekommen, wenngleich auf unterschiedlichen Wegen. Stelle dir meine Freude vor, als Yasen mir befahl, in Mistyville nach Kraan zu suchen – ausgerechnet nach jenem Vampir, den ich als meinen Verbündeten wollte …«

»Aber du hast doch gesagt, dass du meinen Tod unter allen Umständen verhindern willst«, sagte Bruno und rüttelte an den Gittern.

»Ja, denn du bist das Herzstück unseres Planes«, sagte Kraan. »Wir wollten nicht, dass unser kleiner, so hart trainierender Anführer einfach so verschwindet.«

»Wie konntest du nur, Jano? Wie konntest du nur zu einem Verräter werden?«

»Was verrate ich denn?«, schrie Jano, in dessen Augen

rasender Zorn aufblitzte. »Dieses sinnlose Leben, das unsere Rasse jetzt führen muss? Und das unserem Wesen vollkommen zuwiderläuft? Verrate ich eine Gemeinschaft der Feiglinge, die sich nicht mehr gegen die Menschen zu stellen wagt, so wie wir es jahrhundertelang siegreich getan haben? Verrate ich Menschen wie Quincey oder diese Ärztin, die sich in unsere Angelegenheiten einmischen und uns vorschreiben, wie wir uns verhalten sollen? Nein, Bruno«, fügte er jetzt etwas ruhiger hinzu. »Du irrst dich. Sie sind die Verräter. Sie, die eines nicht mehr fernen Tages uns um Verzeihung anflehen werden – oder sterben müssen, weil sie ihre falschen Ideen weiterhin verteidigen.«

»Aber ich dachte ... ich dachte, Yasen wäre die ...«

Im selben Moment bereute Bruno, was er gerade gesagt hatte. Jano verstand und lachte bitter.

»Du hast geglaubt, deine Großmutter hätte sich mit Kraan verbündet? Nichts könnte weniger stimmen. Yasen hat immer die Menschen unterstützt, sogar nachdem ihr eigener Sohn an der Weißen Pest gestorben war.«

»Aber sie sagte doch, sie würde etwas Verbotenes tun, und ich müsste immer daran denken, dass sie es nur zu meinem Besten getan habe.«

Die ganze Höhle hallte von Janos Lachen wider. »Deine Großmutter wollte nur das vollenden, was ihr die Gemeinschaft von Noxdom bei deiner Geburt nicht erlaubt hatte.«

»Was heißt das?«

»Yasen wollte immer, dass du unter Vampiren aufwächst. Und sie war bereit, dich in einen Vampir zu verwandeln, indem sie dir ihr eigenes Blut zu trinken gibt. Dann wollte sie sich umbringen, um nicht deine Gebieterin zu werden und dir deinen freien Willen zu lassen. Das haben die Vampire in den alten Zeiten mit ihren geliebten Mischlingskindern gemacht.«

»Die Versammlung von Noxdom wollte davon natürlich nichts wissen«, unterbrach ihn Kraan. Er schenkte sich gerade ein Glas aus jener Flasche ein, die Bruno seit dem Hotel Perduto so gut kannte. »Schließlich beugte sich Yasen der Entscheidung der Versammlung. Doch in ihrem Herzen war sie nie damit einverstanden. Wie es aussieht, ist sie jetzt bereit, auf eigene Faust zu handeln. Zum Glück wird das jetzt nicht mehr notwendig sein. Morgen bist du ein Vampir – und zwar meiner, ganz so, wie es von Anfang an sein sollte. Vielleicht müssen wir noch nicht einmal so lange warten. Schließlich hast du dich ja schon in gewisser Weise verwandelt.«

Bruno sah mit Schrecken, wie Kraan zum Kühlschrank ging. Sobald er ihn öffnen und all die leeren Röhrchen sehen würde, würde er in rasender Wut ihn und all die anderen Kinder totschlagen – da war sich Bruno ganz sicher.

»Lass uns die Regeln einhalten, Kraan!«, sagte Jano. »Du willst doch nicht deine beste Waffe wegen so etwas Läppischem wie deiner Ungeduld verlieren?«

Kraan gefiel es gar nicht, wenn man ihn kritisierte. Er drehte sich ganz langsam um und schaute Jano mit zusammengekniffenen Augen an. »Nein«, sagte er hart. »Ich glaube, du hast recht.«

»Du hast also geglaubt, deine Großmutter sei die Verräterin«, wiederholte Jano und wandte sich Bruno zu. »Wie einfältig! Deswegen bist du verschwunden, ohne irgendjemandem ein Wort zu sagen.«

Bruno nickte. Er biss sich auf die Lippen. Wie dumm war er gewesen.

»Vielleicht tröstet es dich ja«, warf Kraan ein, »wenn du daran denkst, dass es dein Schicksal ist, mir bei der Errichtung der neuen Weltherrschaft zu helfen: bei der Erschaffung einer besseren Welt für die Vampire.«

Er streckte seine Hand durch die Gitterstäbe und streichelte Brunos Gesicht. Bruno wich angeekelt zurück.

In diesem Augenblick hörte man ein dumpfes Geräusch. Es kam von der Treppe und hörte sich an, als fielen ein paar Bündel gleichzeitig die Treppe hinunter. Eine Sekunde später plumpsten zwei große Leinensäcke in den Saal. Hinter ihnen erschien ein atemloser Leopold.

»Du Idiot!«, sagte Kraan verärgert. »Habe ich dir nicht gesagt, dass ich meine Soldaten in bester Verfassung hier haben will.«

»Sie haben sich wie der Teufel gewehrt, mein Gebieter.«

»Ich hoffe, du hast wenigstens meine Befehle befolgt.«
»Ja, mein Gebieter«, antwortete Leopold und schnürte schnell die Säcke auf.
Aus einem Sack krochen zwei etwa acht Jahre alte Mädchen, die die gleichen Blusen trugen; aus dem anderen ein Junge und ein Mädchen, die etwas jünger waren. Eines der Kinder hielt einen Stoffhund umklammert. Alle vier waren starr vor Schreck. Kraan packte ein Kind nach dem anderen an den Schultern, untersuchte es ohne Gefühlsregung und warf es dann in den Käfig.
»Wie es aussieht, entgehst du noch einmal deinem Schicksal, von der Sonne geröstet zu werden, Freundchen«, sagte Kraan zu Leopold. Er riss dem Kind den Stoffhund aus der Hand und warf ihn ans andere Ende der Höhle. »Jetzt sind wir vollständig. Das ist ein gutes Vorzeichen. Und als wäre das noch nicht Glück genug, ist uns auch noch der junge Dhampir in die Hände gefallen. Was sagst du nun?«
Leopold schaute Bruno hasserfüllt an. Die Kinder in dem Käfig bildeten einen Kreis, damit sich die Neuankömmlinge dort vor den Blicken Kraans verbergen konnten. Bruno betrachtete das dreizehn Jahre alte Mädchen, das mit leeren Augen dasaß und nicht einmal Angst zu haben schien.
»Und du bist sogar vor dem Morgengrauen gekommen«, fuhr Kraan fort. »Siehst du, du kannst es doch,

wenn du nur willst. Wärst du doch nur nicht so faul. Bringe jetzt Essen für die kleinen Lehrlinge. Morgen müssen sie stark und bereit sein. Und danach wirst du hier Wache halten. Ich dulde keine Unterhaltung im Käfig.«

»Ja, mein Gebieter«, sagte Leopold.

Bruno nahm sich fest vor, nichts zu essen, was ihm Leopold vorsetzte. Doch als Kraans Sklave mit Keksen, Milch, Fleischbrötchen und Äpfeln zurückkam, überkam ihn ein Riesenhunger, und er verschlang alles, was er in die Finger bekam. Vielleicht war es besser, dachte er, wenn er gesättigt in den Kampf zog.

Kraan und Jano kümmerten sich jetzt nicht mehr um die Kinder. Kraan sagte irgendetwas über den zukünftigen Aufenthaltsort der Vampire. Er und Jano konnten sich offenbar nicht darüber einigen, ob Kanada oder Liberia besser war. Dann verschwanden beide in einem anderen Saal. Als ihre Stimmen immer leiser wurden, näherte sich Leopold dem Käfig mit finsterem Blick.

»Du hast es ja gerade gehört, Dhampir. Wenn ich ein einziges Wort höre, werde ich dafür sorgen, dass man dich bestraft. Ich würde es am liebsten selbst tun. Doch mein Gebieter hat größtes Interesse daran, dich in seinen persönlichen Sklaven zu verwandeln.«

»Das ist schlimm für dich, nicht wahr? Wenn ich erst einmal verwandelt bin, wirst du nicht mehr sein Liebling sein, sondern ich. Wirst du das ertragen können, Leopold?«

Bruno hatte das mit einem spöttischen Lächeln gesagt. Doch er verstummte, als ihn Leopold grollend anschaute.

»Es ist eine Ehre, dem zu dienen, den das Schicksal dazu bestimmt hat, der Herrscher der Nacht zu sein«, sagte er schneidend. »Ich könnte es dir jetzt erklären. Es ist aber nicht notwendig, denn morgen wirst du das selbst verstehen, auch wenn du nicht würdig bist …«

»So weit muss es aber gar nicht kommen, Leopold«, sagte Bruno verzweifelt. »Hilf uns zu fliehen! Yasen und Quincey und all die anderen werden alles in Ordnung bringen. Du wirst nicht länger gehorchen müssen. Niemand wird dir mehr Vorwürfe machen. Du bist doch erst zwölf Jahre alt. Die Vampire von Noxdom werden sich um dich kümmern.«

Leopold schien ihm gar nicht zuzuhören. Er war in seine eigenen Gedanken versunken.

Doch dann sagte er plötzlich: »Hör zu! Wenn ich dir helfe zu entkommen, nur dir, würdest du dann gehen? Würdest du dann gehen und dich im fernsten Winkel der Erde verstecken, ohne dich jemals wieder in Kraans Angelegenheiten einzumischen?«

Brunos Blick war voller Angst.

»Gib mir dein Wort, und ich werde dich befreien!«, sagte Leopold. »Nicht jetzt, sondern morgen. Kurz vor Sonnenaufgang. Denn sonst könntest du Alarm schlagen.«

Leopold meinte es offenbar ernst. Wie war das möglich? Wenn Leopold ihm zur Flucht verhalf, konnte er weiterhin im Tageslicht leben. Er müsste noch nicht einmal zusehen, wie Kraan all die Kinder in Vampire verwandelte ...

Als Bruno sich umdrehte und die Kinder betrachtete, wusste er, dass er sie niemals allein lassen könnte. Sich in einen Sklaven von Kraan zu verwandeln war entsetzlich. Doch diese Kinder im Stich zu lassen, um seine eigene Haut zu retten, war noch viel schlimmer. Bruno stellte sich vor, wie es wäre, in einem fernen Land zu leben und in der Zeitung von den Städten zu lesen, die Kraan mit seinen Kindersoldaten verwüstet hatte. Oder das Foto dieses dreizehn Jahre alten Mädchens zu sehen, das zufrieden vor einem Berg Leichen lächelte. Er schaute Leopold in die Augen.

»Ich bleibe hier«, sagte er.

Leopolds Gesicht verzerrte sich vor Zorn.

»Du bist ein Schwachkopf.« Er spuckte ihn an und drehte sich um.

Bruno ließ sich langsam auf den Boden fallen. Er war hart und feucht. Bruno begann zu zittern, doch das spürte er kaum. Er hatte gerade seine letzte Chance verstreichen lassen. Ihm blieben nur noch wenige Stunden des Lebens. Das, was danach kommen sollte, verdiente diesen Namen nicht mehr.

Kapitel 26

Die Stunde der Wahrheit

Bruno war so verzweifelt, dass er jedes Zeitgefühl verlor. Er wusste nicht, wann Leopold eingeschlafen war, der jetzt dicht über dem Boden neben dem Käfig schwebte; und er hörte auch nicht, was seine Mitgefangenen so aufgeregt tuschelten. Erst als ihr Gemurmel plötzlich aufhörte, schreckte Bruno aus seinen Gedanken hoch und schaute die Kinder an.

Sie starrten auf einen Punkt am anderen Ende des Saales. Ein Mädchen hielt sich beide Hände vor den Mund und war kurz davor loszuschreien. Bruno folgte dem Blick des Mädchens – und sah Sabbat, die kopfunter neben der Vampirstatue schwebte und gerade verschwörerisch den Kühlschrank öffnete.

Sie hatte eine Feldflasche in der Hand. Ganz vorsichtig holte sie eines der Röhrchen heraus, nahm den Korken ab und füllte eine dicke, tiefrote Flüssigkeit in das Gefäß. Dann stellte sie es zurück an seinen Platz. Sabbat war dabei so konzentriert, dass ihre Zunge unablässig an ihren Lippen spielte.

Noch nie in seinem Leben war Bruno eine Zeitspanne so lang vorgekommen wie die endlosen Minuten, in denen Sabbat das falsche Blut in sämtliche Röhrchen füllte. Wie hypnotisiert verfolgte er jede ihrer Bewegungen, hielt sich die Augen zu, als der kleinen

Vampirin beinahe ein Fläschchen aus der Hand fiel, und seufzte erleichtert, als sie schließlich das letzte Röhrchen verschloss, den Kühlschrank zumachte und wieder zu dem Felsvorsprung flog, auf dem Dan saß. Der hatte offensichtlich nicht die geringste Lust dazu, gerettet zu werden, und winkte wie wild, damit ihn Sabbat in Ruhe ließ. Doch das war Sabbat egal. Sie brachte ihn zu einer der Statuen am Eingang des Tunnels. Dort versteckten sich die beiden, und Bruno hörte sie aufgeregt tuscheln.

Dann betrachtete er wieder seine Mitgefangenen. Manche waren starr vor Schreck. Andere lächelten nervös. Und das Mädchen mit der dunklen Haut hatte sich völlig verändert. In ihren Augen blitzte jetzt wilde Entschlossenheit auf. Als sie Bruno ansah, biss sie die Zähne aufeinander, als wolle sie allen zeigen, dass sie für den letzten Kampf bereit war.

Bruno wurde das Herz etwas leichter. Sie konnten fast nichts tun, aber das wenige würden sie ganz bestimmt tun. Sie würden den Vampiren Widerstand leisten. Bruno winkte alle Kinder zu sich und erklärte ihnen, was nun bevorstand.

Leopold wurde von Brunos Murmeln wach. Er versuchte, den Kindern Angst zu machen, indem er mit allen vieren gegen das Gitter sprang und wie ein wildes Tier knurrte. Ein kleines Mädchen warf ihm seine Puppe an den Kopf. Bruno vermutete, dass es sein Spielzeug die ganze Zeit lang versteckt hatte. Leopold zerbiss wütend die Puppe, und das Mädchen war den Tränen nahe. Doch sie war mutig genug, nicht zu weinen. Stattdessen streckte sie dem Vampir die Zunge heraus. Das Mädchen mit der dunklen Haut lächelte zufrieden.

»Was ist hier los?«, schnarrte eine Stimme.

Leopold wurde rot, spuckte ein Glasauge der Puppe in seine Hand und versteckte es hinter seinem Rücken. Kraan und Jano, die wie aus dem Nichts aufgetaucht waren, schauten ihn verächtlich an.

Kraan trug wie immer seinen schwarzen Samtumhang. Jano hatte seine Lichtgänger-Uniform gegen gestreifte Jeans und ein braunes Hemd ausgetauscht. Er wirkte so unerschütterlich wie immer. Kraan hingegen rieb sich gierig die Hände. Er schaute nach oben zu der Öffnung an der Decke. Ein dünner, blasser Lichtstrahl fiel durch das Loch auf den Boden des Saals. Langsam kroch er in Richtung des steinernen Altars.

»Der Mond ist fast dort, wo er sein muss«, sagte Kraan und holte den Käfigschlüssel hervor. »Leopold, bring die Soldaten auf den Altar!«

Leopold griff schnell nach dem Schlüssel, den ihm Kraan hinhielt.

»Ja, mein Gebieter.«

»Jano, du bewachst den Eingang. Mein Adoptivsohn ist mir schon zu oft entschlüpft«, sagte Kraan und schaute Bruno böse an.

Bruno zitterte, als sich der riesige Lichtgänger neben

dem Eingang des Käfigs aufbaute. Dan und Sabbat waren plötzlich aufgetaucht und versteckten sich genau hinter Jano. Sie waren ihm jetzt so nahe, dass sie ihn hätten berühren können. Bruno wusste nicht, was die beiden vorhatten. Doch er war sich sicher, dass Janos Anwesenheit die Sache für sie nicht einfacher machte.

Leopold zerrte Bruno aus dem Käfig, ohne ihn eines Blickes zu würdigen.

»Zeige deinem Anführer mehr Respekt«, sagte Kraan trocken. »Halte ihm die Tür auf. Und verbeuge dich, wenn er vorbeigeht. Dir hat offensichtlich niemand Manieren beigebracht.«

Leopold wurde blass und senkte schweigend den Kopf. Bruno fragte sich, warum es ihm so sehr gefiel, sich von Kraan demütigen zu lassen.

»Und du, mein Sohn, du wirst keine Dummheiten machen, sonst werde ich einen deiner kleinen Kameraden töten, und zwar ganz langsam, damit alle anderen zu gehorchen lernen.«

Bruno durfte kein Risiko eingehen, auch wenn er daran zweifelte, dass Kraan wirklich einen seiner kostbaren kleinen Soldaten opfern würde. Langsam verließ er den Käfig, ohne Leopolds Verbeugungen zu beachten. Dann flog er zum steinernen Altar. Er verhielt sich still, während Kraans Sklave die anderen Kinder zum Altar brachte.

Kraan räusperte sich und verschränkte die Arme hinter

dem Rücken. Offensichtlich war er der Meinung, dass in diesem besonderen Moment eine Rede angebracht war.

»Ich weiß, dass ihr nicht begreift, welches Geschenk ihr sehr bald bekommen werdet. Allerdings ist auch kein Einziger von euch würdig, es zu empfangen. Ihr werdet alle eure guten Eigenschaften verlieren und nur noch eines wollen: begierig sein, mit all eurer Kraft mir treu zu dienen. Denn ihr werdet euch in Vampire verwandeln.«

Leopold hörte seinem Gebieter hingebungsvoll zu und machte seine Bewegungen nach.

»Natürlich ist keiner von euch ein reinrassiger Vampir, noch wird er es je werden. Das ist gut, denn das bewahrt euch vor der Last der Freiheit. Euer Glück allein wird es sein, mir zu dienen. Und ich werde dafür sorgen, dass es euch an nichts fehlt. Ihr werdet niemals Zweifel haben, niemals alleine sein, niemals Hunger leiden.«

Kraan machte eine Pause und suchte in den Gesichtern der Kinder nach Zeichen der Dankbarkeit. Doch die Gefangenen blickten starr auf den Boden. Nur Bruno schaute Kraan herausfordernd in die Augen. Das Lächeln des Vampirs wurde noch breiter.

»Wenn ihr euch erst einmal verwandelt habt, werdet ihr Hunger haben. Einen schrecklichen Hunger, wie ihr ihn noch nie erlebt habt. Einen Hunger, den nur Blut stillen kann. Und ihr werdet ihn stillen können. Es gibt schon zwei Opfer, die sich hier irgendwo versteckt halten. Heute Nacht noch werde ich euch befehlen, sie zu jagen.«

»Ich werde es nicht zulassen, dass Sabbat irgendein Leid zugefügt wird, Kraan«, sagte Jano ruhig.

Leopold hob den Kopf und bleckte die Zähne wie ein Spürhund, der bereit war zum Angriff. Kraan legte ihm die Hand auf die Brust, um ihn zurückzuhalten.

»Diese kleine Schlange hat die Vampire verraten«, sagte er. Seine Stimme klang sanft, doch das war nur geheuchelt.

»Wir können ihren Charakter noch ändern. Außerdem stammt sie aus einem vornehmen Geschlecht. Wenn sich ihre Eltern uns anschließen, werden ihnen viele in Noxdom folgen«, sagte Jano.

»Nun gut, wir verschonen Sabbat, jedenfalls heute«, sagte Kraan ärgerlich. »Meine Schüler, in dieser Nacht wird es nur ein Opfer für euch geben. Trotzdem …«

»Aaah!«, schrie Jano plötzlich. Er hielt sich die Hände an den Hals und starrte wie von Sinnen auf die Statue neben ihm, als habe sie ihn gerade angeschossen. Dann sank er schwer zu Boden. Im selben Moment fiel ein Blasrohr auf die Steine. Der Schatten eines schwarzen Umhangs löste sich hinter der Statue und lief zur Wendeltreppe – er lief, er flog nicht. Es war Dan. Jetzt wusste Bruno auch, wo das Beruhigungsmittel geblieben war, das Maula nicht mehr bekommen hatte.

Doch bevor er losfliegen konnte, um seinem Freund

zu helfen, packte ihn Kraan und drückte ihn mit dem Kopf auf den Altar. Bruno konnte sich keinen Millimeter mehr bewegen. Die anderen Kinder wichen erschreckt zurück.
»Leopold, hinter ihm her!«, rief Kraan geifernd.
Leopold raste wie der Blitz los, erwischte Dan und warf ihn auf den Steinboden. Um seinen Triumph zu genießen, setzte er sich auf Dans Brust und drückte seine Knie in die Arme des Jungen. Bruno versuchte verzweifelt, sich zu befreien. Sein Freund war kein ebenbürtiger Gegner für den Vampir. Er war kurz davor zu ersticken, und sein ganzes Gesicht schwoll an. Doch dann geschah etwas Unerwartetes: Als sich Leopold hinunterbeugte, um Dan in den Hals zu beißen, spuckte er dem Vampir eine Masse ins Gesicht, die er die ganze Zeit über kauend im Mund verborgen hatte. Leopold schrie vor Schmerz und machte einen Satz zurück. Dan rannte zum Eingangstunnel. Bruno roch den Knoblauch, den sein Freund direkt in die Augen seines Feindes gespuckt hatte. Leopold lachte hysterisch, bis Kraan seinen Kopf packte und gegen einen Stein schmetterte.
»Leopold, wenn er entwischt, reiße ich dir den Kopf ab!«, brüllte er.
Der junge Vampir rieb sich die Augen und stolperte in den Tunnel hinein. Bruno spürte, dass ihm Blut über das Gesicht rann. Deswegen hörte er auf, sich zu wehren, und lag nur noch keuchend mit dem Gesicht auf dem kalten Stein.

Leopold kam sehr schnell zurück. Er lächelte, obwohl seine Augen vom Knoblauch immer noch gerötet waren.
»Wie es aussieht, hat sich der Junge in der Tür geirrt«, sagte er zufrieden und warf ein feuchtes Bündel auf den Boden.
Kraan ließ Bruno los, sodass der Junge sehen konnte, was auf dem Boden lag: Es war Dans Umhang. Er war völlig durchnässt.
»Der Mensch hat mich im Tunnel mit Weihwasser bespritzt«, sagte Leopold und rieb sich seinen Arm, der mit Blasen übersät war. »Deswegen hat er es bis in den Raum mit den drei Türen geschafft. Aber ich war ihm dicht auf den Fersen. Ich sah, dass die mittlere Tür offen stand, die Tür, hinter der die Grube mit den Leichen ist. Auf der Türschwelle lag der nasse Umhang, der kurz davor war, auch hinunterzufallen. Ich wusste sofort, was geschehen war.«
»Du hast ganz offensichtlich gerade einen Freund verloren, Bruno«, sagte Kraan mit einem bösen Lachen. »Wenn er nicht beim Sturz getötet wurde, wird das Meer sich seiner angenommen und den Rest erledigt haben. Gute Arbeit, Leopold. Ich hätte es zwar gerne gesehen, wie sich unsere kleinen Soldaten um Dans Kopf gestritten hätten. Doch selbst ich bekomme nicht immer, was ich will. Und nun bringe das Blut. Es ist höchste Zeit anzufangen.«
Leopolds Augen leuchteten vor Glück. Brunos Augen

waren voller Tränen. Doch er hielt sie mit aller Kraft zurück, denn diesen Triumph wollte er seinen Feinden nicht gönnen. Nein, sie sollten ihn nicht weinen sehen. Er hob den Kopf – und sah oben an der Decke Sabbat, versteckt im Schatten eines Stalaktiten. Dans Tod schien ihr nicht besonders nahe zu gehen. Sie war aber auch nicht so sorglos wie sonst. Sehr ernst schaute sie Leopold an. Sie schien auf irgendetwas zu warten. Bruno trocknete seine Augen und senkte wieder den Blick. Das hier war noch nicht vorbei. Wenn Sabbat trotz allem weiterkämpfen konnte, dann konnte er es auch.

Leopold brachte die Röhrchen mit dem Blut. Dann flog er zusammen mit Kraan zum Altar.

»Eigentlich sollten es vierzig Soldaten sein«, sagte Kraan feierlich. »Wir haben nur dreißig in dieser Nacht. Doch mit eurer Hilfe werden es bald sehr viel mehr sein. Trinkt alle ein Röhrchen mit Blut! Wenn sich jemand weigert, werde ich ihm auf der Stelle den Hals aufschlitzen. Verstanden!«

Zitternd streckten die Kinder ihre Hände durch das Gitter. Doch Kraan hielt Leopold mit einer Handbewegung zurück.

Leopold schaute den Vampir mit einer solchen Unterwürfigkeit an, dass Bruno sich am liebsten übergeben hätte.

Jetzt begriff er, warum es ein Röhrchen mit Leopolds Namen gab. Es war ein makabres Geschenk Kraans

für seinen Sklaven, der nun seinerseits seinen eigenen Sklaven bekommen sollte.
»Jetzt darfst du«, sagte Kraan großmütig.
Leopold schaute die Kinder ganz genau an, eines nach dem anderen. Einen Moment lang verharrten seine Augen auf Bruno, so als hätte er eine Idee. Doch dann schweifte sein Blick weiter und blieb schließlich auf jenem Mädchen haften, das seine Puppe nach dem Vampir geworfen hatte. Leopold lächelte sie bösartig an. Das Mädchen wich einen Schritt zurück.
»Gut. So sei es«, sagte Kraan und hielt dem Mädchen das Röhrchen mit Leopolds Namen hin. »Alle Kinder öffnen jetzt ihre Röhrchen!«
Die Gefangenen gehorchten. Auch Bruno tat es. Kraan begann feierlich zu reden …
»Um des vergessenen Blutes der Lilith willen, das den Geist unserer Schüler erwecken wird …«
Ein Kind neben Bruno japste vor Angst. Kraans Stimme klang wie ein Albtraum.
»… um des ewigen Lebens von Bhut willen, lass unsere Schüler den Tod betrügen …«
Bruno schloss die Augen. Sein ganzer Körper stand unter Hochspannung. Seine Schläfen pochten.
»… trinkt dieses Blut und lebt, um mir zu dienen, meine Schüler!«
Alle Kinder führten die Röhrchen zum Mund und tranken sie aus. Bruno verzog vor Ekel sein Gesicht. Der Kirschsaft mit dem Ketchup schmeckte nicht be-

sonders gut, und das Weihwasser, das er zum Reinigen der Röhrchen verwendet hatte, brannte in seinem Hals. Dann sanken alle Gefangenen zu Boden, genauso, wie es Bruno ihnen gesagt hatte. Kraan lachte trocken und grinste siegesgewiss. Doch dann verfinsterte sich seine Miene. Er nahm eines der Kinder und schüttelte es. Das Kind riss erschreckt die Augen auf und begann sich zu wehren. Kraan warf es wütend auf die Erde.

»Sie haben sich nicht verwandelt! Was ist schiefgelaufen, dass sie sich nicht …«, brüllte er wie von Sinnen.

Bruno biss die Zähne zusammen. Er hatte gehofft, dass Kraan sich ihn als Ersten vornehmen würde. So hätte er einen Überraschungsangriff starten können.

»Mein Gebieter«, schrie Leopold vom Kühlschrank herüber, »das ist kein Blut!«

»Wie, was meinst du?« Bruno sah mit Schaudern, dass Kraan nun begriff, was geschehen war. Er kam grollend auf seinen Adoptivsohn zu. »Du …«

Bruno stellte sich an den Rand des Altars, bereit zum Sprung. Es hatte keinen Sinn, den Kampf noch länger hinauszuzögern.

»Bleib, wo du bist!«, sagte Kraan barsch zu Leopold. »Ich werde mich selbst um diese kleine Ratte kümmern.«

Bruno warf einen hastigen Blick auf die Kinder, die vor Angst wie gelähmt waren. Ohne seine Hilfe würde

ihnen die Flucht niemals gelingen. Und selbst wenn – die Steilküste kämen sie niemals allein hinunter.
»Geht vom Altar herunter und schließt euch im Käfig ein! Der Schlüssel steckt noch«, sagte Bruno leise zu dem dunkelhäutigen Mädchen.
Weiter kam er nicht, denn Kraan raste auf ihn zu. Bruno hatte gerade noch Zeit, einen Salto rückwärts zu vollführen und zur Decke hinaufzufliegen.
»Du wärst ein guter Anführer gewesen, Bruno«, zischte der Vampir. »Doch du bist zu weit gegangen. Die Morgendämmerung wirst du nicht mehr erleben ...«
Bruno sah im Augenwinkel, wie die Kinder ganz leise den Altar verließen, wobei die Größeren die Kleineren auf dem Rücken trugen. Um Kraan von ihnen abzulenken, machte er einen Satz und drückte sich an eine Wand.
»Ich hätte den nächsten Morgen sowieso nie gesehen, nicht wahr?«, sagte er, um die Aufmerksamkeit seines Feindes auf sich zu ziehen. »Warum sollte ich also Angst haben zu sterben?«
Kraan schoss unter lautem Brüllen auf Bruno zu, der aber ausweichen konnte. Der Vampir kam sofort zurück und wollte dem Jungen einen fürchterlichen Faustschlag versetzen. Doch Bruno flog rückwärts, so schnell er konnte, um aus Kraans Reichweite zu kommen. Alles drehte sich um ihn herum. Kraan war ihm dicht auf den Fersen. Dann konnte er sich mit ein paar Drehungen einen Vorsprung verschaffen und

Kraan abhängen. Jetzt war der Vampir genau unter ihm. Bruno ließ sich mit all seinem Gewicht auf seinen Rücken fallen. Kraan schrie vor Schmerzen.

»Jano hat dir ein paar Dinge beigebracht, was?«, sagte er keuchend. »Leop…!«

Sabbats fröhliche Stimme, die von der Decke kam, unterbrach ihn.

»Hier fehlt ein bisschen Licht«, sagte sie und riss ein schweres, schwarzes Tuch von der Decke, das man im Schatten bis jetzt nicht gesehen hatte.

Sofort fiel ein halbes Dutzend Lichtstrahlen in den Raum. Ein Strahl schien genau in die Ecke, in der Leopold war. Rund um ihn war es jetzt hell, ihm blieb nur noch ein winziger Winkel Dunkelheit. Der junge Vampir schrie spitz und verkroch sich hinter dem Kühlschrank, wobei er unverständliche Worte brabbelte.

Bruno wusste, dass das Licht nicht von der Sonne herkommen konnte. Es war zwei Uhr morgens. Doch Kraan ließ ihm keine Zeit, nachzudenken. Voller Hass schaute er zu Sabbat hinauf.

»Verräterin«, murmelte er. »Es gibt nur einen Weg, die Ehre der Unseren wieder herzustellen: niemals zuzulassen, dass solche kleinen Scheusale wie Sabbat erwachsen werden.«

Er schoss auf sie zu und schleuderte sie mit einem Faustschlag zu Boden. Sabbat gelang es gerade noch, kurz vor dem Aufprall abzubremsen. Wie der Blitz raste sie in die entgegengesetzte Ecke des Saales. Bruno landete auf dem Boden, ohne zu wissen, was er tun sollte. Der Vampir war Sabbat hinterhergejagt und hatte sie an der Decke eingekreist.

Plötzlich schlug ein Stein ganz nah neben Kraans Kopf auf den Felsen. Bruno drehte sich um und sah das dunkelhäutige Mädchen. Es hatte die anderen Kinder im Käfig eingesperrt. Jetzt war es bereit, Bruno zu helfen. Auch Bruno warf jetzt Steine nach Kraan.

»Dein Plan ist gescheitert, Kraan«, schrie er. Er wusste kaum, was er sagte. Er hoffte nur, dass es Kraan wütend machen und er nicht mehr Sabbat, sondern ihn verfolgen würde.

»Du bist kein Vampir«, sagte das Mädchen frech zu Kraan. »Du bist eine Witzfigur.«

»Du hast auch keine Armee mehr«, rief Bruno. »Und ich bin kurz davor, dir ein drittes Mal zu entwischen.«

Bruno wusste nicht, was Kraan in diesem Moment stärker in Wut versetzte: seine Worte oder der Stein, der den Vampir genau an der Nase traf. Kraan ließ das Bein von Sabbat los, die sich in einer Felsspalte verkrochen hatte, und flog geradewegs auf Bruno zu. Der Junge bekam Panik. Er gab dem dunkelhäutigen Mädchen einen leichten Stoß, damit es sich hinter eine der Statuen versteckte.

Kraan war jetzt eine Bestie. Seine Augen – eines schwarz, eines golden – schienen die eines Wolfes zu sein. Und was am schlimmsten war: Bruno wusste, dass ihm nichts anderes übrig blieb, als den Vampir immer weiter zu reizen. Er musste ihn bis zur Weißglut treiben. Denn wenn nicht, würde er sich daran erinnern, dass es viel klüger war, Sabbat zu bedrohen oder die anderen Kinder zu verfolgen, als sich um Bruno zu kümmern. Schließlich war er der Einzige, der noch aus eigener Kraft die Höhle verlassen konnte. Also folgte er seinen Instinkten, knurrte furchteinflößend und zeigte Kraan seine Zähne.

Das hatte sofort Erfolg. Unter fürchterlichem Geschrei flog Kraan quer durch die Höhle. Bruno floh. Er raste die Wendeltreppe hoch und verschwand im Eingangstunnel. Dabei prägte er sich den Weg genau ein, obwohl es im Tunnel vollkommen dunkel war. Die Treppen, die Steinwände, die Abzweigungen ... all das flog an seinem Kopf wie in einem Albtraum vorbei. Bruno hatte nur eines im Sinn: Kraan von den Kindern abzulenken, damit Sabbat sie aus der Höhle schaffen konnte. Und danach wird Kraan erfahren, wer ich wirklich bin, sagte sich Bruno. Er biss die Zähne zusammen. Diesmal würde er sich nicht verstecken.

Kraan war Bruno jetzt ganz dicht auf den Fersen. Er konnte den Vampir keuchen hören vor lauter Gier und Vorfreude auf sein Blut. Bruno riss sich den Umhang vom Leib und hörte, wie er in das Gesicht seines Verfolgers klatschte. Das gab ihm einen kleinen Vorsprung, einen sehr kleinen.

Er erreichte den Raum mit den drei Türen. Er wusste

sofort, dass der Haupteingang der Höhle von dem großen Felsen versperrt war. Deswegen änderte er die Richtung und flog auf die rechte der drei Türen zu, auf die vorhin die Sonne projiziert worden war. Dan hatte gesagt, dass dies der Ausgang sein könnte. Eine Sekunde lang dachte er daran, die Tür hinter sich zu versperren, doch er wusste nicht, womit. Und er durfte nicht die wenigen Sekunden vergeuden, die ihn von seinem Verfolger trennten. Er flog den Tunnel hinter der Tür hinauf, der so schmal und glatt wie ein Kamin war. Bruno wagte es nicht, nach unten zu blicken. Denn vor lauter Angst wäre er bestimmt wie gelähmt gewesen, hätte er jetzt das hasserfüllte Gesicht Kraans gesehen. Er hatte irgendwann einmal gelesen, dass genau dies mit den Vögeln geschehe, die von Schlangen verfolgt würden. Der Ausgang war jetzt sehr, sehr nah. Sobald er draußen wäre, würde er Kraan angreifen. Auf offenem Feld hatte er bessere Chancen. Zumindest redete sich Bruno das ein. Er versuchte, sich ein paar von den Kampftechniken ins Gedächtnis zu rufen, die ihm Jano beigebracht hatte. Schon konnte er die frische Nachtluft spüren. Der Tunnel wurde jetzt so schmal wie ein Flaschenhals. Kaum einen Meter Durchmesser hatte er, als er auf halber Höhe der Steilküste an die Oberfläche kam.

In dem Moment, in dem Bruno aus dem Tunnel schoss, packte ihn jemand von hinten und hielt ihm den Mund zu.

Kapitel 27

Die letzte Schlacht

Still!«, flüsterte die Gestalt und versteckte sich mit Bruno hinter einem Felsen.

Bruno schaute sich um. Die Steilküste war voller vermummter Gestalten mit Kapuzen, die sich an den Felsen festhielten. Er hatte nicht die geringste Ahnung, was das alles zu bedeuten hatte.

Kraan schoss aus dem Tunnel. Er hielt sich gar nicht damit auf, die Steilküste auszukundschaften. Stattdessen suchte er Bruno irgendwo am Horizont. Er war der festen Überzeugung, dass Bruno fliegend vor ihm fliehen wollte. Doch plötzlich hielt er an. Er war unentschlossen. Eines der Kapuzenwesen löste sich vom Fels und baute sich vor Kraan auf.

»Du hast lange genug mit den Kindern gespielt, Kraan«, sagte es.

Mit einem festen Griff riss sich die Gestalt den Umhang vom Leib und ließ ihn hinunter ins Meer schweben. Es war Yasen. Und doch war es nicht seine Großmutter. Von der Yasen, die Bruno kannte, war nur der dicke, graue Zopf übrig geblieben, der auf ihre Schulter fiel. Sie trug nicht mehr ihr Kleid mit den weiten Ärmeln, sondern einen schwarzen Overall, der an die Uniform der Lichtgänger erinnerte. Auch ihr ernster, ruhiger Blick war verschwunden. Jetzt bebte sie vor Zorn, und ihre Augen blitzten so angriffslustig, dass sogar Bruno einen Schrecken bekam.

Kraan brauchte ein paar Sekunden, um sich von dem Schock zu erholen.

»Yasen! Wie hast du mich gefunden?«, fragte er und versuchte, einigermaßen gefasst zu wirken.

»Glaubst du im Ernst, dass mein Enkel so dumm sein könnte, ohne Rückendeckung den Kampf mit dir aufzunehmen?«

Das war natürlich alles andere als die Wahrheit. Bruno wurde jetzt von Gewissensbissen geplagt. Wie hatte er nur an seiner Großmutter zweifeln können! Die Gestalt, die ihm den Mund zugehalten hatte, legte jetzt freundschaftlich die Hände auf Brunos Schultern. Bruno drehte sich um und blickte in das lächelnde Gesicht von Damokles. Er lächelte erleichtert zurück.

»Deine Großmutter ist ein Genie, was?«, sagte Damokles. Er konnte seine Bewunderung für Yasen nicht verbergen. Und dann fiel Bruno die Kinnlade herunter …

»Dan!«, sagte Bruno mit zitternder Stimme, »ich dachte, du …«

»Ich habe meinen Umhang in das Loch geworfen und mich hinter der Tür versteckt«, antwortete Dan, ohne den Blick von Yasen und Kraan abzuwenden. »Der Idiot von Leopold hat natürlich nicht richtig nachgeschaut. Dann versuchte ich herauszukommen und fand diesen Tunnel, durch den ich unmöglich entkommen konnte.

Und weißt du, was, Bruno? Es ist mir trotzdem gelungen – mit Hilfe der Augen von Quiro! Ich habe mich in eine Fledermaus verwandelt! Ihr hättet das sehen müssen! Ich schickte Quiro nach draußen an die Steilküste und sah mit seinen Augen, dass dort Yasen und die anderen waren und den Eingang der Höhle suchten. Yasen war außer sich, weil sie den Eingang nicht fand. Doch dann erkannte sie Quiro, der unseren Leuten den Weg zu mir zeigte. Sie waren gerade dabei, dich zu suchen, als sie hörten, wie ihr den Tunnel heraufkamt. Da haben wir die Pläne geändert.«

Bruno lächelte für einen kurzen Moment. Dann fiel ihm etwas Schreckliches ein.

»Damokles! Leopold ist immer noch in der Höhle! Und die Kinder! Und Sabbat!«

Damokles gab einem Dutzend Vampiren ein Zeichen, die daraufhin in der Höhle verschwanden. Bruno stand immer noch unter Hochspannung. Noch war es zu früh, sich sicher zu fühlen. Vor ihren Augen umkreisten sich Yasen und Kraan in der Luft wie zwei lauernde Raubtiere.

»Sollen wir nicht Yasen helfen. Ich meine, Kraan ist doch sehr stark, und sie ist eine alte Frau.«

»Nein, wir sollten uns an dem Schauspiel erfreuen«, sagte Damokles, der vollkommen ruhig war.

»Aber Kraan …«

»Kraan ist ein guter Kämpfer. Doch unsere Großmutter … Ach, schaue es dir selber an – und lerne!«

Plötzlich war ein Schrei zu hören, halb aus Schmerz, halb aus Zorn. Yasen hatte Kraan einen schrecklichen Tritt in die Rippen versetzt. Kraan krümmte sich und sah jetzt überhaupt nicht mehr überlegen aus. Bruno blickte in seine Augen unter den roten Haaren und bekam eine Gänsehaut. Im nächsten Augenblick rammte der Vampir seine Faust in Yasens Hals. Bruno schrie vor Empörung auf und machte einen Satz nach vorne. Damokles hielt ihn zurück. Yasen war zurückgewichen und bekam kaum noch Luft. Sie schien jetzt völlig wehrlos zu sein. Als aber Kraan ihr den nächsten Schlag versetzen wollte, duckte sie sich geschickt, vollführte eine Drehung, setzte sich auf den Rücken ihres Gegners und drosch auf Kraans Wirbelsäule ein.

Kraan brüllte auf vor lauter Schmerz und Wut. Er ließ sich in Richtung Meer fallen, um Anlauf für den Gegenangriff zu nehmen. Doch Yasen war schneller. Sie schoss auf die Wasseroberfläche zu, überholte Kraan, flog dann in einem engen Bogen zurück, packte dabei die Rockschöße von Kraans Umhang und zog sie hoch, sodass ihr Feind seine Arme nicht mehr bewegen konnte. Kraan strampelte wie ein kleines Kind, und die Vampire aus Noxdom brachen in Gelächter aus.

»Habe ich etwas verpasst?«, fragte eine aufgeregte Stimme über Brunos Kopf.

Sabbat war gerade aus der Höhle gekommen. Eines ihrer Augen war grün und blau angeschwollen, doch

sie grinste bis über beide Ohren. Bruno begrüßte sie stürmisch.
»Du bis echt die Beste, Sabbat! Der Plan hat perfekt funktioniert.«
Sabbat platzte fast vor Stolz. Dann hörten sie einen Schrei. Yasen hatte mit voller Wucht Kraan in den Magen geschlagen. Der rothaarige Vampir sah jetzt ziemlich beunruhigt aus. Er versuchte, Yasen mit seiner Faust am Kopf zu treffen. Doch sie wich aus und trug nur eine Fleischwunde an der Wange davon. Blitzschnell stürzte sie wieder auf Kraans Rücken. Der Vampir versuchte verzweifelt, Yasen loszuwerden.
»Wie ist es euch da unten ergangen?«, fragte Bruno.
»Oh, ganz gut. Ehrlich gesagt, es geht so. Jano ist entkommen«, antwortete Sabbat.
»Mist«, sagte Bruno.
»Ich habe bestimmt die Dosis an Weihwasser falsch berechnet«, sagte Dan geknickt.
»Dafür geht es allen Kindern gut, und Cassandra, das dunkelhäutige Mädchen, ist großartig. Wir beide haben zusammen Leopold in Schach gehalten, als er sich auf uns stürzen wollte.«
»Und du, Dan, wie hast du das mit dem Licht gemacht?«, fragte Bruno voller Bewunderung. »Das sah aus wie die Sonne. Wirklich beeindruckend!«
Dan versuchte, nicht allzu stolz auf sich selbst zu sein.
»Mit den Taschenlampen und den Spiegeln, die ich gekauft habe. Am Ende haben sie uns doch genutzt! Ich

habe alles mit Klebeband an der Decke befestigt und mit Sabbats Umhang die angeschalteten Taschenlampen verdeckt. Im richtigen Moment musste nur noch der Umhang weggezogen werden. Eigentlich wollte ich das selber tun, doch …«

In diesem Augenblick hörten sie ein verzweifeltes Stöhnen. Yasen drückte Kraan gegen einen moosbedeckten Felsen genau unter ihnen. Auf ein Zeichen von ihr kamen zwei Vampire angeflogen, die sich um Kraan kümmerten. Dann landete Yasen bei den Kindern. Sie lächelte und hatte immer noch ein verwegenes Leuchten in den Augen. Die alte Vampirin drückte alle drei Kinder fest an ihre Brust. Das kam für Bruno genauso überraschend wie für die beiden anderen.

»Lasst uns nach Hause gehen, Kinder!«, sagte sie. Das Blut an ihrer Wange bemerkte sie gar nicht.

Kapitel 28
Die Heimkehr

Die Zeitung!«, rief Bruno, als er wie der Blitz in die Krankenstation gesaust kam. Ada und Quincey drehten sich nach ihm um. Maula, die immer noch das Bett hüten musste, lächelte den Jungen an.

»Du siehst schrecklich auf dem Foto aus, Quincey!«,

sagte Dan, der seinem Freund die Zeitung aus der Hand gerissen hatte. »Aber die Geschichte ist genial: ›Beamter aus Mistyville enttarnt Kinderschmugglerbande.‹ Nicht schlecht, was? Du scheinst ein Held zu sein. ›Quincey Jarque, der Direktor des Waisenhauses Adelaida und Augustus Jarque, hatte seltsame Vorgänge in der Umgebung der kleinen Stadt Mistyville beobachtet. Dort verschwanden mehrere Kinder, und die beiden ersten gehörten zu seinen Schützlingen. Mit unerschütterlicher Bescheidenheit sagte der Held: ›Ich hatte das Gefühl, dass die beiden Kinder ganz in der Nähe sein mussten.‹ Doch da er sich sicher gewesen sei, dass ihm niemand geglaubt hätte, verließ er seinen Posten als Waisenhausdirektor, um die Kinder auf eigene Faust zu suchen. Der Provinzrat für Adoptionen, der Herrn Jarque aus diesem Grund seines Amtes enthoben hatte, hat nun angesichts der Ereignisse der vergangenen Wochen ihn wieder mit der Leitung des Waisenhauses betraut – und zwar mit allen Ehren.‹«

»Nun gut, so kann man es auch sagen.« Quincey lachte. »In Wahrheit hat mich der Präsident des Adoptionsrates angeglotzt wie eine Kakerlake, die er nicht mehr zertreten kann, und mir gesagt, dass ich so schnell wie möglich ins Waisenhaus verschwinden solle. Und dass er meinen Namen für den Rest seines Lebens nie wieder hören wolle. Sei es im Guten oder im Schlechten.«

»Der Bürgermeister«, fuhr Dan fort, »wird Herrn Jarque in Kürze eine Verdienstmedaille überreichen: Dem Waisenhausdirektor gelang es nach einigen Wochen, das Hauptquartier der Schmugglerbande zu entdecken …«

»Ich habe versucht, den Behörden klarzumachen, dass es nicht nur um drei Personen ging, sondern dass die Bande dreißig Kinder in fünfzehn verschiedenen Ländern entführt hatte. Aber sie glaubten mir nicht«, sagte Quincey.

»Schließlich fand Direktor Jarque heraus, dass die Verbrecher die alten Höhlen an der Steilküste von Mistyville als Versteck benutzten. Glücklicherweise befinden sich alle entführten Kinder in Sicherheit und sind wohlauf …«

»… abgesehen von einigen Kriegsverletzungen«, sagte Bruno und berührte vorsichtig die Wunde an seiner Stirn.

»Die Kinder sind inzwischen ihren Familien übergeben worden. Sie haben alle einen Schock erlitten und konnten deswegen der Polizei fast keine sachdienlichen Hinweise geben. Übereinstimmend sagten sie allerdings, dass sie niemals ihre Entführer zu Gesicht bekommen haben. Die Verbrecher sind leider flüchtig. Und die Kinder haben kaum Erinnerungen an ihre Gefangenschaft.«

»Es ist beeindruckend, was ein bisschen Hypnose so alles bewirken kann«, sagte Ada.

Dan fuhr fort, den Zeitungsartikel vorzulesen: »Bekannt ist nur der Name eines Entführers: Negroponte Kraan, möglicherweise ein Tarnname. Kurz vor der Entführungswelle adoptierte Kraan auf legalem Weg einen Jungen aus dem Waisenhaus von Mistyville. Diese Adoption ist inzwischen rückgängig gemacht worden …«

»… da fällt mir aber ein Stein vom Herzen«, unterbrach Bruno seinen Freund.

»Man vermutet, dass es sich bei den Entführern um eine Art Sekte handeln könnte. Denn alle entführten Kinder besitzen Augen von jeweils unterschiedlicher Farbe. Außerdem trugen sie ausnahmslos bei ihrer Befreiung ein dreieckiges Amulett.«

»Nun gut. Es war vielleicht ein Fehler, dass Yasen allen ein Amulett geschenkt hat«, sagte Quincey. »Doch sie brachte es nicht übers Herz, alle Verbindungen mit diesen Kindern abzubrechen. Schließlich fließt in ihren Adern Vampirblut.«

»Auch die drei Kinder, die im Waisenhaus von Mistyville wohnen, sind gesund und munter dorthin zurückgekehrt.«

»Na ja. Leopold ist zumindest theoretisch gesund und munter«, sagte Ada. »Doch wir lassen ihn so lange nicht gehen, bis wir sicher sein können, dass wir Kraan aus seinem Kopf gelöscht haben.«

»Er ist eine Ratte«, presste Dan hervor, der sich nicht beherrschen konnte.

»Rede nicht so, mein Sohn«, sagte Ada. »Er ist zwar kein guter Junge, aber das Leben hat ihm auch übel mitgespielt. Wir müssen nun alles unternehmen, damit er sich wie ein menschliches Wesen benimmt.«

Dan zog zweifelnd die Augenbrauen hoch. Dann las er weiter.

»Es gibt Gerüchte, dass schon verschiedene Ehepaare angeboten haben, den entführten Jungen aus dem Waisenhaus ein richtiges Zuhause zu geben.«

»Stimmt das, Quincey?«

»Das kommt davon, wenn man berühmt ist, Bruno.«

»Ich will nicht, dass mich irgendjemand nur deswegen adoptiert, weil ich in der Zeitung stehe«, sagte Bruno sehr bestimmt.

»Das erscheint mir sehr vernünftig«, sagte Quincey.

»Euch interessiert vermutlich sehr, was jetzt mit euch geschehen wird«, sagte Ada, während sie den Puls von Maula maß.

»Mich beschäftigt viel mehr, was mit dir passiert«, sagte Dan und wurde rot. »Alle Menschen, äh ... ich meine, die ganze Welt denkt, dass du eine schreckliche Mutter bist. Sie werden es bestimmt nicht zulassen, dass ich zu dir zurückkehre.«

»Ja, ich fürchte, die Behörden sind bei solchen Sachen sehr starrköpfig. Es ist vollkommen ausgeschlossen, dass du wieder in meine Obhut kommst. Doch Quincey hat eine Lösung für dieses Problem gefunden«, sagte Ada und blickte den Direktor zärtlich an. Dan runzelte die Stirn. »Wir haben es für uns behalten, weil wir bis jetzt nicht wussten, ob es gut gehen wird. Doch wie es scheint, wird es gut gehen. Willst du wissen, wovon ich rede?«

Dan seufzte.

»Ich will dich nicht mit Einzelheiten langweilen. Damokles und Quincey haben mir eine neue Identität verschafft. Von heute an heiße ich Hulta und bin Kinderärztin.«

»Und du weißt ja, wie sehr Kinderärzte in Waisenhäusern gebraucht werden«, sagte Quincey lächelnd. »Es wäre gar nicht schlecht, wenn Ada bei uns in Mistyville leben würde.«

Dans Miene hellte sich auf.

»Aber ich dachte doch …«

»Ich weiß schon, was du gedacht hast, mein kleiner Freund«, sagte Quincey belustigt. »Es wäre nicht schlecht, wenn du in Zukunft erst fragst und dann sauer wirst. Ich bin zu alt, um ständig deine wütenden Blicke zu ertragen.«

»Und wenn du noch einmal in meine medizinischen Behandlungen hineinpfuschst, gibt es Riesenärger. Hast du verstanden?«, fügte Ada hinzu.

Dan grinste so breit, dass er fast wie ein Schwachkopf aussah.

»Auch Maula hat einen Ort gefunden, an dem sie bleiben kann«, sagte Sabbat. Sie war gerade durch eines der Fenster hereingeflogen, begleitet von ihren kleinen Freunden, die sie wie eine Heldin anhimmelten.

Maula lächelte. Sie war nun wieder bei Kräften und hatte sich in eine sanftmütige Frau mit einem etwas traurigen Blick verwandelt.

»Yasen hat mir eine Stelle als Lehrerin angeboten«, sagte sie. »Sie will, dass die Vampirkinder die Welt der Menschen kennenlernen.«

»Aber die Vampirkinder sind doch gefährlich«, sagte Bruno besorgt.

»Nicht für mich. Und das habe ich ausgerechnet Kraan zu verdanken. Um es einfach auszudrücken: Durch all die Ereignisse ist mein Blut so bitter geworden, dass es keinem Vampir mehr schmeckt. In früheren Zeiten war das eine Art Schutz, damit sich die Vampire nicht gegenseitig ihre Sklaven klauten. Kein einziger Vampir wird sich noch von meinem Blut ernähren wollen. Für sie bin ich wie ein Glas saure Milch.«

»Das freut mich sehr, Maula«, sagte Bruno.

»Der Einzige, der dir noch gefährlich werden kann, ist Kraan«, sagte Quincey. »Und er ist zur Zeit garantiert nicht in der Lage, dich zu bedrohen. Denn er sitzt in einer Zelle, die von ultravioletten Strahlen umgeben ist, auf einer kleinen Insel im Südatlantik, Hunderte Kilometer vom nächsten Ort entfernt.«

Maula lächelte schwach. Die Erinnerung an ihre Zeit als Kraans Sklavin war noch zu frisch, um über Quinceys Worte lachen zu können.

»Ich glaube nicht, dass wir jemals wieder etwas von ihm hören werden«, sagte Bruno, um Maula aufzumuntern.
»Jano hingegen könnte in jedem Moment wieder auftauchen«, warf Dan stirnrunzelnd ein. »Wissen wir immer noch nicht, wo er sich versteckt hält?«
»Wir haben keine Ahnung«, sagte Damokles. »Yasen hat eine halbe Hundertschaft Lichtgänger losgeschickt, um ihn zu suchen. Doch er scheint sich in Luft aufgelöst zu haben.«
»Ich kann immer noch nicht glauben, dass er der Verräter ist«, sagte Dan. »Wir alle hielten ihn doch für den perfekten Lichtgänger. Mir erschien er zwar nie vertrauenswürdig, aber …«
»Der Schmerz macht uns nicht immer zu besseren Wesen«, sagte eine Stimme im Hintergrund. Yasen war gerade in den Raum gekommen. »Jano hat sehr unter dem Tod seines Bruders gelitten. Ich bedaure, dass ich nicht so scharfsinnig war wie du, Dan. Doch es ist nur eine Frage der Zeit, bis wir ihn schnappen. Wie dem auch sei, jetzt gibt es Dringenderes zu tun. Wir müssen zum Beispiel entscheiden, was mit dir wird, Bruno.«
Bruno schaute seine Großmutter ernst an. Genau diese Frage beschäftigte ihn pausenlos, seit sie von den Höhlen an der Steilküste nach Noxdom zurückgekehrt waren.
»Was hältst du davon, wenn wir einen Spaziergang machen«, sagte Yasen.

Bruno und seine Großmutter verließen Noxdom durch den Haupteingang. Bruno wusste nicht, was er ihr sagen sollte. Er wollte mit Dan und Quincey zusammen sein. Aber er wollte auch nicht Damokles, Yasen und Sabbat verlassen. Wortlos gingen sie den Pfad hinunter, der zum Wald führte. Yasens Gesicht war ernst. Doch als sie am Fluss ankamen, blieb sie stehen und lächelte ihren Enkel an.

»In den alten Zeiten«, sagte sie, »gab es viel Aberglaube. Das machte das Leben sowohl für die Vampire als auch für die Menschen schwer. Viele, die damals als Hexen verbrannt wurden, wären heute Universitätsprofessoren. Diejenigen, die angeblich von Dämonen besessen waren, würden heute gegen Epilepsie behandelt werden. Und manche, die man für Vampire hielt, litten in Wirklichkeit unter Blutarmut. Die Menschen haben sich sehr gewandelt.«

Bruno antwortete nicht. Er blickte über den Fluss.

»Wir Vampire hingegen haben uns kaum verändert. Das kommt von unserer Langlebigkeit. Deswegen fällt es uns auch so schwer, die Art unseres Lebens an die Gegebenheiten anzupassen. Wir sind sehr halsstarrig, doch wenigstens halten wir immer unser Wort. Ich kann dir zwar nicht versichern, dass nie wieder ein Vampir wie Kraan oder Jano auftauchen wird. Ich weiß aber sehr wohl, dass diese bösen Vampire immer seltener werden und dass wir eines Tages bereit sind, im Sonnenlicht zu leben, so wie die Menschen.«

Yasen hielt inne und lachte.
»Das ist natürlich nur so dahingesagt. Doch ich schweife vom Thema ab. Ich war bereit zu sterben, damit du einer der Unsrigen werden konntest, Bruno. Denn ich hatte gedacht, dass dein Leben unter den Menschen voller Unglück und Bitternis ist. Jetzt weiß ich, dass ich mich getäuscht habe.«
Yasen warf einen kleinen Stein ins Wasser. In der Stille der Nacht klang es wie ein Peitschenknall.
»Wir Vampire glauben, dass wir die Dhampire verachten, weil sie bösartig sind. Ich bin jetzt davon überzeugt, dass sie bösartig wurden, weil alle sie verachteten. Wenn jemand immer zurückgewiesen wird, fällt es ihm schwer, mit den anderen klarzukommen.«
»Willst du damit sagen, dass die Dhampire keine andere Möglichkeit hatten, als böse zu werden?«
»Oh, es gibt immer Möglichkeiten. Es gab einige Dhampire mit gutem Herzen, die zu Gelehrten wurden und niemals einer Fliege etwas zuleide taten. Doch es waren sehr wenige. Denn das schafften nur die Heldenmütigsten unter den Dhampiren. Und niemand kann verlangen, dass sich alle Welt wie ein Held verhält.«
Yasen lächelte Bruno an.
»Die Menschen haben das viel früher gelernt als wir. Jetzt sind ihre angeblichen Hexen Wissenschaftler, und diejenigen, die vom Teufel besessen sein sollen, werden medizinisch richtig behandelt. Es ist Zeit, dass

auch wir das lernen. Du hast es geschafft, dass dich die Vampire bewundern, Bruno. Das ist ein großartiger Beginn. Außerdem hattest du dank Quincey eine glückliche Kindheit. Ich glaube, du wirst auch weiterhin glücklich sein und Freunde am Tag und in der Nacht haben – bei den Menschen und den Vampiren. Vielleicht wirst du eines Tages die Brücke werden, die Menschen und Vampire vereinen wird. Doch bis dahin ist es noch lange hin. Und die Entscheidung wird dann bei dir liegen.

Einer Sache bin ich mir jetzt ganz sicher: Ich muss keine Angst mehr um dich haben. Quincey war die ganze Zeit lang klüger als ich. Er fürchtete, dass du glauben könntest, dein Schicksal sei ein Leben in Bosheit; und dass dich das unglücklich machen würde. Deswegen wollte er nicht, dass ich dir von den Vampiren erzählte oder die Teppiche in meinem Vorzimmer zeigte. Doch ich war eine alte, starrköpfige Vampirin und musste unbedingt machen, was ich für richtig hielt. Der Erfolg war, dass mein eigener Enkel mich für eine Verräterin hielt. Ganz schön dumm von mir!«

Bruno lächelte.

»Zwei Dinge beunruhigen mich jetzt: zum einen deine Mutter.«

»Meine Mutter?«, fragte Bruno völlig überrascht.

»Viele Jahre lang habe ich mir den Kopf darüber zerbrochen, was in der Nacht deiner Geburt geschah. Es ergibt keinen Sinn, dass Cordelia sich bis nach Mistyville durchschlägt, um dann zu verschwinden und nur eine hastige Notiz zu hinterlassen. Ich habe sie überall suchen lassen. Ich habe alle Verstecke überprüfen lassen, die mir in den Sinn kamen. Ich versuchte ihre Eltern oder andere Verwandte zu finden ... und ich habe nichts erreicht. Doch niemals ist mir der Gedanke gekommen, dass der Lichtgänger, der die Suche nach Cordelia anführte, seine Arbeit schlecht machen könnte ...«

»Jano?«, fragte Bruno, der nun langsam alles begriff.

»Genau. Erinnere dich an seine Worte: Kraan und ich sind zu derselben Erkenntnis gekommen, wenngleich auf unterschiedlichem Wege. Ich weiß nicht, wann er diesen Weg eingeschlagen hat. Es könnte schon vor deiner Geburt gewesen sein. Vielleicht hat er mir Dinge verschwiegen. Vielleicht floh deine Mutter vor ihm, nicht vor mir. Ich weiß es nicht. Aber ich werde es herausbekommen. Und wenn sie noch am Leben ist, werde ich sie eines Tages finden.«

»Vielen Dank, Großmutter«, sagte Bruno.

»Der zweite Punkt, der mir Sorge macht, ist deine Zukunft. Ich würde dich gerne hier in Noxdom an meiner Seite aufwachsen sehen. Doch du wirst dich nicht von Quincey und Dan trennen wollen. Und ich will auch nicht, dass du es tust. Trotzdem können die Dinge nicht wieder so sein wie vorher. Glaubst du nicht auch? Du trägst das Erbe von Vampiren in dir.

Du musst mehr darüber lernen und es genauso pflegen wie dein menschliches Erbe. Und du hast eine Familie. Es ist nicht gerecht, dass sie dich ein weiteres Mal von mir fernhalten.«

Bruno wusste nicht, worauf Yasen hinauswollte.

»Ich habe mit Quincey gesprochen und auch mit meinen Vampiren. Meine Gemeinschaft ist mit der Zeit sehr groß geworden. Nun müssen wir eine neue gründen. Die Höhlen von Mistyville gehören zu unseren ältesten Siedlungen. Es wäre schade, sie nicht zu nutzen, auch wenn sie viele von uns an die verlorenen Schlachten erinnern. Wir haben beschlossen, dass die neue Vampirgemeinschaft dort leben wird.«

»Dort in den Höhlen?«

Yasen lächelte.

»Die Vampire des 19. Jahrhunderts waren ein bisschen extravagant. Sie hatten eine eigenartige Vorliebe für düstere Häuser. Doch so viel Mühe sie sich auch gaben, alle Fenster zuzumauern, so wenig gelang es. Irgendwo fiel immer Licht herein. Kein Vampirkind wurde erwachsen, ohne mindestens ein oder zwei schwere Verbrennungen erlitten zu haben. Die schönen alten Höhlen von Mistyville hingegen sind perfekt für uns Vampire.«

»Wirst du dort leben?«

»Das ist nicht möglich. Mein Platz ist in Noxdom. Doch ich werde dich besuchen kommen. Und ich vertraue darauf, dass du die Ferien hier, an der Seite deiner alten Großmutter, verbringen wirst. Quincey, Dan und Ada sind natürlich auch eingeladen. Bald ist Weihnachten, da können wir ja gleich anfangen. Auf alle Fälle wünsche ich, dass du in der Nähe deiner Familie groß wirst. Damokles wird der Führer der neuen Gemeinschaft sein. Einige Vampire haben schon die Entscheidung getroffen, mit ihm in den Höhlen zu leben. Nicht wahr, Sabbat?«

Sabbats Kopf tauchte aus dem Wipfel eines Baumes auf. Sie flog kopfunter, so wie sie es am liebsten tat.

»Ich habe euch nicht belauscht«, sagte sie und tat ganz unschuldig. »Ich habe nur Quiro gesucht. Er ist in den Wald geflogen. Was sollte ich anderes tun, als ihm zu folgen?«

»Gehst du nach Mistyville, Sabbat?«, fragte Bruno.

»Mein Vater sagt, dass die Höhlen ein hervorragender Ort für Fledermäuse sind. Er sagt auch, dass ein Mensch wie Dan, der sich in eine Fledermaus verwandeln kann, kein ganz schlechter Kerl ist. Und er sagt, dass ein Dhampir, der es mit Kraan aufgenommen hat, erst recht kein schlechter Kerl sein kann.«

»Nun gut, meine Kleine. Was hältst du davon, wenn du die Nachricht allen anderen verkündest. Bruno und ich kommen gleich nach.«

Sabbat flog davon und schlug Purzelbäume in der Luft. Bruno und seine Großmutter lächelten sich an.

»Ich glaube«, sagte Yasen, »dass es dir sehr gut ergehen wird.«

»Das glaube ich auch«, sagte Bruno, der so glücklich war wie noch nie zuvor in seinem Leben. »Das glaube ich auch.«

Zwei ungleiche Freunde erleben das größte Abenteuer ihres Lebens

Welche Art Geist soll er bloß werden? Arthur hat schon alles ausprobiert: Socken klauender Poltergeist zum Beispiel - aber dafür ist er einfach nicht fies genug. Oder ein Trübsalverkünder - aber ihm wollten einfach keine traurigen Gedichte einfallen. Doch dann hört er von dem Jungen Tom, der ziemlich geknickt von seiner neuen Schule nach Hause kommt, weil sich dort alle über ihn lustig machen. Und da weiß Arthur, was er werden will: Toms unsichtbarer Freund! Und den kann Tom wirklich gut gebrauchen ...

Louise Arnold
Arthur Unsichtbar und der Schrecken von Thorblefort Castle
Band 80638

Fischer Schatzinsel

fi 80638 / 1